我有一个愿望，
在那个愿望里，
我化成一阵风，
变成一只鹰，
又回到了玉门关。
在那个愿望里，
所有人都有一个好的结局。
而我永远都是，
玉门关最烈的春风。

殢带春风

慵不能 著

廣東旅遊出版社
GUANGDONG TRAVEL & TOURISM PRESS
悦读书·悦旅行·焕享人生

中国·广州

第三章　汉宫月

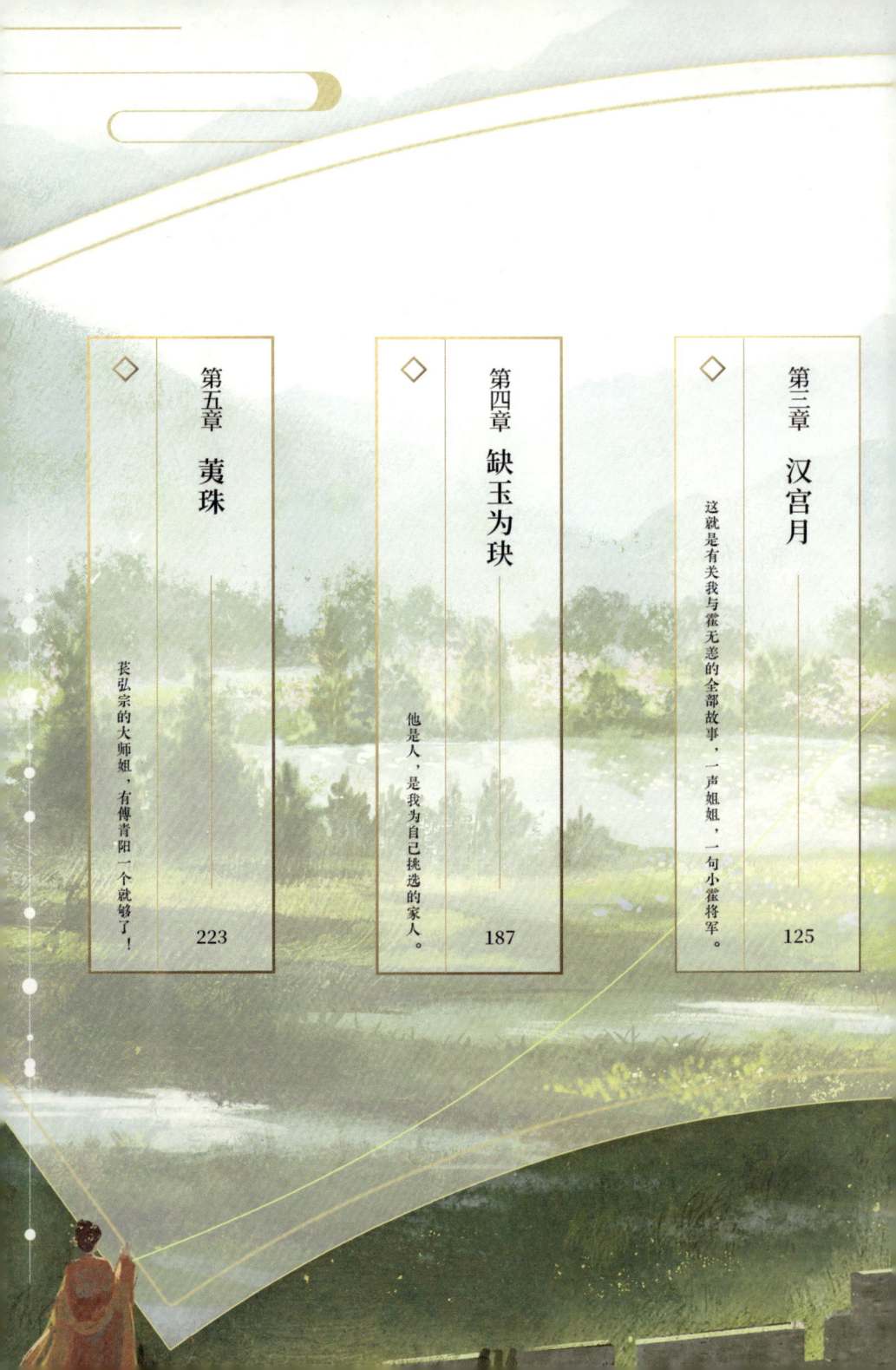

这就是有关我与霍无恙的全部故事，一声姐姐，一句小霍将军。

125

第四章　缺玉为玦

他是人，是我为自己挑选的家人。

187

第五章　薤珠

荂弘宗的大师姐，有傅青阳一个就够了！

223

目录

第一章 殢春风

我们小遇是冰壶秋月一样的人。

001

第二章 遇春风

玉门关的风再怎么烈也吹不到长安城。

073

自由／命运／遗憾／恨意／枷锁

第一章

殢春风

＼失去自由谢春风×永失所爱李遇＼

"没有了月亮我要怎么走啊……"

壹

太子与太子妃十分恩爱,而我是太子的侧妃。

我嫁进东宫的时候,太子与太子妃的嫡子已经十一岁了。而我才十五岁。

大婚当晚,太子坐在床边取下了我手中的喜扇,却没有与我行合卺礼。他只是叹了一口气,将手中的喜扇放在牡丹团锦的喜被上。

"你入了东宫不比你在家时,难免会有些不习惯的地方,有什么需要尽可去同太子妃讲,她是一个很和善的人。"

然后是一阵窒息的沉默,太子仿佛是在思索,最后好像实在不知道说什么又实在无法忍受这令人尴尬的沉默,于是双手拍膝继续道:"如果你不习惯一个人用膳可以去太子妃那儿和我们一起。"说完就转身离开了,甚至都没有好好看过我一眼。

我忍不住跟了出去,发现太子妃正在院外等他。太子妃可真美啊,一脸温柔且慈眉善目,像我未出嫁时常拜的那尊佛,我一见到她就很喜欢。她淡淡地笑着向太子伸出了手,太子走上前也笑着握住太子妃的手,眼波流转间全是款款深情。让我想到了我的父亲母亲看向彼此的眼神。太子妃看到了远处倚在门框上的我,对我温柔一笑,点点头算是打过照面,然后两人并肩离开了。

我倚着门框坐下来,看着天上的月亮突然很想家。我的家不在这人来人往、车水马龙的京城，我的家在遥远的玉门关，那里有黄沙和大漠，还有挺拔的白杨与成群结队的骆驼。驼队走过"叮叮当、叮叮当"，我就冲出家门用大哥给我的珍珠或四哥送我的丝绸去跟驼队的商人换那些他们从西域各地带来的新鲜玩意儿。那时的我无拘无束且自由自在，不晓得有多快活。

　　就在三年前父亲殉职，母亲殉情，我便与五哥扶柩而归，定居京城守孝三年。在今年的元宵宴上，陛下见到了我。可怜我年幼失怙无人照料，如今已到了适婚年龄也无人过问，陛下说念在我父亲的分上一定要给我最好的姻缘，于是将我指给了太子。五哥说，是因为哥哥们都身居要职守着玉门关，所以我便再也不能回到玉门关了。

　　我出生在玉门关，在玉门关长大，可现在我再也不能回去了。于是在我被指婚给太子那个晚上，哭了一个晚上。

　　此时，我又不由得掉下了眼泪。因为大婚之后，如今在长安唯一的亲人五哥也要走了。他要回玉门关，回到大哥的身边去。这偌大的长安城一下子就变得空荡荡的，只剩我一个人了。

　　想着，想着，我很难过，抱紧膝盖"啪嗒啪嗒"眼泪掉了下来。

　　忽然"啪嗒"一声，一颗石子砸到我跟前，我抬起头来看到我的面前站了一个小孩。他双手背后一脸桀骜地看着我，有些居高临下的样子。

　　他学着大人的口气："你就是我父王新娶的侧妃？"

　　我擦干眼泪抬起头："是。"

　　"你知不知道，我父王已经有我母妃了？"他凑过来想要看清我长什么样子。

　　我别过头闷声道："知道。"

　　"那你知不道，我父王跟我母妃感情好得不得了，任谁都挤不进来？"他继续凑过来看我。

　　"没想挤。"我有些委屈，我只想跟五哥一起回家去。

"那你哭什么？"他好奇地盯着我头顶的冠，伸出手去碰冠上的翅。

看着他闪烁着的又黑又亮的大眼睛，我没有躲，由他去碰。

"我想家。"

"你是第一次出嫁。"他盯着我的冠玩得出了神不知道自己在说什么。

我怒气冲冲地瞪着他急得说不出话来，侮……侮辱……人！看着我愤怒急切的眼神他才意识到自己说了什么，慌忙道歉："抱歉，抱歉，我一时失言。千万别告诉我父王。"

我生气地站起来："你……走吧。"我转身就要回房间里去。

他连忙抓住我的袖子："哎……哎，你别生气啊，我真的不是有意的，我就是……童……童言无忌。"

我用自己认为最凶恶的眼神瞪着他："总角小儿！"

没想到他一点也不怕反而大吃一惊地说："原来你还可以四个字、四个字地说话啊！我还以为你一次只能说三个字呢！"

我甩开他的手不看他："无聊。"

"你的家在哪儿？我的家在东宫，我从来没有见过宫墙以外的地方。你的家远不远？你下次回家时能不能带上我？哎，你家有马吗？我想骑马，可我得明年才能开始学骑射呢。你会骑马吗？我觉得骑马可威风了，不过你肯定不会骑马。"他看着我泪眼汪汪的样子摇了摇头，"你这么爱哭，一看就不会骑马。哎，骑马射箭上战场多快意呀。"

"我会骑。"被人小看我有些不服气，于是嘟囔着。

不过他好像没有听清。

"你说什么？"

"战场，不快意。"我没有重复，因为哥哥们说长安的女孩儿是不被允许骑马的，所以我也不能骑马了。我要是骑了马会被人笑话。我不明白，长安的路那么宽，也有很多男子在长安街上策马，为什么我不可以，即使会骑马也不可以。

好在他并没有纠缠着我的话不放，只是拉着我坐下继续问道："哎，你叫什么名字？我叫李遇。"

我定了定神一字一字道："谢春风。"

在我嫁进东宫的第一个夜里，我与李遇坐在檐下，他那些叽叽喳喳的问题，冲淡了那夜我的孤寂。

贰

太子妃果然很和善，我去给她请安时，她留我用了早膳，还特意问过我的口味。

太子妃握着我的手慈善地说："以后东宫就是你的家，我和太子还有小遇就是你的家人。"

太子与太子妃十分恩爱，成婚十几载也不改情深。东宫只有太子妃一个主位，如果不是皇帝执意赐婚，太子与太子妃是对多么难得的佳侣呀。我有些愧疚，我不忍心也不想破坏太子妃与太子之间的关系。

所以我只是乖巧地点了点头。

太子妃对我很好，她叫人给我做新衣裳，送我漂亮的首饰，还亲自给我梳头，把我照顾得无微不至。她说，她时常一个人在东宫，都没有人能陪她好好说说话。她说她和太子一直想要一个贴心的女儿，可是却一直都没有缘分。

我听懂了她的言外之意，她和太子是想把我当女儿一样养。于是我在心里重新定义了我的身份，是养女不是良娣。没有人会愿意分享自己的丈夫，就算是太子妃也不例外。

东宫的日子异常无聊，虽然太子妃有时会教我书画女红，还会带我泛舟湖上或去听戏，日子过得也挺开心，可是太子妃又不能总是陪着我，她还要照顾太子殿下。

所以我便总是和李遇厮混在一起。

李遇很调皮。有人送给太子一只孔雀，他想要拔孔雀的羽毛给太子妃做扇子，我便帮他一起捉。我们滚得满身是泥，蓬头垢面地将孔雀羽扇送给太子妃时，太子妃与太子看着我和李遇狼狈的样子，相视大笑，东宫其乐融融。

后来那柄羽扇成了太子妃最喜欢的礼物。

慢慢地，我发现我越调皮越不顾礼法，太子和太子妃越高兴就越喜欢我，看我的眼神就越慈爱和宠溺。于是，我越来越喜欢和李遇一起胡闹。

他们纵着我，我就纵着李遇。他们把我当女儿，我就把李遇当儿子。李遇逃课我帮他掩护，李遇受罚我替他求情，李遇爬树捉知了我就替他望风。

李遇对我也很好，给我带爱吃的点心，替我抄太子妃留给我的课业。我睡觉的时候替我扇蚊子，自己被叮得满脸包。太子妃看见了他满脸包，又给我们一人做了一个祛蚊的香包。

在东宫的这段日子，是我在京城的这几年最快乐的日子。

李遇此时就趴在墙头上小声喊我，拼命吸引我的注意。

"小遇！"我连忙提着裙摆冲过去，"快下来！危险。"

"快，快，小风儿快帮帮我，我下不来了。"

我赶忙跑出去，踮起脚想把他抱下来却脚下一崴，我和他双双跌落在地，我舍身取义给李遇做了肉垫。李遇赶紧从我身上爬起来，查看我有没有受伤。我揉着酸痛的手腕还未起身就看到太子黑着脸站在我的上方。

我连忙爬起来和李遇一起跪好，太子拿着戒尺板着脸："把手伸出来。"

我和李遇就乖乖地把手伸出来，太子举起戒尺，发现我在偷瞄，他没好气冲我道:"没说你。"吓得我只好把手握成拳小心地收起来。

太子举起戒尺"啪"的一声打在李遇的手上,顿时就疼得他龇牙咧嘴,他的手心立马红了一片。"啪"第二尺打下来,李遇疼出了泪花。"啪"第三尺打下来,我伸出手心挡在李遇手上,替他挨了下来,手心火辣辣的。

"小凤!你……"太子气结,摇头叹了一口气,"你和太子妃迟早会把他惯坏的!"说完就负气离开了。

我和李遇相视一笑,转眼又乐得没心没肺。

李遇把我拉起来:"小凤,走,我带你去个地方。"

"你不能叫我小凤。"

"可是你都叫我小遇了呀。"

"我是长辈。"我摆出一副郑重的样子说。

"那我叫你姐姐吧,我一直想有个姐姐。"

我还是摇了摇头:"你不能叫我姐姐。"

"为什么?"李遇一脸疑惑,我看起来挺像他姐姐呀。

我沉思了一会儿。"算起来……"我迟疑着不太确定地继续说,"……我该是你小妈。"

"哎呀,别管这么多了。走,我带你去个好地方。你肯定会喜欢的!"李遇拉着我跑了起来,微风拂面吹起我的发丝,让我想起在玉门关外的风。玉门关外的风,不像长安的风那么小意温柔。玉门关外的风很烈,烈得可以卷起数丈黄沙,将人从马背上掀翻。

我在玉门关外策马奔腾,狂风卷着细沙扑面而来,即使我裹好了面纱、戴好了帷帽还是能感受到黄沙打在脸上的磨砺感和刺痛。我已经很久没有骑过马了。

李遇带我来到东宫的湖边,湖中心有座很大的假山,假山上有一座湖心亭。他从岸边解开一只小舟,牵我到舟上坐好,拿起船桨娴熟地朝湖心划去。

李遇把船靠好，拉着我上了岸，却没有到亭上去。反而把我拉到亭子下面，我在一个极隐蔽的角落里发现了一个小山洞。入口极窄，我能勉强通过。若是像太子那样的成年男子就只有侧身弯腰才能勉强通过。

　　挤进去之后才发现里面别有洞天，比起那小小的洞口，里面要开阔很多，看起来起码能容纳四五个人。四周的岩壁上挂满了用细麻线捆成的一小捆一小捆的各种草药，周围岩石大大小小的凹槽里摆满了各种小玩意儿，有泥人儿、木偶、小匕首，中间还有一块平滑的像桌面一样的岩石，上面摆着几本医书、游记和棋盘。

　　我惊讶得合不拢嘴。谁也想不到在偌大的东宫里，竟然还藏着这样一方小小的天地。

　　李遇得意地朝我炫耀："怎么样？这里还不错吧？"他拉着我坐下来，然后在岩壁上挂着的一排排草药里翻找起来。

　　他解开一小捆草药放进不知从哪里取出来的药杵臼里捣碾着，捣碎之后将留着青色药汁的碎药敷到我那只代他受过的手上，冰冰凉凉的很舒服。

　　他捧着我的手吹了吹："小风，你还疼吗？"

　　我摇摇头："早就不疼了。"

　　"这里是我的秘密基地，我最喜欢的东西都在这里。父王看我看得很严，不许我干这个，不许我干那个。我开心的时候、不开心的时候，都会来这里。在东宫我没有玩伴，现在我有了你。你是我唯一的朋友，你可千万不能出卖我啊，以后这就是我俩的地盘了。你一定要替我保密哦。"

　　"嗯。"我顺从地点点头。

　　"还有几天就是我的生辰了，等我过了生辰就可以去校武场学骑马射箭了，你一定要去看哦。我肯定是那些人中学得最快、最好的。"

　　"你想学医……吗？"我忍不住问。

009

"学医不好吗？"李遇反问道，"老师说医者救死扶伤是很值得尊敬的。他还叫我们见到年长的医者一定要行礼呢！可是父王不喜欢我看医书，他只会叫我学策论、《四书》。他说医书对我来说没什么用，是旁门左道不务正业，没有哪一个皇子皇孙需要学医的。哎！如果我生在普通人家大概就可以学医了吧。"

"学好本领浪迹天涯，做个游医游侠，行侠仗义救死扶伤。"李遇说完一脸向往地傻笑起来。

我不知道说什么，我隐隐觉得太子说得对，可是又觉得学医确实是很好的。四哥也跟我说过医者仁心。可是生在皇室的李遇却不被允许学医，就像我身在长安不被允许骑马一样。顿时我对李遇生出一种惺惺相惜之感。

我想问李遇为什么想学医，但是我没有问，因为我知道我为什么想骑马。我想，我想骑马的心情和李遇想学医的心情大概是一样的。我想回玉门关的心情，同李遇想浪迹天涯的心情也是一样的。

后来我知道了那种心情有一个名字，叫求而不得。

叁

东宫出了一件喜事，太子妃怀孕了。大家都很高兴，东宫人人脸上都挂满了笑容，我也很高兴，这是我入东宫以来头一件值得高兴的事儿。更让我高兴的是太子妃没有因为身怀有孕就忽略我，她对我还是和以前一样好。

我搂着太子妃的胳膊把头靠在她的肩膀上："娘娘，等宝宝出生，我可以抱他玩儿吗？"

太子妃笑得眉眼弯弯："可以呀，那你要对他好呀。"

我郑重地点头保证："肯定比对小遇还要好！"

太子妃温柔地摸了摸我的头，笑得眼睛弯弯："傻姑娘。"

时间一天天过去，太子妃的肚子一天天鼓起来。整个东宫的人都在期待着这个小生命的降生，我天天都要趴在太子妃的肚子上听一听这个小家伙的动静才肯离开。

天气一天天冷下来，雪下了一场又一场，整个东宫都像是裹在了一层厚厚的没有温度的云里。大家都变得不爱出门了，炭火烧得屋子里暖烘烘的，人也变得懒洋洋的。出去一张嘴就会冒出白腾腾的雾气，像是要把全身的热量都散完了，再冒着风雪走一段就浸了一身寒气。

我再去看太子妃时就不肯进门了，怕过了寒气给太子妃，每次只是站在门外问候几句。太子妃每次都会气得骂我，然后再心疼地让人给我送御寒的东西。

"不了不了,我不进去。"我摆摆手,推辞了合静姑姑,"姑姑还是去照顾太子妃吧。"然后接过了太子妃让她给我送来的汤婆子,推她回去。

我转身沿着来时的路一步一步冒着风雪走回去。

"啪。"一个雪球砸中我的脑门,顿时一脸的冰凉。我胡乱地拨开额间碎雪,果然看到李遇笑弯了腰站在前面。

我佯装转身快速弯腰抓了一把雪团捏成球,在李遇凑过来时以迅雷之势朝他丢去,正中他的脑门。这下弯腰大笑的人就成了我。既然开始了,我们就愉快地打起了雪仗,砸得彼此满身都是碎雪。

玩累了我们就并肩躺在雪地上,气喘吁吁,口中的雾气在腾空而飞的瞬间便消散无踪。我看着覆雪的红墙朱瓦和阴沉飘雪的天空,开口:"小遇,你就要有个弟弟或妹妹了,开心吗?"

"当然了!"李遇兴奋地回答,"等他长大了,我还要和他一起打雪仗、骑马、爬山、射箭、放风筝呢!"

"如果是个女孩呢?"我又问道。

"嗯……"李遇想了一下,"那就给她做好多好多漂亮的衣裳,给她最大的东珠,最好的首饰,把全天下最好最漂亮的东西都送给她!"

得到了答案我还是不满足,继续追问:"如果她不喜欢那些呢?如果她就是喜欢骑马、射箭、打雪仗呢?"

"那就由她骑马、射箭、打雪仗!总之我要是有个妹妹,我就让她成为这世上最快乐的姑娘!"

听着李遇的回答,我的心里洋溢着一种自得喜悦,仿佛回到了我在玉门关的日子。

就是像李遇说的那样子长大的。哥哥们由着我穿漂亮的胡服,戴最大的珍珠。我骑着我的小红马,在戈壁、在湖边自在地奔腾,那时我是世上最快乐的姑娘。

我躺在雪地上,任由雪花纷纷扬扬落在我的身上、脸上,落进我的眼睛里,冰凉凉的又立刻消融。我长舒一口气咧开嘴笑了,因为李遇,我现在忽然开始喜欢东宫了。

冬天一日日走远,年关将至。太子妃终于在新年伊始临盆了。我们全都守在门外,在太子妃痛苦的嘶喊声中等了将近一夜,在曙光来临之前终于听到了一声婴儿的啼哭。

合静姑姑出来报喜,是个女孩儿。

人人都高兴地欢呼,"呼啦"一下围起来向太子讨赏。太子笑着大喊了三声"赏",高兴地不顾礼法抱着身边同样高兴得不知所措的李遇在院子里转圈圈。我从众人里挤出来冲进室内,脱下一身寒霜的狐裘,停在火炉边站了好一会儿,烤得身上全都暖烘烘了,才走进内室去看太子妃和新生儿。

太子妃虚弱地躺在床上,发丝凌乱、形容狼狈,额头上挂着细细的汗,看到我进来虚弱地笑了,气若游丝地骂我:"你这丫头,还晓得来看我?"

我一个箭步冲到床前轻轻地扑到太子妃怀里,忍不住开始掉眼泪:"娘娘,我吓死了。"

太子妃轻轻拍着我的背,柔声安慰:"小凤儿、小凤儿,娘娘没事,娘娘我呀福气长着呢。"

"来,你抱抱她。"太子妃温柔地示意我去抱小床上的婴儿。

我不确定地看着太子妃,她笑着点了点头。我开心地小心翼翼地抱起小床上的婴孩儿,她闭着眼睛小脸红嫩嫩地躺在襁褓里。

太子妃看着她,眼中的喜爱与温柔简直要溢出来,我抱着这小小的婴孩紧张得简直要手心发汗,好不容易才找回自己的声音:"我……

我是第一个抱她的人？"

　　太子妃笑着点点头，我高兴得简直要惊呼出声。我是家里最小的孩子，没有机会像哥哥们那样看着弟弟妹妹出生长大。作为老幺总是会被哥哥们取笑儿时的窘事与童趣。现在我终于也有机会见证一个小生命的成长了，等她长大我就可以告诉她，我是这世上第一个抱她的人，她是在我的怀里长大的。我看着她就像看着我自己。

　　可是我终究没能等到她长大。她只在这人间待了三天就回去了。小遇闹着要去抱她的时候，才发现她已经浑身冰凉了。

　　小遇僵直地立在她的小床前，脸色苍白声音发抖："妹妹……妹妹……不会哭了。"

　　太子紧张地冲过去一把推开小遇，小遇失神地跌倒在地，头狠狠地撞在了身后的香炉上。太子抱起她时，她已经气若游丝哭不出声来。我一手抱着怀里的小遇，一手捂住他的脑袋，小遇在流血。

　　我看着太子癫狂，那个尊贵的男人像疯了一样喊着太医，太子妃哭喊着想冲下床来看看她怀胎十月费尽力气生出来的小女儿，却被佮静姑姑死死抱住。所有人手忙脚乱，几位太医反复诊断救治着，还是没能挽回这条小小的生命。

　　她安安静静地在太子的怀里没了生息，太子妃已经哭晕过去。这已经是太子妃失去的第三个孩子……

　　我跌坐在地上抱着小遇静静地哭，浑身已经冰凉，手上的鲜血也已经凝固，就像东宫的空气。整个东宫被一股浓浓的哀伤笼罩着，久久都不曾散去。

肆

冬天很快过去，春天转眼到了。

可是东宫却好像永远留在了那个寒冷的冬季。太子妃病在床上，已经很少笑了，太子好像比往日更忙碌了，脾气也越发暴躁，小遇被罚的次数越来越多，也罚得越来越重。而他也变得越来越沉默，越来越不活泼，眼里的光也好像在一天天地暗下去。

我总觉得，那个冬天留在小遇身上的时间最长、也最冷。

当我赶到的时候，小遇正跪在冰冷的地上，太子扬起手中的鞭子，一鞭一鞭抽打在他单薄的背上，血迹从衣内渗出来，一道一道触目惊心。他倔强地挺着腰，咬着唇不发出声音，却痛得眼泪不受控地一颗一颗掉下来。

我看得心一揪，不顾仪态，提着裙子冲过去跪在地上把小遇抱在怀里，心疼得直掉眼泪。

"小凤！你让开！让我打死这个逆子算了！"太子已经被愤怒冲昏了头，像一头失去理智的狮子。我觉得他真的会打死小遇，所以紧紧地把小遇搂在怀里不肯放手。

"别打了，太子殿下，你会把他打死的！"

"我就是要打死这个不务正业、玩物丧志的逆子！"太子的怒火无法平息，手中的鞭子无处落下，气得在原地打圈。

"太傅好好教他的东西他不肯学！非要跑去太医署学什么医！齐太傅是孤的恩师！被他生生气得背过气去！我今日不打死他，他就不知道什么是天地君亲师！就不知道什么叫尊师重道！"

"儿子只是想学医有错吗？"小遇梗着脖子不肯认错。

小遇的态度彻底激怒了太子："你学医能做什么？太医署那么多太医哪一个不是家传世学，从小耳濡目染！他们哪一个不比你强？《尚书》《春秋》《汉书》《资治通鉴》你不学，《老子》《六韬》《管子》《韩非子》你不学，它们哪一个不比你看的那些游医散论强！"

"若有一日，这天下传到你的手上！你就打算用你那半吊子的医术治世吗？我今日不打醒你，他日你若为君就是百姓之祸！就是我不教之过！就不配为人父君！"说着，他强硬地将小遇从我怀里拽出来，"啪啪"又是两鞭。

我跪着扑上去把小遇护在怀里，泣不成声："别打了！太子殿下别打了！小遇知道错了，求您别打了！"

"他知错？我看他不服气得很呢！"太子扬鞭作势还要再打，我扑过去按住他要扬鞭子的手，哭着说："你要打就打我吧！小遇要是被你打死了，我和太子妃也不要活了！反正这个东宫已经死气沉沉很久了！"

这话深深刺痛了太子，他长叹一声悲愤地扔掉鞭子甩袖走了。

我把小遇抱在怀里，等到太子走远，怀里的小遇才放声大哭起来，眼泪大颗大颗地夺眶而出，每一颗都像是砸在了我的心上。

我把小遇带回去替他上药，他的背上已经皮开肉绽血肉模糊。我一面上药一面忍不住不停抽泣着心疼得眼泪止也止不住，仿佛比他还要疼。

听我哭得这么厉害，小遇倒好像不觉得疼了："小风，别哭了，我都习惯了，用不了几天我就又活蹦乱跳了。"

我不说话，哭得上气不接下气，也说不了话，只是继续帮他上药。

"我出生的时候就有人说过,说我是孤煞星转世,克父母兄弟,所以这么多年父亲母亲这么多孩子里只有我一个活了下来。"

"那不是你的错。妹妹是因为发疹才夭折的。"

"我小时也发疹!可我就没事!偏妹妹就没了。"

"那不是你的错。"我不知道说什么,不知道怎么才能安慰他。

"我知道父亲不喜欢我,所以我做什么他都不满意。"

"可我想学好医术,只是不想再让母亲失去她的孩子,这难道也有错吗?"小遇委屈地放声大哭,哭得喘不过气,我不知道能做什么,只好把他抱在怀里。渐渐地,他哭得累了枕在我的腿上睡着了。

天气一天天暖和起来,太子妃的寝殿却还是那样阴冷,她不让人熏香,不让人放暖炉,假装冬天还没有结束。

太子妃的病早就好了,可她还是不肯下床。我知道是太子妃的心里生了病。她不见太子,也不见李遇。每天只是躺坐在床上目光空洞地出神,短短数月太子妃已经形销骨立看不出往日光彩。

小遇在室外候着想进来请安,我看了一眼床上的太子妃,拍了一下她的手背。她回过神来,用疑惑的眼神看着我。

我柔声开口:"娘娘,小遇来给您请安了。"

太子妃无精打采地摇了摇头,背对着我躺下,闭上了眼睛。我轻叹一声退了出来,看着站在院落里的小遇,在他期待的眼神中摇了摇头。他眼中的期待一下子灭了,扭头跑了出去,我知道他在哭。

"小遇!"我追了出去。他已经好几个月没见过自己的母亲了。他每天都来,可是悲伤过度、日渐消沉的母亲从来不肯见他。父母过度的悲伤无时无刻不在侵袭着这个十几岁的孩子,这对于他来说未免过于残忍。

他一路奔向湖边,解开唯一一只他被藏起的小船,奋力朝湖心划去。

"小遇!"我在岸上喊他,可他头也不回。

我知道他很难过，因为我和他一样难过。东宫已经悲伤得太久了，我们已经很久没有在同一张餐桌上用膳。每个人的脸上都很少再看到笑容，就像冬天从没有离开过。

我不能让东宫再这样子下去，我一头扎进水里。

小遇顿时慌了神，丢下船桨扒在船边慌张地往水下找。

"小凤！小凤！"

我憋住气游到小舟的另一边，趁小遇全神贯注的时候猛地钻出水面扒着船沿，吓得他惊呼一声瘫坐在船底。

看着我冲他笑，这才心有余悸地笑了出来。

经过这一番折腾，我病了。发起了烧，躺在床上哪儿也去不了，只好沉沉地睡了一觉，醒来看见窗外的桃花忽然开了，经历了一冬的严寒在春风里开得正艳，如获新生。

伍

一大早，我就冲进了御花园。寻了一把剪刀，爬上枝头去剪开得最美最艳的桃花。爬树对我来说不值一提，我在玉门关时就经常待在树上。

我知道桃花当然是开在枝头时最美，可是树又不会走，不能到不愿看它的人眼前去。

于是我剪了一大捧桃花，去献给太子妃。用各种从御花园偷来的花儿，把她的房间装扮得春意盎然。我叫人打开所有的门和窗，好让她望见窗外瓦蓝瓦蓝的天和大片大片的白云，听见鸟雀欢快的鸣叫，感受到从春天吹来的习习的风。

我还在玉门关时，三哥就告诉过我，长安的春天和玉门关的不同，玉门关的春天带着萧索的希望，而长安的春天能治愈一切伤痛。我要把长安的春天当成礼物送给娘娘。

虽然伤痛不会那么容易被治愈。但是每天看着满屋子的鲜花，人的心情总会好起来的不是吗？虽然对娘娘的伤痛可能并没有什么用，但不管怎样，总要有人做点什么不是吗？

连续一个多月的鲜花终于赶走了太子妃心中的阴霾，让太子妃的脸上重现了笑容。娘娘不愿辜负我，她现在至少愿意同我去花园走一走。

我帮她换上鲜艳的华服,合静姑姑亲自给娘娘梳妆。我们缓步来到御花园,阳光明媚,云朗风清,百花争艳,繁花团锦,美不胜收。我摘下一支桃花簪在她的鬓间,人面桃花相映红。

太子妃握我挽着她胳膊的手,长舒了一口气,像是放下了千斤重担,然后轻轻地笑着说:"小风儿,谢谢你为我做的一切。"

我把头轻轻靠在娘娘的肩上:"娘娘,你看,春天到了,一切都会好起来的。"

东宫仿佛一下子从噩梦中醒来,众人也逐渐恢复了神采。东宫恢复了往日的生机,全是因为太子妃。

太子终于放下愁容回到了东宫,我们开始像往常一样在一个餐桌上用膳,有说有笑。一切好像变了,又好像没变。

小遇要继续到校场上练骑射,他央我去看。我看向太子妃,太子妃又看向太子,他们相视一笑点点头。得到他们的许可后,我拉着小遇的手欢天喜地地去了校场。

小遇换上一身骑装变成了挺拔的少年郎。他先练步射,十步开外十箭九箭正中红心,二十步开外勉强五箭十环、一箭脱靶,三十步外就已经很难十环了。不过,这在孩子中已经很难得了。

所以我笑着上前摸摸他的头鼓励他:"很不错。"

他却好像对这个结果并不满意,换了张弓翻身上马去练骑射。我感受到他有些愤怒,这个时候已经不适合再练骑射,然而还没来得及制止他,他就已经打马在校场上跑起来。

"嗖嗖嗖"三箭连贯而出,却全部脱靶。他不服继续打马,还要再射。然而马儿好像感受到了主人的迁怒,在他胯下嘶鸣扬蹄,我顿时看出了不妥。马要受惊了!

好马性烈,它发起了脾气,嘶鸣着高高地扬起前蹄要把背上的伙伴甩下去。小遇惊呼一声,弓从手中脱落,他拉紧缰绳免得被摔下马背。众人惊慌失措手忙脚乱,反而使马儿更加紧张。马儿失去控制地狂奔,冲出校场。

我只好挽起袖子随便牵过一匹马,翻身上马扬鞭追了出去。

"驾!驾!"我大喝身下的马,紧追其后。

我策马狂奔,劲风打乱我的发,吹起我的衣袂,我却从心底溢出一种快意,像是冲破了某种枷锁,回到了我的童年,回到了我的玉门关。我痛快地在风中策马扬鞭,像离弦的箭,像自由的鸟,呼吸仿佛都变得畅快。我好像把长安把皇城全都远远甩在了身后,再也没有什么能束缚我。我痛快地欢呼起来!

我很快追上了那匹受惊的马,我控制自己的马慢慢向它贴近并行,然后看准了时机一把将小遇捞到自己的怀里。

小遇惊讶地瞪大了眼睛看着我:"你……你……你会骑马?"

我骄傲一笑,颇不谦虚地强调道:"还骑得很好!"

看着小遇不可思议的眼神,一种强烈的骄傲自满由心底滋生起来。看着天上的一队飞鸟,我拿出马背上的另一张弓,把缰绳交到小遇的手上。

"拉紧缰绳!"大风会吹散我的声音,我只有提高了音量嘱咐道。

"天上一共十三只鸟,你想要哪一只?射头还是翅膀?"我搭起弓看着小遇吃惊地张大了嘴巴,越发得意起来。

我瞟到他震惊得说不出话来,勾起了嘴角意得志满地自说自话:"我要……左边第三只鸟儿左边翅膀的第三根羽毛。"连说话的声调都扬起了得意的尾音。

"小遇!看好了!" 说完我拉满了弓"嗖"的一声松开了手中的箭,随声而应一声短促的鸟鸣,然后从遥远的天空飘落一根蓝黑色的羽毛。那是我所知道的,小遇第一次惊讶得讲不出话来。

从那天起,小遇再也没有在三更之前睡过觉。他住的院子里"嗖嗖"的箭矢之声常响彻整夜。其实也不能怪他,连大哥都说我是天生的神射手。早在我像小遇这么大时,在射箭方面,军中就已经没有我的对

021

手了。

虽然回到长安后,我放下了手中的弓,但是我心中的弓却从未放下。大哥说,你可以和那群羊生活在一起,但永远不要忘记自己是一只鹰。所以长安养尊处优的生活虽然磨平了我手上的茧,却永远无法磨平我心上的茧。

因为大哥说过,我永远都是玉门关最烈的春风。

得益于我的间接督导,在自尊心的促使下,小遇的骑射进步得飞快。连太子都难得地对他进行了褒奖。

饭桌上,太子好奇地问小遇是什么让他这么用功,小遇难得地抿着嘴不说话。我看着小遇为难的样子开心地笑了笑,小遇答应我要替我保守秘密,就像我当初答应替他保守秘密。

"小遇说,他要在秋狝中猎到最大的猎物送给娘娘和您。"我笑着替他解围,小遇瞪大眼睛看着我,他深知自己的水平所以对此并不觉得感激。

我却很开心地冲他眨了眨眼,没关系,我会帮你。

陆

因为重新回到了马背上,我心中的向往被释放,我迫不及待地开始期待起下一次的策马奔腾。而秋狝是最好的机会。我就放肆这一回,我悄悄地想着。

因为我的"解围",小遇不得不更加勤奋。弓弦勒得他的手上鲜血淋淋,也只能咬牙坚持。我将丝帕缠在他手上,绑好之后,继续指导他搭弓。当然,是在夜里避开了所有人。

百步穿杨绝非一朝一夕可以练就,想要百发百中,至少要每天搭弓一千次。就算是有天分,也需要加倍地练习,才能踌躇满志、善刀而藏之。

这样重复而枯燥的训练,很快累得小遇胳膊都抬不起来,他沮丧地放下弓。

我把茶水递给他,他的手已经完全没有力气了,连端着茶水都忍不住颤抖。我便接过来喂给他喝。

"风呀,你的箭术怎么练得这么好?"小遇坐在地上,眼巴巴地看着我。

我在他身边蹲下,递给他一方丝帕让他擦汗。对于他的问题我想了想,发现确实没有捷径可走:"可能是……天赋吧!"

小遇听到了我的回答,哀号着就势躺下。天赋怎么能打败?我只好凑过去摸了摸他的头，安慰道："勤能补拙。"小遇并没有觉得被安慰了，反而翻了个身哀号得更大声了。

小遇院子里有一棵很大的梧桐树，为了训练他，我在梧桐树上挂满了蜜饯和他秘密山洞里一切能挂树上的东西。

小遇看到被我布置好的树，不解地问我："小风，你这是什么意思？"他似乎已经有了不好的预感，语气里已经隐隐有了求饶的意思。

"从今天起就不练靶子了。你就射这树上挂着的蜜饯儿。"

小遇有点崩溃，欲哭无泪地道："蜜饯那么小怎么射啊？"

"靶上的红心未必有蜜饯大。"我不以为然。

小遇开始要放赖："那是一回事吗？"

确实不是一回事，靶子是死的，每天练习一千次我就算闭上眼睛也能射中靶心。蜜饯小又被挂在树上，风一吹就是活的靶子，比靶心射起来成就感可高多了。可是我没说，我怕说出来小遇会再也不想练箭了。

"那你就射绳子。"我换了个自认为简单点的。

"绳子不是更难射？"小遇觉得自己快要被我逼疯了。

"这树上挂满了你最喜欢的东西，你记得要避开。"我说得风轻云淡，射不中比射中可简单多了，这是所有因素里最简单的了。

小遇哀号不止，干脆躺下开始在地上打滚撒泼："我当然想避啊……啊啊啊……但是你挂的那些目标比蜜饯大多了，我怎么避啊……"

李遇是真要哭了。

我走过去蹲在小遇身边叹了一口气轻轻地说："我以前都是把蜜饯吊在鸽子腿上射的。"所以我当时才能那么自信地问他，是射头还是翅膀。

蹲累了我就干脆坐在地上："小遇，我的箭法和骑术那么好，并非全赖天赋。我也是付出了十二分努力的。抛开天赋不谈，光是我付出的那些努力就足以支撑我成为一个神射手。"

小遇听到这里不再撒泼，立马坐了起来，收起了胡闹，眼睛闪亮地看着我。

"可是我回了长安之后，就再也没有挽过弓、骑过马了。可当我再次挽起弓，我就觉得我又回到了我在玉门关的那些日子，仿佛我的弓从未离手过。不是因为我的天赋，而是我有一种信念，我觉得凭我千百次的练习我早已和我手中的箭融为一体，我相信我手中的箭就像相信我自己。我能射中，是因为我相信我能射中。"

我从来没有一次说过这么多话，所以讲完之后我悄悄地观察小遇的反应。他愣愣地看着我，眼中充满了崇拜与敬重。

"小风，"小遇认真地看着我郑重地说，"我明白了。"然后重新拿起弓继续练习。

这一次他表情坚毅，动作干净凌厉，每一次松弦都带着势如破竹的泰然，仿佛一瞬间成长了。

太子妃不知什么时候来到了我身后，静静站立。当我回头发现她时，她只是静静地冲我笑着，眼波温柔。我开心地朝她走去，她把手中的汤盅递给我，然后慈爱地摸了摸我的头，什么都没有说笑着离开了。

很快到了秋狝的日子，太子妃提议我们都去，太子欣然同意。最开心的当然是我和小遇。太子妃看着我的笑容里似乎带着几分默许，我高兴地扑到她怀里，打心底生出一丝感激。

皇帝秋狝，百官同行。搭好帐篷，安顿好一切之后，秋狝就开始了。皇帝身体不适，此次狩猎只做观礼。群臣跃跃欲试，只有小遇是被迫参加的。对于小遇的过度勤奋，连皇帝都有所耳闻，所以即使他年纪未到却也破例让他参加了。

小遇端坐在马上,担忧地看了我一眼。我冲他点点头,他才策马随众人而去。

女眷们都待在一起随皇帝端坐在高台上观礼,我静坐在娘娘身边,压下心中的雀跃强忍了一刻钟,才将手悄悄地覆上她的手背小声说:"娘娘,我想回帐篷里。"

太子妃温和地笑着拍了拍我的手嘱咐道:"要当心。"

我欢快地点点头,赶快回到了自己的帐篷里,换上一身骑装,趁守卫不经意的时候溜出了帐篷,牵着早就准备好的马,一溜烟地冲进围场里。

我答应过小遇,要帮他猎到最大的猎物献给太子和娘娘。

小遇在不远处焦急地等着我,虽然他这时已经猎到了几只野兔,但是野兔当然不算是大的猎物。

见到我策马而来,小遇的眼里都发光了。

"你可来了!"

"驾!"我没有停下,继续催马前进高声道,"走!我们去猎鹿!"

我说到做到,没过多久我就和小遇不费力地围猎到了一只赤鹿。猎到赤鹿之后,我就和小遇分开,他继续狩猎,我回到了帐篷。

秋猎开始的第三天,他们在林中发现了黑熊踪迹。众人都跃跃欲试,纷纷在森林附近布上了陷阱。

要猎黑熊光靠箭矢可不行,所以在小遇带人布置陷阱的时候,我还准备了弩箭和长矛。当然为了安心猎熊,我和小遇还作了弊。我们派人放出假消息说黑熊出没在北面,当所有人都浩浩荡荡朝北面出发的时候,我和小遇带着几个自己人悄悄去了西边。

"小风!"小遇在马背上叫我,"你以前猎熊的时候遇到过危险吗?"在马背上,大家都不得不嘶吼着对话。

"没有!"我在风中喊着,确保声音不会被风和马蹄声吞没。

"我以前没有猎过熊!"我如实相告。当然没有,玉门关哪有熊。

想到这一点，我有些许兴奋。

但当我回答完再去看小遇，发现他的脸都变得煞白了，不可思议地看着我。我被他盯得不明所以。思考了一下才恍然大悟，原来他看我自信满满，以为是我经验丰富，却没想到我只是艺高人胆大，初生牛犊不畏虎。

"小遇，你别担心。"看着他惊惧的样子我有点心虚，只好安慰他，"我会保护你的！"我试图给他建立信心，但是小遇好像并没有因为我的承诺而感到些许安心。

他艰难地吞了下口水，除了相信我，别无选择。

我却笑意更甚，尽情享受着纵马的快乐。

柒

我们在附近搜寻了很久,终于在森林的边缘发现了一头黑熊。小遇和随从莽撞地搭弓,我"别"字还没来得及出口,"嗖嗖"几支箭就已经离弦射出空。

小遇和随从的弓不够硬,这样射出的箭最多只能刺穿黑熊的皮毛却伤不到要害。黑熊被激怒,呼啸着朝众人袭来。

众人打马散开,黑熊怒吼一声,几匹没有上过战场的马匹惊啸扬蹄,骑术不精的家伙们率先落马。

"嗖嗖嗖",我拉开弓三箭齐发朝黑熊的咽喉射去,黑熊动作敏捷避开了要害,腾空而起怒啸着朝我袭来。我调转马头,机巧又惊险地躲过。

"把它引到陷阱那里!"我大喊着也策马朝陷阱附近奔去。其他人将熊围堵住让它只能朝一个方向奔去。

暴怒的黑熊大掌拍地,草屑落叶都被震起,鸟雀四散而飞。我回过头就看到它张着血盆大口举着利爪低吼着朝我扑来,来不及拉弓,我只能举起弩箭朝它的眼睛射去。

黑熊眼睛中箭,这使它更加暴躁,狂吼着挥着大掌朝我拍来,我只能优先保护脑袋而背后中招,黑熊这一掌几乎要拍碎我的肩膀,我招架不住整个人从马背上跌滚下来,霎时抽出了马背上的长矛。

我右手举着长矛,左手握着弩箭,黑熊凶神恶煞地试探着朝我靠近,陷阱就在我身后不远处。

"嗖嗖嗖",小遇用尽力气将弓拉满,连发三箭射中了黑熊的背,引得黑熊立刻转移目标朝小遇扑去。

小遇策马,引诱着黑熊朝陷阱靠近。愤怒的黑熊奔跑起来的速度并不比马匹慢多少,小遇的马被追上来的黑熊拍倒,他整个人也被甩出数丈,手中的弓掉落在不远处。小遇疼得龇牙咧嘴,缓缓站起。

这时我看见黑熊直立着就要朝着小遇扑去,而陷阱此刻就在黑熊的身后!就是现在!

"小遇!接着!"我将手中的长矛抛给小遇,黑熊只有直立的时候才会露出它胸前的要害!

小遇接到长矛没有丝毫迟疑,手握长矛奋力跳起,拼尽全力:"呀——啊——"

小遇大吼着朝着黑熊心脏的位置刺去!长矛插入黑熊的身体,它吼叫着仰面朝身后的陷阱倒去。

"轰隆"一声巨响,黑熊落入陷阱里。所有人带着劫后余生的欢喜不可置信地大叫欢呼起来,兴奋极了!

小遇站在陷阱前整个人都带着释然后的轻松,他喘息未定,嘴角还带着未干的血迹,冲我"嘿嘿嘿"地傻笑起来。

我知道从这一刻开始,他再也不会因为别人而否定自己,我的小遇从此要真正成为一名少年郎了。

而我心满意足,事了拂衣去。

众人很快就会都围过来。所有人都会知道,皇孙李遇,年十三,秋狝猎熊的事迹。这将会被史官写在史书上。

在那之前,我回到了帐篷里,简单地处理了一下伤口,换上干净的衣服找太子妃去了。

黑熊无疑成了猎场上最大的猎物,陛下龙颜大悦大赞小遇:"真,

029

乃吾之孙！"

晚上起篝火，宴群臣，为小遇举行庆功宴。

太子妃得知之后眼睛瞪得大大的，惊讶地看着我，不敢置信。我笑着躲进她怀里心里甜甜的："娘娘，我们小遇真了不起，对吧？"

晚上陛下问小遇打算怎么处理他猎到的大家伙，黑熊还没有死，小遇的那一下，对黑熊来说力度还不足以致命。这个时候它被关在一个大铁笼子里，伤痕累累不停地呜咽着。

突然想到以前打猎，我总是和二哥分到一起，二哥并不热衷打猎，所以每次都是空手而归。因为二哥总说万物有灵，要心怀悲悯。他也是哥哥们中唯一一个在军中没有担任要职的。但他是哥哥们中本领最好的一个，我骑射全都是他教的，而他却默默选择了做一名军医。我问四哥为什么，四哥只说："医者仁心。"

我有些于心不忍，但我没说。

娘娘却悄悄握紧了我的手。

太子疑惑地看过来，我和娘娘相视一笑都不说话。

小遇站在台上抱拳一礼："回皇爷爷，孙儿想把猎到的黑熊献给父王和母妃……"他稍稍直起腰，看向我眼角含笑带着感激，"……还有谢良娣。"

"哦？"皇帝没有多说什么只是问，"那太子和太子妃打算如何处置这头熊瞎子呢？"

太子看了太子妃一眼，征求她的意见，太子妃含笑起身略施一礼："回父皇，昨夜儿媳在梦里有一奇遇，儿梦见一头黑熊口吐人言，向儿求饶。没想到今日遇儿就猎到了一头黑熊。君子见其生，不忍见其死，闻其声，不忍食其肉。又因着这个梦，儿媳觉得，这或许正是此熊命不该绝，故，儿媳觉得不如就将此熊放生，也算功德一件。"

皇帝听完哈哈大笑。"好好好，"连叹了三声好，"飞熊入梦，这是好兆头啊！那就依太子妃之言。"

陛下高兴，群臣也自在，皆赞陛下圣明，山呼万岁。

从猎场回到长安刚好到了我的生辰，我在生辰这天收到了玉门关的家书。我捧着信笑得无比灿烂，几乎可以想见哥哥们挤在一起七嘴八舌的样子。

太子妃见我笑得高兴，便好奇地问我："小凤儿，什么事这样开心？"

"是哥哥们的家书，大哥说我当姑姑了，大嫂生了一个小男孩儿。"

我凑过去献宝似的展开信，笑着说："上面第一句就写着'展信佳，贺妹添侄之喜'。明明是他自己当爹，却第一句就来恭喜我，生怕我不给贺礼。"

"可我没记错的话，除了你二哥和五哥，其他哥哥都已经婚配，你怎么就知道一定是你大哥添了儿子呢？"太子妃疑惑地问。

"娘娘你不知道，我哥哥多，但是他们三个月才能给我写一封信，每个人都有好多话要说。左一句右一句，能写好几个时辰。我第一次收到他们的家书时足足有一本书那么厚。所以后来他们就按顺序一人只写一句，拣重要的说了。"

我不爱说话，可是我的哥哥们都是话痨。哥哥们说因为我在东宫所以不能频繁地给我写太多信，怕招来非议，给我添麻烦。

"小凤儿，今天是你的生辰，你有什么愿望吗？"太子妃看着我高兴的样子温柔地问。

"我希望大家都健健康康的，长命百岁！"

太子妃摇了摇头："我是说你自己的愿望。"

"回玉门关！"我不假思索地脱口而出。

太子妃神色一愣，随即又柔柔地笑了起来摸了摸我的头，然后点点头道："小凤儿的愿望一定会实现的。"

我不明白太子妃的意思，只是在心里默默地想，真的会实现吗？

这时太子走了进来,见到我说:"正好,小风你在这儿,今天是你的生辰,这是我给你备的礼物。"说着交给我一个盒子。

我打开盒子一看,是一套文房四宝。我没记错的话,去年小遇生辰太子送的好像也是这个。

但是我还是很高兴,欢快地说:"正好!我去给哥哥们回信!"

捌

我回到自己的院子,把家书叠好和其他家书一起放在盒子里。刚磨好墨摊开纸。小遇就从外面翻墙进来了。他现在翻墙已经得心应手,不会再摔了。

他走到桌前,看着我桌上刚写了一行的信纸,疑惑地问:"为什么第一句是,'日月山川河启'?"

"日月山川河是哥哥们的名字,这样写比较方便。"我不好意思地摸摸头。我们兄妹之间没规矩惯了,所以信件也比较随意。

"日月山川河风?"

"日月山川,河风云雨。算命先生说父亲命中原本有八个孩子的。"我垂下眸,想起了伤心事。

"大哥二哥三哥四哥五哥分别叫,伯日、仲月、叔山、季川、夏河。"

"日月山川,河风云雨。小风,你们家真会起名字。"小遇咋舌,由衷感叹。

"我们的名字都是娘亲起的。"我提笔一边继续往下写去,一边问,"这么晚了,小遇,什么事?"

"嗯?"小遇目光闪烁,表情也有些不自然,"没……没事!小风,你早点休息。我先走了!"说完扭头就跑,只是我桌上多了一件东西。

是一只奇怪的簪子,那是一只白玉雕成的兔子形状的发簪,兔子眼睛的地方镶着两颗小小的红色宝石，怪可爱的。

　　从猎场回来的两个月后，太子妃的梦应验了。太医说，娘娘已经有两个月的身孕了。我和太子高兴得简直要跳起来。因为之前的那个梦，皇帝也特别高兴，特意赏了很多东西。

　　只有小遇忧心忡忡，沉默不语。我知道他在担心什么，其实大家都很担心，只是都默契地不说出来。

　　太子妃这次孕吐得严重，几乎吃不下饭下不了床，我就去向太子殿下讨了几本佛教来抄，替太子妃祈福。

　　太子看着我叹了一口气，欲言又止："小凤……你……你在东宫过得开心吗？"

　　我捧着佛经有些懵懂："开心呀。"

　　"我……我是说……我……"太子叹了一口气，"唉，算了，你去吧。"

　　我茫然地点点头，抄佛经去了。

　　太子妃这次怀孕怀得很辛苦，几乎没怎么下床。太子常常背着太子妃骂还没出生的小家伙不孝顺。

　　次年端午，太子妃顺利生产，母子平安。陛下亲自赐名：望，字子牙。因为太子妃梦熊的关系，陛下对这个孩子寄予了厚望。还说，等他到了可以入学的年纪就送进宫内，亲自教养。

　　与此同时，我收到了一封来自玉门关的奇怪的家书。大哥说担心我在东宫过得并不像我信中描述的那样好，所以要亲自回长安看看。要我在六月十五设法出宫，到灵觉寺去见他。

　　大哥虽然有些鲁莽，但他毕竟是玉门关守将，无诏不得回京，他绝不可能擅离职守。所以我决定还是先给大哥回信问问清楚。可是我却一直没有收到大哥的回信，为了弄清楚究竟是怎么回事，我还是决定去一趟灵觉寺一探究竟。

　　我去求太子妃，告诉她我想去城外的灵觉寺礼佛，为小皇孙祈福。

太子妃没有阻拦。

于是,六月十五这天我轻车简从,悄悄从东宫出发了。灵觉寺地处偏僻,出了城大概二十里要经过一段山路。

谁知刚进山不久,我们就遇袭了。对方人数众多,我们寡不敌众。我手边没有弓,伤了的肩膀到现在也还没有恢复如初,神射手此时也只能是个手无缚鸡之力的柔弱女子。所以,我就被他们打晕带走了。

当我再次醒来时,已经不知自己身在何处。他们绑了我的手脚,蒙住我的眼睛,又堵住了我的嘴巴。我不知道我昏迷了多久,也不知道现在是白天还是晚上,而且他们在我面前也很少交流,即使交流也是压低了声音窃窃私语。

我挣扎着坐起来,想引起他们的注意以便获得更多信息。可是并没有人搭理我。唯一确定的是,他们没有打算杀我,反而好像是要带我去什么地方。

他们有车有马,听动静这一队至少有二十几个人。而且他们走的是官道,因为我听到路上有很多来来往往的车马声。想要二十几个人堂而皇之地走在官道上而不引起注意,最好的方法就是伪装成商队。

他们到底是什么人?要把我带到什么地方去?他们要干什么?大哥到底出了什么事?

不知过了多久,他们停下来休息。他们把我带下了马车,并且给我松了绑。我终于有机会睁开眼睛,却发现已经到了晚上,并且这里是荒郊野外。此刻夜色四合,黑暗像一个巨大的麻袋套下来,虽然他们生了火,也不过就是麻袋封口的缝隙里透过来的一丝光,比被蒙上眼睛好不了多少。

为首的人在我面前跪下,向我行了一个军礼。

"末将周然奉谢大将军之命,前来接您回府。"在他说话的同时,我一直在观察周围的其他人。

他们很谨慎,就算现在是休息时间也有人在周围放风。篝火旁只有一个人悠闲地坐在那里，周围人对他的态度很恭谨，看起来他才是这群人里真正的头目，只不过他乔装打扮，故意装作不显眼的样子。

四哥教过我，事出反常必有妖。

"大哥让你来接我？"

"是的。"

"为什么？"大哥在信里没有说过。

"将军遭人陷害，被人诬告说他意图谋反，不日就要被押解进京。将军担心您在长安会被牵连，所以才派属下来接您回府安顿。"

"大哥信里没说。"大哥要被押解进京，要安顿我，为什么不派没在军中任职的二哥哥来，反而派一个我不认识的副将来？

自称周然的副将从怀里掏出一张军令和一块符牌交给我。

"信件是由末将代笔的，不敢在信中明说是怕信件落到别人手里对将军不利。不过姑娘应该认识大将军的私章。"我收到的那封信上确实不是大哥的笔迹，但却有大哥的私章，所以我才觉得奇怪。我打开军令上面也确实有大哥的官印。

"你先起来吧。"他闻言站起，我继续问，"你是大哥的副将，为什么我之前没有见过你？"

"末将是这两年才被调到将军身边任职的，您那时已经是太子良娣了，所以没有见过我。但是我见过您，有一次您跟将军一起巡视，弯弓射中了一只开口雁，还是末将去捡回来的。"

我倒确实和大哥一起巡视过，也确实曾射过一只开口雁。这人看来真是大哥的下属没错。

但是我没有说话只是静静地看着周围这些人。他们虽然都在巡逻却不是两两结队，他们松松散散且鬼鬼祟祟，而且除了这个自称周然的人之外都是胡人。

见我心有疑虑，周然继续解释道："噢，他们是我雇的一支胡人商队，从长安回玉门关还要靠他们掩护。那位……"他指着篝火旁的那名男子,"是他们的头领。"

听到周然的话那人才转过头来,朝我微微一笑点了点头算是打了招呼。

我留了个心眼,一边装作不经意地顺手把周然交给我的东西揣进怀里,一边继续问道:"其他哥哥们呢?还好吗?"

"哦,您别担心,其他将军暂时都被圈禁在府里,目前还没有危险。等您回府就能见到他们了。"

我点点头,他确实没有什么破绽。然后我沉默了一会儿,像是突然想起什么似的问道:"二哥的腿伤还好吗?"

周然却笑了起来:"姑娘记错了,谢军医没有腿伤。"

我点点头喃喃自语:"是我记错了。二哥确实没有腿伤,有腿伤的是三哥。"

周然放松下来:"等姑娘回到玉门关,就可以亲自去问将军了。"

玖

听了这话我顿时警惕起来,因为三哥也根本就没有腿伤!倒是养过一匹跟他上过战场前腿受伤的老马,此事全军皆知!

可是现在我已经被他们带出了长安,此处地处偏僻,想要逃走绝非易事。

为了不打草惊蛇也为了我不重新被绑起来,我只能不动声色地随他走到篝火旁,靠着一棵大树坐下来休息。周然和那个胡人头领交换了一个眼神,然后递给我一份水和干粮,我吃了几口饼又假装喝了几口水,然后靠着大树闭眼休息。

过了一会儿,听到那个胡人头领问:"睡着了吗?"

然后我听到周然叫我:"姑娘?姑娘?"

我没有回应,我知道他们在水中下了蒙汗药。四哥告诉过我,不要吃陌生人的东西、喝陌生人的水,尤其是我现在知道他们有问题。周然又走到我跟前轻轻推了我两下,我仍然装睡。

但是他们仍然很谨慎,起身走到了稍远的地方小声交谈着。但是他们没想到,得益于我从小就蒙着眼睛练靶,所以锻炼得听力也异于常人。

我能听见他们的小声交谈。

"我们为什么不直接杀了她?反而带着这么一个累赘?万一她识

破我了怎么办？"

"杀了她，只会更麻烦，蠢货！"听声音是个很年轻的人。

"可是东宫很快就会发现她失踪，很快就会找过来！到时候我们带着她只会更麻烦！"

他们争执起来，声音不自觉地拔高。

"所以我才纡尊降贵冒着风险也要亲自来办。无论如何都要把她活着带回西域，只有这样才能彻底离间中原皇帝与谢氏兄弟。"

"阿史那阿巴！你要知道，带着这个女人我们可能都无法活着回到西域！"叫周然的人显然很愤怒。

阿史那？突厥人？

"我们把她掳出来就是为了让中原皇帝相信，是谢氏兄弟有反心才派人暗中接走了他们唯一的妹妹。如果她死了，皇帝就会知道这事和谢家兄弟没关系，到时我们只会功亏一篑！"

"我们可以直接杀了她，然后嫁祸给皇帝！照样可以离间他们！"

"蠢货，她是中原皇帝用来牵制谢氏兄弟的一个质子！在谢氏兄弟没有明确造反的情况下，皇帝怎么可能蠢到要杀她？她失踪的消息很快就会传到谢氏兄弟那里，他们很快就会知道是我们掳走了她。到时候一定会想办法自证清白，一旦谢氏兄弟的陈情书送到中原皇帝手里，他们就都会明白这一切都是我们设下的离间计！

"她死了对我们一点好处都没有，只有她活着到了西域，成了我们的质子，才能彻底动摇他们君臣之间的信任！就算他们都明知道这是我们的计谋，皇帝也会忍不住猜忌，一旦皇帝不再信任他们，到时候就算他们还是不肯归降，也迟早会被皇帝厌弃！

"一旦玉门关没有了谢氏兄弟，那么我们突厥的大军就能顺利挥师南下，直取长安！"

三哥平素总是嫌我沉闷话少，那时我还觉得有些难过委屈。可是今天我听到这里，就觉得话少真是干大事必不可少的好处。

像这样的天大阴谋，如果不是他这么明白地讲给我听，我又怎么会知道其中的利害关系？

这是突厥人的阴谋，我一定要想办法逃走，阻止他们。

天还未亮的时候，他们把我叫醒准备继续赶路。其他人在处理篝火车辙留下的痕迹，他们很小心，还特意查看了我有没有在靠着休息的大树上留下什么可疑的痕迹。我当然没有在树上留什么痕迹，就算留了也会被他们毁掉。

我只是自然而然地丢掉了未吃完的那半块饼，没有人会去在意被随意丢在大树旁边的未吃完的半块饼。

半块饼有什么好留意的？

除非它曾被有蒙汗药的水浸湿过。只要有动物吃了那块饼，那就会是我给太子他们留下的线索。

我没有食物只能吃他们给我的东西，如果我不吃就会令他们起疑。他们又常在白天的时候在我的水里下药，让我白天睡觉晚上清醒。这样我就不会怀疑是他们给我下了药，只会觉得是自己睡颠倒了。

他们谨慎周密得令人不敢相信，怪不得他们会成为哥哥们的宿敌。

他们带我出了长安后就直奔黄河，他们打算走水路，水上一定还有他们的内应，并且水路快捷畅通，只要沿着黄河一路北上，要不了十日就能回到突厥。

前面就要到黄河了，我有些担心太子他们到底能不能及时赶来救我。我很紧张甚至还有点想吃汤饼。不是我爱吃，而是旁边刚好就有。我只能为自己再争取一碗汤饼的时间。

"哎呀，汤饼！"我欢快地跑过去，坐下来，"伙计！来碗汤饼！"

周然已经很急躁了，不想再耽误时间："姑娘，我们还要赶路。"

然而我只是无辜地看着他懵懂地问："周将军吃了那么久的干粮，不会觉得腻吗？"

周然无奈地看向那个叫阿史那阿巴的人,那人只是随意地点点头,显得要比周然从容多了。

他大大咧咧地坐下,用他那碧蓝色的眼睛玩味地看着我,轻浮又浪荡地笑着说:"就吃一碗汤饼吧,周然,一碗汤饼要不了几个钱,兄弟们也都饿了。"胡人的口音揶揄的语气让人很不喜。

我别开眼睛不看他,只是静静地等着汤饼。这么多人,这么多碗汤饼,总归能拖上一阵子的。

我的汤饼率先上桌,我没有客气自顾地吃起来。我吃得慢条斯理,菜也只吃掉叶子将菜梗留在桌上。

那个突厥人笑了:"女郎这要是生在突厥,怕是要吃苦头。"

我听出了他的讽刺但不以为意,突厥是游牧汗国,对于他们来说青菜是很珍贵的食物。

可我并不理他,只吃我的。他忽然另起一箸,将我碗中的青菜一根一根夹走。我大赧,面红耳赤。

吃完我们继续赶路,终于在黄河边上,被太子他们追上。

"快走!"那个突厥人抓住我就往船上跑,我甩开他,不愿再多走一步。

我看到了太子、太子妃还有小遇,他们端坐马背风尘仆仆。我从来不知道,原来太子妃也是会骑马的。

"小凤!"小遇叫我。

我想甩开突厥人跑到太子那边去,可他奋力地拉住我想把我带到船上去,可是已经来不及了,其他人都已上船,只有我和他被太子带的人顷刻围住。

见我们被困,周然只好带人下船营救。周围立刻乱作一团,两伙人刀兵相见打得难舍难分。太子妃英姿飒爽,手中的红缨枪猎猎生风,已与周然交上了手。

我不知道,太子妃原是会耍枪的?原来那么温柔的太子妃也曾在马背上威风凛凛过，原来被这四方城困住的不只是我。

"娘娘。"我低声喃喃想朝她走去，那个突厥人死死拽住我，我被困在刀剑无眼的人群中，寸步难行。

激斗无益，周然已经想要撤退，可突厥人却不愿意放弃我。船已经开了，周然边打边退，撤到了船上。

"阿史那！快上船。"周然焦急地大喊，一不小心喊出了他的名字。

"女郎得罪了！"他举起手来想将我打晕带走。我哪里肯依，推开他就跑，一来一回的拉揉成功让太子的人趁机围了上来。

"放开她，孤放你们走！"太子端坐在马背上，不怒自威。

阿史那把刀横在我的脖子上，躲在我身后冷笑道："呵！我受谢将军重托要把他的妹妹带回去，如果不能完成这个承诺。我宁愿杀了她然后自绝谢罪！也绝不会让她落到你们手里！"

拾

刀已经架在我的脖子上,但我一点都不慌。我觉得他有些蠢,都到了这种时候他还不忘往哥哥们身上泼脏水,当太子是聋的吗?他姓阿史那,阿史那是突厥汗国的王姓,阿巴在突厥语中是熊的意思。

他名字的意思是蓝色眼睛的熊,他是突厥汗王最小的儿子,只不过现在易了容,装成中年胡商的样子。幼时,我在玉门关外曾遥遥地见过他一次。

"阿史那哈只儿的左臂还疼吗?"我冷冷地问,哈只儿是他的大哥。我小时候跟阿爹一起巡查遇到了他大哥打猎的队伍,起了冲突,情急之下我射伤了哈只儿的左臂。

只因那时两国还算和睦,且我年幼没有伤到他的筋骨,他们自觉理亏又丢人,才没有追究下去。

"原来如此……"阿史那恍然大悟,"原来,你早就发现了我的身份,怪不得他们这么快就追上来了。"

阿史那阿巴笑着说:"那你猜,我跟他们,谁比较在意你的性命?"说着刀子又离我的脖颈近了一寸。

"别冲动!别伤着她!"太子让所有人停了下来,阿史那带着我退上船,站在船头上仍把刀横在我的脖子上。可是我知道他根本不会杀我,我不只是谢家的女儿,更是太子良娣,他现在身份已经暴露。

043

如果杀了我一定会惹怒陛下,这将会引得两国开战。

他之所以这么大费周章地前来绑我,很显然突厥汗国现在的情况不适合开战,至少是时机未到。

船很快向河心驶去,可我无论如何都不能落到他们手里。这时我看到了岸上的小遇,他带了弓。

"小遇!还记得我在你院子里的梧桐树上挂着什么吗?!"我大声喊了出来。

小遇闻言一愣,他当然会记得。我教过他的,如何避开自己的心爱之物射中目标。随即小遇毫不犹豫地搭起弓朝我瞄准,在阿史那阿巴还没有反应过来的时候,箭就已经离弦,直接射穿了他的手,与此同时我推开他跳入水中,他手中的刀也登时落地。

一切发生得太快,船上的人根本来不及反应。这时太子的人呼啦一下往前冲,"快!抓住他们!"太子想把他们一网打尽。

阿史那见状只能开船窜逃,他们的人在对岸接应。

我会游泳,但现在是汛期,黄河水位高,水流湍急,我拼命往岸上游去可很快就没了力气。他们还在追阿史那,阿史那是突厥王子,抓到他对朝廷有利。

"小凤儿!"我听到太子妃在叫我,然后听到"扑通"一声,有人跳到了水里。

是太子妃救了我,太子妃救我用掉了半条命。她刚刚生产过,又入水救我,这一救让她缠绵病榻半年之久,连过年的宫宴都无法参加。

我才知道,原来小遇并不是她和太子的第一个孩子。她的第一个孩子是在马背上没有的……从此她便封了枪,放了马,再也不许人提起。可是她却为了我,重新拿起了枪,骑上了马。

我的娘娘,是这世上最好的娘娘。可是上天为何要这样待她?于是我烧了佛经,擦干眼泪。今后我不再求佛,我要自己保护她。

阿史那最后还是逃回了突厥,此后突厥那边就没了动静。也许有,但那些都是朝堂之上的事了，后宫里没有人谈起。太子偶尔会和太子妃探讨两句，更多的只是唉声叹气。

我知道，可能要打仗了。阿爹在世时就说过，我们与突厥注定要有一场恶战。所以，哥哥们才会在父母丧期也依然驻守在玉门关，不得回京。

太子妃常常望着远处的天空叹气说，我们实在是安逸得太久了，骨头都在歌舞升平中泡软了。

我终于明白了，不是没有人发觉突厥人的野心，而是现在的朝廷根本不想打仗，只是极力粉饰太平。

太子妃低头看着自己的双手，忧伤地说："曾几何时，我的手上也是有茧的。"她目光哀伤，仿佛透过她那葱白无骨的双手，看到了她鲜衣怒马、恣意张扬的曾经。

后来合静姑姑告诉我，太子妃的母家也是满门忠烈，甚至太子妃也是上过战场的。

太子妃那时还未与太子定下婚约，十几岁就随父兄上了战场。那场战役带来了尉迟家光大的门楣，带来了娘娘的太子妃之位，也带走了娘娘的父兄。娘娘那时少年意气满腔热血，与太子成婚不过半载，过不了养尊处优、沉闷拘谨的生活，又不顾众人阻拦赶赴沙场，誓死捍卫家国。

那时，唯一支持她的人正是同样年少的太子。后来，她就失去了与太子殿下的第一个孩子。但她依然保持上战场。在营中短暂休养后，又提枪上马冲上了战场。最后，终于得胜而归。

可是她的身体实在是损伤太过，休养多年又小产一次，好不容易才有了李遇。也是从那之后，她再也没有碰过枪、骑过马，直到那次为了救我。

不是一味粉饰太平就可以真正安稳的。

三年后，突厥联合西域各部举兵来犯，直取雁门关。突厥蛰伏了十几年，而我们安逸得太久。突厥大军势如破竹，我军节节败退，一时间人心动荡，举国哗然。

朝廷已老，近年来陛下一直求医问药，晚年的病痛大大消磨了他的精力，陛下早已没了年轻时的雄心壮志，一味求和，甚至要割让燕云九州。奈何朝中阻力太大，求和派与主战派胶着不下。太子终日乾乾，愁容紧锁，忧心忡忡，鬓间都已生了华发。

现在大概是议和派占了上风。可是不行，没有人愿意割让燕云九州。连我都知道燕云十六州是我朝的固国长城，割让燕云九州只会喂大西域各国的胃口。

这几日，太子妃一直都在院中擦枪。擦得那杆红缨枪的枪头锃亮锃亮的。太子一进院子，就被锃亮的枪头晃了眼睛。

但他什么也没说，只是轻轻一声叹息。

太子妃什么也没说，可是太子殿下已经知道了她的立场。

拾壹

没过几日，朝中就变了风气。朝臣纷纷请战，痛斥三军舌战群儒，死谏请战，一时间人心激荡，斗志昂扬。

可是太子妃仍然面无喜色，只是每日在院中练枪，练满三个时辰。夫妻本是同心，太子常常看着太子妃练枪的飒爽身影，怔怔地发愣，神情凄哀甚是感动。

几日后，陛下终于下令北伐，并命太子亲征。不出所料，太子妃也请命同去，铿锵有力无人能拦。

我看着她穿上战甲，跨上战马，笑得恣意张扬，我从没有见过太子妃这样笑过。她从前都是柔柔地笑，笑得眉眼弯弯，温和而宽厚。却从未见过她笑得这样畅快，这样耀眼。

这样的娘娘可真好看。

"娘娘。"我上前握住她的手。

她温柔却有力地回握："小凤儿，别担心。我会打个漂亮的胜仗回来，风风光光地送你离开东宫。"

"娘娘，我想和你一起去。"就算不能上阵杀敌，能替娘娘挡下刀枪也是好的。

太子妃温柔地出手擦掉我脸上的泪："傻小凤，都已经是大姑娘了，还是这么爱哭。要是你也走了，谁来帮我照顾小遇和望儿呢？"

我却哭得更厉害:"娘娘……"

"别担心,我答应你,一定会活着回来的。你要相信我。"她看向远方目光深远,像是忆起了往事,"娘娘我啊,曾经也是无数次从刀枪箭雨中活下来的。"

我站在马下看着太子妃与太子,牵起他们的手握在一起,是祈祷也是托付:"殿下、娘娘,雁门路远,同去同归。"

我远没有太子妃那般勇敢坚毅,此生也不可能上阵杀敌。我空有射箭的本领,却从没有什么在我的箭下丧生过。如果周然真的曾替我捡过开口雁,就会知道我射雁的那支箭是根本没有箭镞的。

我喜欢骑马射箭是因为我除了骑马射箭之外什么也做不好。所以就算他们都叫我神射手,可是每次打猎我仍然总是空手而归。手握利刃,心却宽仁,见其生,不忍见其死。

我生于盛世,长于盛世,又是家中幼女,父母溺爱,兄长偏疼。从来没有上过战场,见过战争。我只能射场上的靶心、鸽子腿上的蜜饯。既软弱,又无能。

所以我只能看着马背上太子妃的身影逐渐远去,什么都做不了。

"小风,守好东宫,等我们回来。"太子看着我嘱咐道。

我泪痕未干地点点头,小遇站在我的身侧,悄悄握住我的手。

我看着他们远去的背影,忽然想到我刚嫁进东宫的时候,也是这样看着他们并肩离开的。

那时我穿着嫁衣,手持喜扇端坐在辇轿里,五哥为我送嫁。我怀着忐忑与新嫁娘羞怯坐在新房里,等着我未来的夫婿取下我的喜扇,同我共饮合卺酒。

我紧张又不安,我的夫婿是太子,是天底下顶尊贵的人,而他已经有了太子妃,且伉俪情深。他会不会喜欢我?或者只是短暂地喜欢一下我?他若是不喜欢我了,或者从来都不喜欢我,那我该怎么在宫里活下去？我会不会像诗里说的那样斜倚熏笼坐到明，然后像春天的花儿一样默默老去，成为用来装饰似海深宫的一个物件儿。

想到我那时惴惴不安的心情，我释怀地笑了。还好，还好，还好太子与太子妃确实鹣鲽情深，还好太子妃确实是很和善的人，也还好他们真的把我当家人。现在这样也很好，至少比我当初预想的好。

因为……我遇到了世上最好的太子和太子妃。

小遇见我突然笑了，疑惑地问我笑什么，我说我想到我嫁进东宫的那天，也是这样看着太子和太子妃离开的，那时候在我身边的也是你。

"小风，别担心。我会一直在你身边的。"小遇看着我，漫不经心地说。

我这才认真地看向他，时间过得可真快呀。小遇已经悄悄长得比我高一个头了。他身形英秀瘦削，五官硬朗举止不俗，眉宇却暗含柔情神肖其母。想起我初见他时，他还是个半大孩童，如今想来已经恍若隔世。

我这才惊觉，我入东宫已经五载有余，小遇也已经长成了少年之姿。

我从乳母怀里抱过望儿，含笑看着他，有种吾家有儿初长成的欣慰："小遇长大了，可以娶亲了。" 说着往东宫走去。

小遇追上我，还像小时候那样腻在我身边："我才不要娶亲。"

"我像你这么大时，都已经嫁进东宫了。"

"那我也不要娶妻。国尚未定，何以为家？"我们并肩走在回东宫的甬道上，影子被日光拉得很长。

"何况，我有小风就够了……"徐来的清风吹散了小遇的呢喃。

我似听清，又似未听清。

作为皇长孙，太子不在朝中，小遇现在已经可以上朝听政了。我

049

密切关注着西北战事,每日都盼着太子妃的来信。除了祈祷,大部分时间我什么都做不了。

忽然有一日,小遇回来得很晚。我便到宫门口去等他,等了很久才看到他远远地走来。

他垂头丧气,我迎上去柔声问他怎么了。

他像小时候一样扑到我怀里,闷声道:"皇爷爷有意给我赐婚。"

"这怎么行!"我惊呼出声。

小遇眼睛一亮:"你也觉得不行?"

"当然不行。"我肯定道,"你的亲事是东宫的大事,太子与娘娘都未在京中,陛下怎能专权独断不考虑太子与娘娘的意见?"

小遇眼中的光瞬间暗淡下去,叹了一口气越过我,回自己房里去。

我看着他的背影,有几分说不出的惆怅。我的小遇怎么就突然长大了呢?如果一切还都像从前一样,该多好啊。

当夜,小遇的院子里又响起了"嗖嗖"的箭矢声,彻夜不休。我才发现他是真的长大了,现在已经能拉开我都举不起、拉不开的弓了。

而我在自己的院中,倚门看着自己的双手,想起太子妃的那句,在歌舞升平中泡软了骨头。

我悲哀地发现,好像确实已经泡软了骨头。

与突厥的战事比想象中更久,好在太子妃久经沙场用兵如神,边关屡有捷报传来。可是天子迟暮,大喜过望竟昏厥过去,好在诊疗及时,暂时性命无忧。

当夜,小遇差人回东宫告诉我,他今夜不回东宫要我不必等他。也是,他作为皇长孙理应留在宫中侍疾。

皇帝的身体一天天好转起来,而他好转之后的第一件事就是操心小遇的婚事。小遇说,皇帝已经给远在边关的太子和太子妃发了密函,只等问过他们的意思就可以操办起来。

太子和太子妃并没有擅自做主，来信过问小遇的意思并嘱托我留心京中适龄贵女的品貌。

　　当我捧着信找到小遇，旁敲侧击地问他可有心仪的京中贵女时，他脸上的欣喜瞬间变得不耐烦了。他一把夺过我手里的信，把我推出门去。

　　我站在门外，看着紧闭的房门。有些意外，这还是多年来小遇第一次冲我发脾气。一时间，我竟有些手足无措。

　　后来不知他给太子与太子妃的回信里说了什么，一连几个月，都没有听到陛下再提过他的婚事。

拾贰

晦朔更替,很快来到了年关。朔风席卷,雪满长安。这是我与小遇一起过的第一个新年,望儿熬不住早早被奶娘带下去睡了。

我们坐在东宫的花厅里,看着门外的鹅毛大雪,小遇问我:"小风,你有什么新年愿望吗?"

我说:"希望太子和娘娘平安,早日得胜归来。"

"如果只能有一个愿望呢?"小遇追问。

我沉思片刻还是说:"希望太子和娘娘平安归来。"如果只能有一个愿望,那么早日可以不要,得胜也可以不要,只要平安归来就好。

小遇几不可闻地叹了一口气,我隐隐有些心疼。小遇长大了,似乎心事也重了起来,不像小时候那样快乐了。

"你呢?你有什么愿望吗?"看着他眉宇间的愁容,我忧心地问。

"我只愿,我终日悬念之人,同样将我悬念。"

他整日都能收到军报,随时都能知道太子与娘娘的安危,并不像我因为后宫不得干政,对前线一无所知。所以他自然也就不会像我一般,成日惴惴不安。

小遇看着我,眸子幽深仿佛可以吞噬亿万星辰。

我心里"咯噔"一下,仿佛有什么东西大事不妙了。

然而我只是笑着,像小时候一样去摸他的头,然而这次他却躲开了。我讪讪缩回手，脸上的笑意却维持着："小遇牵挂的人，也会同样牵挂小遇的。无论，我们小遇……"

"那你呢？你牵挂我吗？"我的话被小遇打断。

看着小遇迫切而热烈的目光，我不自在地笑了一笑："自然牵挂的。"

小遇闻言才展颜开怀一笑，我又接着说："无论，我们小遇记挂着谁家的贵女，我相信，对方也同样牵挂着我们小遇。皇后娘娘选的贵女里……"

小遇的笑容瞬间僵在脸上，我话还没说完，他就拂袖离开了。我暗中恼恨自己的僭越，我只是一个小小良娣，而小遇是皇帝长孙，是将来的太子、未来的皇帝，他的婚事岂容我去置喙？无论将来小遇迎娶谁家贵女，都不该与我有什么干系。

出了正月，小遇的婚事定下来了，是皇后娘娘母家侄儿的幺女，今年刚满十四，只等十五及笄便可以举行婚礼。陛下已经事前通知了太子与太子妃，没等太子那边回信就已经由皇后娘娘下了指婚懿旨。太子与娘娘就算事先想问问小遇的意思，此刻俨然太迟了。

不过好在听说那个小女娃品貌双绝，淑慎孝悌，小小年纪在京城贵女中就颇有才名，可堪良配。

本该人逢喜事精神爽，可是晚间小遇回到东宫却是一副失魂落魄的模样，据说是因为他办错了差事顶撞了陛下，于是被罚在御书房外跪了三个时辰。至于是什么差事，陛下却不许人过问。

看着他黑着脸一瘸一拐地回到东宫，我的心都要揪在一起了。赶忙上前扶住他，忍不住念叨："你初入朝中，有什么差事办得不当的地方，低头给陛下认个错也就是了。何必跟他顶撞，自找苦头？"

小遇冷然看着我，半晌又无可奈何地叹了口气："我哪有什么差事做得不好。皇爷爷罚我是因为我拒绝他给我安排的婚事。"

怪不得陛下不让人过问，如果旁人知道小遇为了不娶王家贵女在

053

御书房外跪满了三个时辰,那人家小姑娘的脸面还要不要?王家的脸面还要不要?皇后娘娘的脸面放到哪儿?

我扶着他慢慢朝东宫走去:"你不喜欢王家小女?"可是话到嘴边,我还是只问了这一句。

"不喜欢。"小遇闷声闷气地应付着。

我叹了一口气:"你不喜欢王家小女,可是因为有了心仪之人?"

"嗯。"小遇闷声应道。

"你若有了心仪之人就该早早禀明了父母,早早央人去求娶,换了庚帖定下亲事,也不至于陷入这两难境地。"

小遇深呼一口气半晌才开口道:"我与我那心仪之人,身份悬殊,恐不被世人容许。况且,我还未与她表明心迹,不知她是否……是否……同样倾心于我。"小遇说着便乱了呼吸红了耳朵,我忍不住"扑哧"笑出声来。

"没想到我们小遇也有局促的时候。"

"你还笑!"小遇瞪了我一眼随即又哭丧着脸,无奈又无助地说,"我都快要烦死了。"

"好了,好了,王家小女你都没见过,怎知自己不喜欢呢?如今你俩婚事已成定局,往后不论何时别人提起,都会默认你们已是一体。"

"难道就真的没有别的办法了吗?我就不能求求皇爷爷和皇奶奶让他们收回成命吗?"小遇开始向我撒娇。

"陛下和皇后娘娘是你的亲爷爷亲奶奶,他们不会害你。他们为你选的妻子那必定是这世上顶好的女子。"我劝着小遇,既然事情已成定局,倒不如索性认命。

"可我不想要!在我心里世上顶好的女子只有一个,不是王家小女。"

不是王家小女,必定是他心仪之人了。

"那你可以向你心仪之人表明心意,若她同样心悦于你,一同纳入东宫也不是不可以。"若她们也能像我和娘娘一样相处，倒也不成困扰。

"我刚刚已经说了，我与她身份悬殊……如何表明心意……"小遇低头踢开一颗路上的石子闷声道。

我有些生气，小遇小小年纪不知从哪里学来的风气："小遇！没想到你竟如此看重门第！如若门第于你这般要紧，那么王家女正是你最好的良配！"

我甩开他的手不管他，自顾地走。

"我哪有看重门第！我……我……"小遇显得手忙脚乱十分委屈。

他追上我，拉着我的衣袖可怜兮兮地说："我一点也不看重门第！我也根本不想把别的什么人纳入东宫。从头到尾，我想要的从来都只有她。"小遇定定地看着我眼角泛红，这次确实是动了情。

"你既不看重门第，就去表明心意。如果你们真的两情相悦，你就再去求圣命求娶。如果只是你一厢情愿，那不妨就回头看看王家小女。"我只好继续给他出主意。

"我若是能够表明心意，就不会有今日之苦恼了。"小遇幽怨地看着我，甚至还翻了一个白眼。

"小遇，君子坦荡荡，小人长戚戚。世人皆有所偏爱，你不喜王家女另有心上人并不是什么难以启齿之事。可你错就错在，心悦他人却不言明，不去争取。反而因此白白拖累了王家小女，如今你们已经定下婚约，若再要抗旨悔婚。你将人家女儿的清白名声置于何地？"我看着小遇语重心长地说道。

这个世道女子生存本就不易，一切种种都仰赖父兄夫婿，从小就被圈在深闺娇养，禁锢着长大，毫无谋生能力，若再惹夫婿不喜，那她们又该仰仗何人？哪里还有这些文弱女子的容身之地？

二哥也说过正因为这世道禁锢女子，所以百姓才会重男轻女。

"小风，你别说了。这一切都是我的错，我不该想不属于我的东西，

055

所以才会有苦难言,所以才会落得如此境地。她对我而言,是水中月,是镜中花,是我万万不该觊觎之人!说到底,这一切都是我咎由自取。"小遇十分难过甚至眼里含着泪。

我心疼地摸摸他的头,原来这世道同样也禁锢着男子。

"小遇,别难过。若你真的不想娶王家女,等太子和娘娘凯旋,再请他们为你做主,看看事情是否还有转圜的余地。"世人皆有偏爱,我也没有例外,我就是看不得我们小遇受半点儿委屈。

小遇钻进我的怀里委委屈屈:"小凤……"

拾叁

我搂着他,轻轻拍着他的背,像小时候那样安慰着他。不过忽然想起一桩事。

"你是何时有了心仪的女子?为何我从来不知?"

小遇忽然红了脸,却佯装理直气壮地嘴硬:"你现在终日都在围着望儿转,哪里还顾得上我?"

"我真羡慕那小子。他就可以肆无忌惮地缠着你。"

我哑然失笑:"你这么大了还和望儿争宠啊?"

"小风,如果有一天我变成了一个寡廉鲜耻、大逆不道之人。你还会像现在这样陪在我身边吗?"

"我们小遇不会。"我坚定地说着。

"我们小遇,如冰壶秋月,莹澈无瑕,是堂堂正正的人。"

"我不是!"小遇突然大声哭了起来,"我有最龌龊的心思,最不该有的妄想!小风,你不懂,你不懂我有多恶心!"

小遇哭得很伤心,仿佛他真的做了什么大逆不道要令世人唾弃之事,看得我心都碎了。

"小遇……小遇……"看着他伤心的样子,我手足无措。

从那天开始,小遇便似有意无意地躲着我。对于和王家小女婚事也不再排斥,甚至在王家小女入宫拜见皇后的时候,他偶尔也会去皇后宫里坐一坐。

只不过,我能感觉到,小遇好像越来越不快乐了。

时光如流水,转眼间与突厥的战争已经打了两年之久,上个月边关传来捷报说太子与太子妃已经率领众将收复了漠北。举国上下群情激奋,都在盼着太子和太子妃凯旋。

永宁七年,秋。突厥战败退回祁连山外,我军大胜而归。唯一的遗憾就是,太子在最后一场战役中为救太子妃被突厥大将怯得所伤,重伤不治,薨。

陛下悲恸欲绝,辍朝十日,一病不起。病榻之上依祖制下旨立嫡长孙李遇为皇太孙,授册宝,令监国。

太子薨逝,太子妃也好像丢了半条命,终日枯坐殿内失魂落魄。这一仗打赢了,但却没有人开心……

我想起二哥说过的,在战争里没有人能真正赢得胜利。

我看着这一切,仿佛都好像一场梦一样,我多希望梦醒之后太子就能平安无事,娘娘不会终日失魂,小遇不会愁容满面,我也不会心痛难当。一切都像从前。

可我什么都做不了,我只能看着娘娘一日一日地消沉下去。鲜花、美酒、华服新衣、珠宝、美食、望儿和小遇,都没能让娘娘振作起来。娘娘仿佛不会笑了,只是看着我做的这一切默默掉眼泪。

太子妃病了,病得很严重。病得我不敢提及太子,不敢询问太子战死的详情。我只能背着太子妃偷偷地哭,我只能默默地期望娘娘能慢慢从太子战死的悲伤中走出来。

太子妃时而清醒,时而糊涂,有时会突然从愣怔中回过神来问我:"太子什么时候回来?"或者在吃饭的时候不经意说出"等等太子"

之类的胡话。她总以为太子还在,她不记得她曾经上过战场,杀过敌人。她常常以为,现在是我刚入东宫不久她失去女儿的那个时候。

我想到她出征前意气风发的笑容,忍不住痛哭起来。

同年冬月二十六,皇帝驾崩,皇太孙李遇继位,尊祖母王皇后为太皇太后、生母尉迟氏为太后,封幼弟李望为恭亲王。我时年二十二岁成了史上最年轻的太妃。

我独居在承庆宫,只不过大部分时间都待在娘娘的甘露殿里。娘娘的身边离不了人,旁人守着我总是不大放心。

可就算是我日日精心照料,娘娘的身体还是肉眼可见地垮下去。

这日,我熬了汤药给娘娘端去,无意间听见娘娘与小遇交谈。

娘娘说:"小遇,我的身体一日不如一日,我要交代你几句,望儿有恭王爵位,又是你唯一的弟弟,他的将来我并不担心。我唯一放心不下的就是小凤儿。小凤儿豆蔻之年就被先帝折了翅膀,当作质子拘在东宫里,空抛韶华虚度光阴。她根本没有做过一日真正的太子良娣,在我和你父亲的眼里,她更像是我们的养女。

"我希望,等我死后,你就将她放出宫去。宫外的天地广阔,她会生活得更自在更快活。"

小遇坐在榻前静静地听着,听到这里忽然撩袍跪地。他挺直脊背,铿锵有力地说了一句:"我不!"一向孝顺的小遇这次竟然忤逆了病中的母亲。

太子妃剧烈地咳了起来:"小遇!小凤儿从小看着你长大!她怎样待你,不用我多说什么,你自己清楚。我不说,不代表我不知道,你骑马射箭是她手把手教的!你十三岁猎熊得先帝赞赏,也是因为小凤儿背地助你!从小到大,有哪一次你闯了祸受了罚,不是小凤儿替你求情,为你善后?

"小凤儿待你比起我这个母亲来也是不遑多让!如今你做了皇

059

帝，却还要学先帝将她拘在宫里给你当用来牵制谢氏的工具吗？"

"母后！诚如您所言，小风于我，亦师亦友亦知己。我与她总角之交，两小无嫌猜。怎么可能把她当作牵制谢氏兄弟的工具。我不放小风出宫，是因为她对我而言太过要紧。小风，她是我的半条命！没有了她，儿臣实在不知该如何在这寂寂深宫里当好这个皇帝！"小遇的话里竟带着难掩的寂寞与悲哀，让人忍不住难受。

我端着药，在殿外站了很久，直到药凉了也没有勇气踏进去。良久之后，小遇从殿内走出来，他没有看我，越过我而去。神情冷漠，让我觉得仿佛刚才在殿前情绪激昂说着我是他的半条命的人，不是他。

次年三月，新帝不堪群臣谏言，依太皇太后懿旨立王家女为后，迎入宫内入主中宫。

封后大典浩浩荡荡到了深夜才全部结束，我在承庆宫，正准备叫人锁了宫门入睡。小遇却喝得酩酊大醉，敲门进来。

新帝醉得狼狈，抱着我就不肯撒手。我尴尬地要宫人去煮醒酒汤，并劝小遇回太极殿安寝。

小遇抱着我在我怀里摇晃着脑袋："我不回去！我就想……就想待在这里！"

我推开小遇，试图在他眼里找到一丝清明的痕迹，但他确实醉得厉害，眼角猩红，眼中全是迷茫的水汽。

"小遇，你醉了！今日是你的大婚，你应该在皇后那里。"我温言劝导。

"我不要！"小遇像个孩子似的嘟囔道，"我是……皇帝！我……想在哪里……就在哪里！"他端着皇帝的架子挥着袖子都快要站立不稳了。

我连忙扶住他，接过宫人送来的醒酒汤，喂他喝下去，又把他放在榻上躺好，我在旁边守着，想等他醒酒就立刻央他回皇后那里去。

大约睡了一个时辰，醒来之后眼里带着不亚于我刚刚见到他时的诧异。他红着耳朵尖，半晌才蹦出一句："朕酒后无状，失态了。还请太妃原谅。"

我浅笑地看着他就像看到了他小时候犯错的样子，柔声道了一句："皇帝醒了，就回太极殿去吧。"

小遇风一样地逃出门去，看着他窘迫的样子我哑然失笑。

可是次日，还是听说皇帝并没有回太极殿去，而是在御书房处理了一夜的朝事。三名年过花甲的一品大员，被小遇半夜折腾起来陪着他熬了一宿，商议漠北收复之后的诸项事宜，天微亮才让他们回去。可怜那些老骨头一把年纪一边打着哈欠，还要一边考虑怎样在御前打哈欠才不算殿前失仪。

这件事后来被史官在史书里记了一笔，据说是为了夸赞小遇是个勤政为民的好皇帝。

拾肆

我已经见过了王小皇后，在她给娘娘请安的时候。小皇后十五六岁的年纪，水灵灵的跟小葱一样，性情温柔举止得体，笑起来一脸羞涩，两个梨涡惹人心生爱意。

小姑娘说起话来柔声细语，她鲜活、年轻，有着蓬勃的生命力，任谁见了都喜欢，除了小遇。娘娘对这个儿媳很满意，我也是。

可是小遇却从未宿在皇后宫里，帝后不和的传言不胫而走甚嚣尘上。太皇太后要小遇选秀，他也不肯。群臣谏请皇帝纳妃，他也不理。

众人为了帝王家事操碎了心，小遇却埋头处理朝事，他总有忙不完的朝事。

日子就这么一日一日地过下去，就这么一直到了娘娘油尽灯枯之时。在娘娘最后的日子里，我们都尽力陪着她，只恐如今见她的每一面都有可能是最后一面。

这一日终于还是来了，娘娘已经连汤药都咽不下去。

我伏在娘娘的床前扑簌簌地掉眼泪："娘娘……娘娘……"

娘娘虚弱地抬手去擦我的眼泪："小凤儿，别哭，哭了就不美了……"

"娘娘……娘娘，不要丢下小凤儿一个……"我心痛难当，哽咽不止，哭得快要说不出话来。

娘娘艰难地叹了一口气，仿佛连每一次的呼吸都痛苦难当。

娘娘目光空洞地看着远方，像是回忆起了往事："我这一生已经很好、很长了……我上过战场，做过太后。与殿下一世情深，还有小遇和望儿。唯一的遗憾……就是……就是没能有个女儿，可是……可是，小凤儿，我有你……我不遗憾。很圆满，很知足了……"

"娘娘……"我哽咽着，不知道该说什么，千万句话堵在喉头，却一句都不想说。好像离别的话只要不说，娘娘就不会死。

"小凤儿……只是苦了你了，你本该在天高海阔里过最自在的人生……我和殿下……"娘娘急促地喘息着，"原本是……是打算，送你出宫的。可惜……阴差阳错……一直没有找到合适的时机……"

"小凤儿……我的小凤儿……"

她吃力地伸出手来摸我的脸，我连忙捧着她的手把脸放在她的手心，眼泪打湿她的掌心。

她看着旁边已经哭不出声的小遇喃喃地说："小遇，我好像看见你父亲了……"

说完，娘娘的手猛然失去了力气，她的生命瞬间被抽离，像断线的风筝倏然没了踪迹，但是脸上却还带着微笑，我相信她在最后一刻是真的见到了殿下。

"娘娘！"

"母亲！"

甘露殿中，众人哀哭不止，久久不息。

长平元年，肃慈皇太后，薨。葬于西陵，与先帝同陵寝。

娘娘大殓之后，年轻的帝王伏在我的膝头痛哭了许久。我轻轻拍着他的背，说不出一句安慰的话。因为我们此刻承受的是真正的切肤之痛，无以言表，没有经历过的人根本无法体会。

娘娘死后，这宫中显得更加冷清。这里的每一块砖、每一片瓦、每一个人，都变得格外恐怖、格外冰冷，这里每一天每一夜都显得格外漫长、格外寂静，这里的一切都令人难以忍受，连空气都令人窒息。我丧失了笑容，终日待在承庆宫，足不出户。

小遇常常会来看我，他成了一名真正的帝王，勤政爱民，克己复礼。太子和娘娘给他留下了另一个盛世，只等他去开启。只是我越来越看不透他的情绪，有时他只是静静地看着我什么也不说就转身离去，有时只是与我寒暄几句问候一下我的身体。更多的时候，他是在喝醉之后过来。他会抱着我哭，抱着我笑，与我回忆起还在东宫的那些时光。他会说他很累，很痛苦。他会说朝堂之上那些恼人的朝事，也会提到那个他醉酒之后也不敢提及、不能说出口的隐晦的喜欢。

可是我们都不快乐。

这深宫像一只巨大的猛兽，张着金碧辉煌、美轮美奂的妖冶大口，只等你一旦陷进去就吞去你所有的欢快与欣喜。吃干抹净之后，再继续装扮着诱惑更多的人前赴后继地踏进去。

我死在失去娘娘的第二年，春。

那年端午，小遇去太庙祭祖，我正在与望儿庆祝他的生辰。我为他煮了一碗长寿面，看着他吃完，告诉他可以许一个心愿。他刚要开口，我便捂住了他的嘴。

我哽咽地嘱咐他："愿望，说出来就不灵了。"他看着我，不明白我为何哭泣，只是懵懂地点了点头。

忽然太皇太后驾临承庆宫，她让人带走了望儿，要单独与我聊聊。我很少见到这位威严的太皇太后，即使是我还在当良娣的时候。

落座之后，她便开口："谢氏，有人告你荧惑皇帝，你可知罪？"

我不明所以，如实回道："妾身不知。"

"陛下年幼，无心后宫，却对你这位庶母格外上心。哀家不管陛下对你存了什么心思，可是谢氏，你莫要忘了自己的身份！你是我儿的良娣！是陛下的庶母！"太皇太后怒极，如怒目金刚般瞪着我。

"我不管你与我儿是不是真正的夫妻。我也不管你对陛下是什么心意。可是谢氏,陛下在大婚之夜来到你的宫里,每入后宫也总是来你宫里,视太极殿的皇后如无物。如若说,他只是不喜欢我王家女也情有可原。可他现在是既不肯纳四妃,又不肯宠幸宫女,倒与你这年轻的庶母来往甚密!外面早已是议论纷纷,流言四起。

"谢氏!我倒问你,这秽乱宫廷的罪名,你担不担当得起?"

听完这番话,我犹如五雷轰顶,遍体生寒。原来我与小遇之间的亲厚,在旁人眼里竟是如此污浊腌臜……

"帝后大婚近两载,却一直未行夫妻之礼。皇后终日郁郁,惴惴难安。朝臣惶恐,却也不敢揣摩圣意。谢氏,你可知帝后不和,于皇室无益,于朝堂无益,于家国更是无益?

"所以不管实情如何,谢氏!于公于私,我都再容不下你!"

我心如死灰,面如黄土。太皇太后给了我一瓶药和一壶酒,看着我喝下去。

临走时只留下了一句:"哀家不希望,皇帝知道我来过。"

我心里觉得可笑,知道又如何?您是他的亲奶奶,正因如此,您才能如此有恃无恐大摇大摆地让我去死,不是吗?

我躺在地上,看着头顶的承庆宫匾额,突然觉得我这一生太短暂,太凄凉。我本是玉门关外无拘无束的风、自由自在的鹰,却被一段荒唐的姻缘困在皇城一生。没有人针对我,没人陷害我,深宫里的那些阴谋诡计我也统统没机会见识过,我从开始的谨小慎微,到后来的安分守己,没有逾矩没有僭越,也得到了很多的爱,可为何最后还是落得如此结局?

我很难过,可我却哭不出来,我要死了,可却不想死在这里。我嘴角流着血爬起来,漫无目的不知道要去哪里。

最后我竟然像游魂一样回到了东宫,如老马识途,如落叶归根,可这里不是我的途,不是我的根,只是玉门关太远,而我习惯了这里。

我在东宫里转了一圈，来到了湖心亭，小遇的藏宝洞。里面陈设如常，和多年前没什么两样，只是多了一些东西。入洞就能看见岩洞里靠着一根长矛，边上挂着一张硬弓。桌上多了一个木盒，上面落满了灰尘，显然已经很久没有人来过这里了。

我打开盒子，里面有一颗石子、一把戒尺、一根蓝黑色的羽毛，我把我的绝笔信放进去，很短只有一句话："若逢春风细雨，便是我来看你。"

我要死了，我想起我十五岁及笄的时候，所有的哥哥都看我，围着我说吉祥语。大哥说，凤儿多福多寿。二哥说，凤儿喜乐平安。三哥说，凤儿一生顺遂。四哥说，凤儿自在无忧。五哥说，凤儿长命百岁。

可是到头来，我却死在了这里，死在了小遇的藏宝洞里。

我有一个愿望，在那个愿望里我化成一阵风，变成一只鹰又回到了玉门关，翱翔在一望无际的天地里。在那个愿望里，所有人都有一个好的结局。

◎番外

拾伍

  一直照顾我、抚养我长大的谢娘娘死了,我很难过地哭了好几日。谢娘娘虽然不是我的娘亲,但在我的心里,她与我的亲生娘亲没有什么两样。是她教我吃饭写字,是她为我缝制新衣。我跌倒的时候、害怕的时候,是她把我抱在怀里。

  哥哥也很难过,可是哥哥没有哭。是他第一个发现谢娘娘的,他发现谢娘娘时,她在一个山洞里,现在哥哥不让任何人进去那个山洞。

  是他把谢娘娘抱出来的,他不许任何人靠近。我悄悄跟着他,看到他把谢娘娘抱进了皇奶奶的宫殿里,并且赶走了所有人。

  他跪在地上问皇奶奶:"奶奶,为什么?为什么您一定得要了她的命!您知不知道,小凤她是我的半条命!半条命啊!父亲死了,母亲也死了,如今就连小凤也没了,我就没有家了……我没有家了您知道吗?!"哥哥好像哭了,哭得比我还难过。我不懂,他平时对谢娘娘都不苟言笑的,为什么如今谢娘娘死了他能比我还难过。

  "混账!她不过是你父亲名义上的良娣,如何能与你父亲母亲相提并论?哀家还活着,你还有一个血肉至亲的弟弟,还有明媒正娶的皇后,如何就没有家了?"

  哥哥只是摇头痛哭:"您没有替我挨过罚,您没有陪我骑过马,您也没有教过我射箭,您没有陪着我长大,您更没有在深夜等过我回

067

家！小凤她不只是父亲的良娣！她同我一起长大，是我的青梅竹马！是她陪着我哭，陪着我笑，陪着我走夜路！她是我的月亮啊！没有了月亮，今后这无尽的夜路我要怎么走啊！怎么走啊！"

"没有了月亮，我要怎么走啊……"

我抬头望了望天，奇怪月亮明明就在天上啊。哥哥为什么说月亮没有了呢？

哥哥的话让奶奶很生气，奶奶指着他的鼻子骂道："你真应该去听听外面的人怎么说你！他们骂你寡廉鲜耻！骂你狗彘不如！再怎么说她也是你的庶母！天道伦理你还要不要？！皇室的脸面你还要不要？！哀家恨不得……恨不得活剐了你！"

"那是我的错！和小凤有什么关系！是我寡廉鲜耻！是我狗彘不如！可我的小凤，她是清清白白的呀！是我起了不该有的贪念……妄想水里的月亮，是我一厢情愿想留住春天的风，该死的人是我！是我啊！"

哥哥的话让我的眼泪都忘了往下掉，月亮怎么会在水里？风又怎么被拘住？这时有风吹过，我伸出手想抓来试试可是什么也抓不到。

"你是该死！"奶奶的话毫不留情，"可哀家能让你死吗？哀家还指望你管好这李氏的江山，还天下一个盛世！如今你在干什么？！为了一个女人，在这里哭天喊地！这天下是用我儿的命换来的，是用你母亲的命换来的！你就是死，也要死在我李氏的案桌上！

"哀家绝对不能让李家的历史上出一个败坏纲常的东西。她不过是个太妃，没有资格出现在史书上，哀家也不会让她出现在史书上。可是你不同，你是皇帝，你的一言一行都被人死死地盯着呢！但凡有个言行相背都能被吐沫星子淹死，何况这天大的丑闻？"

"是我错了……是我错了……是我不该把她留在宫里。我早该听母亲的话，放她出宫去……"

奶奶叹了一口气，好像没有那么生气了："哀家给过她选择的，是她自己……非要留在宫里。"

哥哥好像一下子愣住了："怎么可能！她明明……她明明那么想念玉门关……她明明那么想回家……"

"家？玉门关外哪里还有她的家？她在宫里生活了快十年，十年啊……难道宫里就不是她的家？纵使玉门关还有人等着她，她也没有勇气再回去了。皇帝都换了一茬了，世事早已物是人非了。

"谢氏一门忠肝义胆，他们家的女儿更是倔强不屈。她说她的哥哥们据守玉门关半步不退，是因为玉门关内有他们的家和家人，而现在皇宫是她的家，你和望儿就是她的家人，所以现在她亦不会退。她没有办法丢下你们独自回到玉门关去。她说，就算她要离开，也要堂堂正正地离开，而不是蝇营狗苟像见不得光的蟑螂一样被迫离开。"

奶奶深深地叹了一口气："说到底她也是谢家的女儿，她有她自己的风骨。她这是死在了自己的战场上，为了守护自己的玉门关……说到底都是先皇的多疑造下的孽障啊……"

"这怎么可能！怎么可能！为什么？为什么！为什么她宁愿死也不愿回到她心心念念的玉门关？这怎么可能？"哥哥像疯了一样一直重复这几句话。

"时间是很可怕的东西，它能让匪夷所思的事情变得理所当然，也能让理所当然的事变得匪夷所思。她这十年如折了翅的鹰困在深宫里，又怎么可能一朝放飞，就海阔天空了呢？羁鸟恋旧林，可若在笼子里生活得久了，终究也会变得叶公好龙罢了。

"她是个可怜的孩子，是我和先帝对不起她，是你和你父亲对不起她。若有来世，记得去她面前替我们磕头谢罪吧。"

后来的事，我记不清了。只记得哥哥哭了好久好久，我也哭了好久好久。我知道，谢娘娘去世，最难过的就是哥哥了。可是哥哥只在皇奶奶那里哭了一场，他不敢哭，他怕那些士大夫。他说那些士大夫如果知道了他在哭，就会诋毁谢娘娘，他不能再害谢娘娘了。

069

我的哥哥叫李遇，他说从前的李遇是尉迟氏的尉，以后也会是玉门关的玉。

"哦，我叫李望，我的爷爷是皇帝，我的哥哥是皇帝。哥哥说，我将来也要做皇帝。你呢？你叫什么名字？"小孩对着宫墙上的影子自言自语。

一个遥远的声音传来："我姓谢，来自玉门关。我来收一位故人的尸骨。"

◎番外

拾陆

父亲在世的时候，常常教导我们，这世上会有比自身生死更重要的东西，譬如脚下的土地、律法的尊严、自身的职责、家族的荣誉，譬如军人的忠诚、黎民的安康、国家的稳定、腰间的傲骨。你们有朝一日，或许也会遇见那些需要用生命来捍卫的东西，到那时我希望你们也能做出不辱谢家不辱自己的决定。

所以我并非一定要死，但我非死不可。

因为清白只能来用鲜血来证明。我当然可以一把火烧了承庆宫，改头换面离开深宫。但是流言已生，我若蹊跷失踪，不管皇室愿不愿意，我都必将会在史书上留下疑笔，这件事会不断地被世人津津乐道，没有正史也会有野史。

他们会有无限遐想，会不断编排我和小遇的故事。小遇会在被后世提起的时候立马让人联想到他的庶母。他在后世的眼里会是一个父死子继、罔顾伦常的荒唐皇帝，即使他并没有。

我们小遇是冰壶秋月一样的人。他的母亲也曾为国而战，他的父亲亦是为国捐躯，他怎么可以在父亲为国战死之后，转眼去纳自己的庶母？

他没有，就是没有。

既然他没有，我就不能给世人留一点点遐想的空间，我不光要死，我还必须明明白白、清清楚楚地去死。我只有光明正大地死了，才能证明小遇的清白，才能证明我的清白。

说来也很奇怪，好像这世间的清白从来只有这样才可以证明。

我就是要用这样的方法来告诉世人，我的小遇他清清白白。他不荒唐，他懂伦常。太子和娘娘给他留下的盛世他有好好地在打理，并非一味站在父辈的肩膀上耽于声色。我希望后世看到他的时候，想到的是他的政绩他的能力，而非他与庶母那点耐人寻味。

我为此而死，我认。

我是谢家的人，谢家就没有苟且的人。

小遇和哥哥们都承载着父辈的勋章，都在以自己的方式守护着天下子民。我不过是做了同样的事。

说到底我的死，怨不了任何人。

怨小遇与我亲厚吗？可我是他最后的依仗了。怨太皇太后赐我毒药吗？可她也没做错什么，也给过我选择了。还是怨先皇把我指给了东宫？可在世人看来这确实算是一段好姻缘，太子与太子妃也已经全心全意地善待我了。

我生来金贵，一身荣华，长于盛世，亡于盛世，所有人都爱我，这已经十分幸运。所以即使走到今天这个结局，我也不怨任何人。

只怪，春风不度玉门关。

……

只是最后到底是谁在唱："夜半幽梦忽还乡……"

夜半幽梦忽还乡……

小轩窗，

正梳妆……

相顾无言，唯有泪千行。

第二章

遇春风

\ 无拘无束谢春风 × 求而不得王轻臣 \

"我姓谢,来自玉门关。我来收一位故人的尸骨。"

壹

我在玉门关外的军镇醒来，一枕南柯，恍如隔世。梦里我身为皇帝庶母却因与皇帝传出丑闻为世人所不齿，明明已经被太皇太后的一杯毒酒送回了西天，怎么会出现在玉门关呢？

梦里发生过的一切，都无比真实，就好像是我的前世一般。

"风儿醒了吗？"外面响起车马嘈杂声，有人在门外开口问道。

"吱呀"一声房门被推开，有人逆着光走了进来。我躺在床上浑身酸痛起不了身，光亮从门外透进来，强烈的光线让我不得不眯起了眼睛。

"风儿？风儿？"那人来到了我的床边轻轻地推着我。

我艰难地睁开眼睛，那人的轮廓渐渐清晰地出现在眼前。

那是一张十六七岁的脸，眉眼间还带着点稚气未脱，却隐隐透出些韶慧英朗来。

"二哥？"我惊讶出声，却也是一嗓的奶音。我愕然地捂住嘴巴，却发现这是一只明显孩子的手。

我在梦里已经过完了一生，此刻醒来却仍然是一个孩子。如今看来倒像是，命运让我重活了一遍。

二哥却没有发现我的异常，自顾自地收拾东西。

"快些起来吧，我们准备回府了。"过了一会儿，听到我还没有动静，他转身笑我，"从马上摔了下来，你都躺了三天了，又没有受伤，快点起来啦。"他冲过来快速地刮了一下我的鼻梁，那温热的触感让我很难说服自己这会是一个梦。

我跟着二哥朝大部队追去，他牵着马，我静默地跟在他的身侧。

"你还敢骑马吗？父亲不放心，把你的小白马没收了。"

我只是沉默，怕一开口发现，眼前的这个才是梦境。

忽然前方的人马起了骚动，一阵混乱。我和二哥相视一眼便朝前方跑去。原来是突厥人的猎犬冲进了我军的队伍里，还咬了人。突厥人打猎竟然都打到我朝边镇来了。

这恐怕不是在梦里。

父亲和大哥在用突厥语和对方交涉，我们扣留了他们的猎犬并要求他们立刻离开我朝边境，对方很嚣张地要求我们归还猎犬。双方剑拔弩张。

对方说他是突厥大王子阿史那哈只儿，带领部下追赶猎物时不小心闯过了边境线，希望我们归还他的猎犬，并且护送他们退回边境线。

简直一派胡言。

突厥与我朝休战数十年，却一直野心不死，在边境与我军一直偶有摩擦，每逢收获的季节经常侵入我朝边镇掠夺牛羊和粮食，屡禁不止，十分扰人。此刻他们的队伍后面还赶着从我们边境子民那里掠走的牛羊呢！

"呸！不要脸。"大哥端坐在马背上扭头骂完，转过身去又继续用突厥语与突厥人交涉。

我记得这件事，在梦里就是在这一次我用弓箭射伤了哈只儿。因为他们这次不只抢了牛羊粮草还抢了人。

"将军救命！救救我们！"突厥人的队伍中一名女子奋力挣扎想要冲出队伍，看她的装扮分明就是汉人！之前她被高大的突厥人挡在

075

人群里所以没有被看见。

因为这名汉人女子的出现，双方的气氛一下子紧张到极点。父亲质问哈只儿这是怎么回事，哈只儿只是不以为意地说这只不过是他逃跑的奴隶，我们无权干涉，还要我们赶快放他们离开。

由于突厥人实在嚣张，所以难免就起了争执，双方相互推搡起来。哈只儿不肯放人，我们也不肯放他离开，于是他干脆一不做二不休举起了刀要砍死那个女人，死无对证我们就无法追责。简直丧心病狂，竟然要当着我们的面斩杀汉人！

我开弓射飞了他手中的刀，他自觉受到了挑衅，怒目圆睁狠狠地瞪着我，我抿了抿嘴，不以为意。

哈只儿无法容忍被一个小女娃如此冒犯，气极了直喘着粗气，"刺啦"一声又抽出了侍从的佩剑，仿佛非要砍个人给我看看。这一次我毫不犹豫弯弓射中了他的左臂。步兵反应迅速立刻持盾布在阵前，双方手持刀弩对峙，争斗一触即发。

我们在行军途中，装备齐全，突厥人是借故掠夺所以轻装上阵，若此刻打起来他们根本占不到便宜。所以一开始就自报姓名，希望引起我们的重视。

哈只儿虽然冲动但并不愚蠢，所以此刻他只好忍气吞声，丢下物资灰溜溜地逃回突厥牙帐去。

父亲端坐在马背之上，高大的身影像一座大山，他赞许地摸了摸我的头。没有人比我动手更合适，我只不过是个孩子，哈只儿不嫌丢人的话尽可以把事情闹大，到时候他可以看看突厥汗王会不会因为这件事更瞧得起他。

我们救下了那名女子，由大哥护送回她家去。梦里就是因为此举凑成了一段姻缘。

回到了玉门关内，父亲去刺史府交差，我和二哥回到了我们的将军府。我在梦里魂牵梦萦想要回到却不能回到的地方。

夜晚，我坐在府中的屋顶上看月亮，细细回想此刻发生的一切。惶恐如梦，觉得这一切都太不真实，怕一觉醒来我不过是在濒死边缘徒劳挣扎而已。

二哥爬上来坐在我的身边为我披上披风："小心着凉，看什么呢？"

"看月亮，玉门关的月亮与长……别处的不同。"我轻轻地说。玉门关的月亮又大又圆，明目张胆地悬在天际泻下清清冷冷的辉，无遮无挡坦坦荡荡。长安的月亮温柔、时明时暗，让人觉得很脆弱，仿佛风一吹就会柔柔地漾开消散在风里。

二哥笑起来，温柔地揉揉我的发："我们风儿难道还看过别处的月亮？"

我笑着摇摇头，看过了玉门关的月亮便再也不想看别处的月亮。

大哥此刻和三哥正在院子里喝酒，听到我们的谈话抬头看着我们，大声说："我们风儿还没离开过玉门关呢！等父亲今年回京述职的时候，风儿你也可以一同去长安看看，那里可是我们的故乡呢！"

一旁练剑的四哥也停下来说："是啊，我们都好久没有回长安了。我真想回长安看看！"四哥神情认真，语气中充满了向往与惆怅，我心里也有些不知名的惆怅。

在那个梦里，我曾经那么想要回到玉门关，哥哥们却好像更向往长安。但是在梦的最后我死在了长安，哥哥们也一生未能离开玉门关。在此刻，我才终于懂了什么叫造化弄人，什么叫求而不得。

"就是！是该回长安看看了，我们在这里吃沙子不要紧，可不能让风儿也在这关外野塞长大。"大哥想了想补充道。

我连忙摇头："我喜欢在玉门关。"

梦中，父母在这时接连逝世，哥哥们也是出于这样的考虑，才决定让我和五哥回京守丧的。我才会在三年后的宫宴上被朝廷注意到并指婚给太子。

我嫁进东宫做侧妃时只有十五岁，当时的太子与太子妃都已经是可以做我父母的年纪。太子妃是很和善的人，太子待我也很好，可他与太子妃伉俪情深再也容不下别人。但他们又很善良，他们同情我爱护我，更重要的是没有无视我，没有让我孤零零地在那个寂寂深宫虚度一生。他们把我当家人拿我当女儿一样地养，所以整个东宫从没有人把我看作良娣，却一样对我恭恭敬敬。

我一生都未获过宠幸，却拥有所有的爱与宽容，算得上是顺遂人生。可后来，我年纪轻轻二十几岁就做了太妃，却因与名义上的"儿子"传出丑闻影响恶劣，而为太皇太后所不容，被赐毒酒一杯结束了一生。

这一切都太过真实，让我无法只当作一场梦。

而如今更像是我回到了故事开始的地方，这一次我要试着去阻止这一切的发生。我想让所有人，都能有好的结局。

三哥送了我一块原石，手心大小，我觉得可以做一个形状，一连几日我都在捣鼓这块原石。我细细打磨着手里的玉石，晶莹剔透的玉石已经隐隐有了形状。大哥进来时我已经完成了最后一步的抛光。

"你这几日窝在屋里做什么呢？"大哥好奇地凑过来瞧。我把打磨好的玉石塞到他手里。

"喏，自己瞧。"那是一块羊脂玉打造的如意，小小一尊掌心大小玲珑剔透的可爱极了。

"不会是给我的吧？"大哥一脸不敢置信。

"给你的。"我点点头。

"不会真的是给我的吧！"大哥的表情更夸张了，不过脸上的笑却已经快藏不住了。

看着他高兴的样子我笑着肯定："真的给你的。"

"哈哈，哈哈，给我的！"大哥很得意，说着就跨出门去往外走，"我要拿去跟月山川河炫耀炫耀。省得他们老是不把我这个大哥放在眼里。"我们家兄妹等级划分严格，连吃穿用度都是按等级调度。嗯，大哥是等级最低的那个。

我笑呵呵地转身拿起墙上的弓，到院子里去练箭。

"是给未来小侄儿的。"我路过大哥时毫不留情地补充道。大哥的笑脸瞬间耷拉下来。

"我还没成婚呢！"他拉长了音抗议着。

这时，我已经拉开了弓去射树上挂的蜜饯，我松手离弦的箭瞬间飞出。

"没有几日了！"我话音落，蜜饯也落了满地。

大哥并没有在意我的话，只是凑过来拍了拍我的肩膀颇为自豪地说："我们风儿不愧是天生的神射手。"

听着大哥这似曾相识的话，看着远处掉落的箭矢，我似乎有些了解我为什么会是天生的神射手。

贰

　　我近来练箭变得格外卖力,每天搭弓不下一千次,院子里到处落满了箭矢。哥哥们好奇地围在我的身后抱臂讨论,不明白我为什么突然如此用功。

　　我在梦中经历的那一世里,大哥的婚期撞上了军中换防的日子,父亲在这一日带了小队人马去关外巡视,途中为救一支过路的胡人商队,落入了沙匪的陷阱。好不容易突出重围却身受重伤不治而亡,娘亲伤心过度一病不起,最终随父亲而去。大哥因为此事伤心又愧疚,一直无法面对长嫂,他一看到长嫂就会想起父母的悲剧。

　　所以我的第一个小侄儿才会在他们成婚五六年之后才出生,那时我入东宫都已经两年了,当时大哥在信里向我讨贺礼,我又不知该送些什么。所以这一次,我亲手打造了一件玉如意,补上。

　　也希望这一次,大家都能得偿所愿称心如意。

　　二哥在帮我捡院子里散落的箭,三哥从树上跳下来,揉了揉我的头:"我们风儿又不用上战场,这么用功做什么?"

　　"是呀,你再这么用功下去可就要把哥哥们给比下去了。"大哥乐呵呵地调侃我。

　　我只是一笑置之,并未说话。

　　"大哥,走了。"三哥拿起自己的剑和枪准备去军营。大哥点点头,拿起自己的铜盔就要走。

"大哥,"我上前一步拉住大哥的袍子,眼巴巴地看着他,"我想跟你们一起去。"我想去军中看看,多走动走动。

于是我跟着大哥来到了军营,看他们练兵,排兵布阵,看他们对着沙盘演练兵法与战略。我想弄明白,究竟是什么使得朝廷迟迟不肯与突厥对战,一味无视突厥人的野心并极力粉饰太平,放任突厥在西域不断壮大,成为威胁我朝边境的最大隐患。致使上一世两军到了最后不得不开战之时,面对有备而来的突厥大军我朝才会节节败退,甚至提出要割让燕云九州。

回府的时候,我跟在大哥后面,迎面走过一队新兵,末尾的那个人一瘸一拐的步伐引起了我的注意。我转过头去只看到他的侧脸,我觉得他有些面熟却一时想不起究竟是在哪里见过。

大哥见我有些疑惑,于是说:"每年都有扁平足的新兵。再多练几日就好了。"虽然我实在想不起在哪里见过,却还是回过头冲大哥点点头,表示了解。

出了军营发现营外站着个姑娘,背对着我们似乎在等什么人。我开始并没有在意。只是大哥看到那女子的背影却十分高兴,踮着步子跑到那女子身后拍拍她的肩膀。那女子茫然回头看到来人是大哥后笑得十分甜蜜。她递给大哥一双新靴子,大哥双手接过不好意思地挠了挠头。听不清他们说了什么,只知道他们聊得很开心。

他们在夕阳下畅快地交谈,时不时发出一阵悦耳的笑声,满天的霞光洒在他们的身上为他们镀上了一层金光。落日将他们的身影拉得很长,他们的影子靠得很近,像一对恋人彼此依偎。

就连我也不由得勾起了嘴角。我知道,我们家很快就要多添一口人了。

晚饭时我与父亲母亲说起这件事,一向严肃的父亲只是摸着下巴与母亲商量着何时去为大哥提亲,母亲笑出了眼角的皱纹,已经开始与父亲商量着要送什么样的聘礼。哥哥们闹在一处揶揄打趣着大哥，大哥不太白净的脸此刻已经红得有些发黑。欢声笑语随着夏夜微凉的清风，飘荡在府中，入眼一片祥和与温柔。

入夜，我做了一个梦，梦里有人哭着求我不要死。他说是我替他受罚，教他骑马、陪他走夜路。他说是我陪他长大，等他回家，与他青梅竹马。他说我是他的月亮，是他的半条命。没有了我他不知道该如何去走今后的夜路。

我看到他身处高位励精图治，却孤寂一生连个能说话的人都没有，最后积劳成疾，在一个山洞里草草结束了一生。

我很难过，我哭着从梦中醒来，入眼就看到了墙上挂的弓，恍惚觉得自己仍在梦中。我掐了掐自己，"哑……"疼得我倒吸一口冷气，这才完全清醒过来。我擦了擦额头的汗，还好是梦。

梦醒之后再难入睡，眼前却突然划过白日那个一瘸一拐的新兵的侧脸。脑中白光一闪，忽然忆起那人我究竟是在哪里见过，那人不正是当时伪造书信将我诓出东宫，企图与突厥小王子将我拐去突厥以离间我们谢家与朝廷的周然吗！

周然竟然真的在大哥手下当过兵，那他为什么会和阿史那阿巴混在一起？他又为什么要陷害我谢家？我思绪万千，看来想要不重蹈覆辙，即使重活一世也不是一件容易的事。

次日，我随大哥去军营的时候，向大哥要来了新兵名册，果然在上面找到了周然的名字。我找到了与周然接触过的士兵，打听周然的情况。他们说，周然是一个孤儿，是被野狼养大的，脾气犟认死理，不好相处。

我找到他的时候，他正被一群老兵按在墙角暴揍。

"住手！"我出言制止。众人闻言立即收手，转身向我见礼。

"六郎。"

自从我的骑射赢过了军中众将之后，军中所有认识我的人对我的称呼都由"六娘"改成了"六郎"。开始只是几位叔伯的戏谑，后来就在军中叫开了。

"为什么欺负新兵？"我难得的疾声厉色还是有些震慑力，众人面面相觑都不敢抬头。我无奈地叹了一口气："自己去将军那里领罚！"不容他们辩解便丢了个眼神让他们离开了。然后，我向倒在地上的周然伸出了手，周然带着警惕与戒备看了我一眼，迟疑地伸出手。

"他们为什么欺负你？"我将他拉起来后问道。

"这话你该去问他们。"周然捂着肚子站起来，一句话就叫我咋舌。

周然一瘸一拐地往前走，走到一半又顿住，回头漠然地看着我说："你今日罚了他们，来日他们只会变本加厉。"周然如今不过二十多岁，个性倒是有棱有角。可我记得在梦中，我初见他时，他已经是三十出头的年纪了，要比如今世故圆滑得多。

他是怎么叛逃到突厥人的阵营里的呢？还是说他从一开始就是突厥人的奸细？我沉默地想着。事后就去找大哥把周然要来给我当了护卫，只有我知道周然的底细，把他放在我身边我才能更好地盯着他。

惬意的日子总是过得飞快，眨眼间半年过去，周然在此期间并没有什么异常。大哥的婚期也定在了下月十五，是军中换防的日子。这半年来我每天骑马射箭看兵书，顺便跟二哥学习医术，从未间断。也经常与大哥去军营，偶尔替他们带着新兵练练骑射。

很快到了大哥的婚期，我等的就是这一日。

昌和八年，腊月十五，将军府张灯结彩，热闹非凡。大哥身着吉服喜气洋洋，站在门口迎宾。父亲身着铠甲端坐马背，准备进行他今年的最后一次巡视。本来长子成亲父亲是可以休假的，可是年关将至军中琐事繁多，戍边的将领们经过一年的戎马倥偬风沙侵袭，都指着年底的休假放松休息陪伴家人，刺史大人实在抽调不出人手。这苦差事便落到了父亲身上。

我身骑白马跟在父亲身侧，我好不容易才说服父亲带上我。因为带上了我，父亲又多带了几人护卫，我期望仗着人多势众能喝退沙匪。告别了母亲和哥哥准备向玉门关外出发，二哥跟出来要与我们同去。父亲古怪地望了我们兄妹一眼，刚要动怒。

"父亲，带上二哥吧，"我连忙开口，对于父亲来说这只是一次寻常的巡视，可我知道这是他的生死大劫，"他可以照顾我。"父亲责备地看了我一眼骂了一声："胡闹！"便打马出发了。

我笑着回头看向二哥，父亲没有拒绝就是默许了，二哥点了点头翻身上马跟着我们出发了。

我们的队伍刚到玉门关外就遇上了风沙，众人趴在马背上蒙住口鼻低着头艰难前行。狂风席卷吹得我的帷帽衣摆乱飞，耳边是猎猎的风声和萧萧的马鸣。我已经很久没有碰到过如此恶劣的天气，但是我很高兴。玉门关的风再怎么烈也吹不到长安城。

不知前行了多久，忽然有探子来报。

"报——前方发现一名受伤的胡商！"来了！我的心提到了嗓子眼，还未等父亲发话，我便从怀里掏出来一支烟花，点燃放飞。我已经与三哥约定好了，只要看见我的烟花信号就立马带兵营救。

父亲回头狐疑地看了我一眼，便派人带队去救人。这时前方马蹄声震耳，沙匪踏沙而来出现在沙丘后方，他们挥着长刀短剑斩杀着手无寸铁的无辜胡商。

事出我朝疆土，不得不管。二哥得令之后身先士卒，带兵冲进混战解救胡商。按理说沙匪遇上正规军应该立即窜逃才对，可此刻摇风忽起，扬起风沙遮天蔽日，使得大家寸步难行，众人只能紧闭双眼低伏马背指令马儿跪地，以防人仰马翻。对面的沙匪也好不到哪里去，他们来不及上马只能就地卧倒趴在沙丘上。

叁

过了很久,风声渐止狂沙渐息,众人身上都落了满满一层黄沙。大家终于能从风沙里抬起头、站起身,扑簌簌黄沙落了满地,在众人脚边形成一个又一个小小的沙包。众人抖落身上的黄沙,然后就开始救人。

沙匪和胡商都已经被风沙淹没,此时都在沙中挣扎,众将士上前把他们一个个从沙中扒出来。一边把沙匪制服、捆好,一边救助伤员,我和二哥负责为受伤的胡商和沙匪止血。胡商想寻求庇护提出要与我们同行,父亲答应了。一切整顿完毕后,队伍继续上路。直到这时,我才松了一口气。只要这次我们没有乘胜追击就不会落入沙匪的陷阱了吧?

可是就在我们行至一处峡谷时还是中了沙匪的埋伏,他们隐藏在戈壁之上,待我们进入峡谷就发起进攻,四面八方的箭矢铺天盖地飞来。周然给我当了大半年的护卫,此时离我最近的就是他,箭矢飞来之时他立刻就把我护在了身后。

我抿唇沉思,这半年的相处加上他此刻的举动,这样的周然真的会叛敌叛国吗?周然把我拉下马塞到步兵的盾牌下,扭头便加入了战斗。

虽然我是神射手,但我只有十来岁,现在的我不过是个孩童,此刻只能躲在步兵的盾牌之下。究竟是什么样的沙匪这么大胆竟然敢袭击军队？他们的箭矢粗糙且有限，为什么就敢围攻我们？

我全神贯注地关注着眼前的战斗，突然发现身边竟然有人跟我一样入神，那是一位十五六岁的胡族少年，也是被人塞进了盾牌下小心护住。

这少年面容消瘦，有一对蓝色眼珠，当他转头看向我的时候我立刻认出了他！他是阿史那阿巴！那位突厥汗王最疼爱的小王子！就是他与周然设计要将我绑走！

可是他怎么会出现在这儿？我脑子里拼命回忆，昌和八年……昌和八年……我在心中默念，昌和八年除了大哥成亲和父母双逝到底还发生过什么事？

噢！昌和八年突厥大叶护篡政重伤突厥可汗阿史那和林，最后篡政失败被突厥大将怯得砍杀！那这位突厥小王子出逃应该就和这次政变有关系。而这群沙匪也绝不会只是沙匪而已。

可我现在只有十来岁，我能做什么呢？那少年终于发现我在看他，疑惑地回望我。突然一支流箭从盾牌之间的缝隙中飞进来，直奔他而去，几乎同一时间我也朝他扑去，甚至身体还未得到指令，几乎是下意识反应。

他绝不能死在我军之中，会给父兄带来麻烦的。少年躲过了流箭，我却被箭矢擦伤，还好只是擦伤。

我皱着眉头看了一眼肩膀上的伤口，然后转身去看阿史那阿巴，那少年防备地看着我。

我也不打算说谎，直截了当地说："我认得你，我不能让你死在这里。"我捡起地上的箭矢，却发现这些箭矢完全不像我想的那样粗糙，反而是精钢制造军用标准。怪不得，在那个梦中，父亲会被一群"沙匪"重伤，原来是误打误撞卷入了突厥人的内乱，被突厥的内争所累。怪不得，朝廷对父亲的死含糊其词，并且拒绝我们追问。

父亲是边境守将，常年驻守玉门关，外御匈奴内守边关，身份敏感地位特殊，如果朝廷知道父亲卷入了突厥人的党争，势必会影响朝廷对父亲的信任，也会给玉门关众将带来灾祸。所以这场风波只能大事化小小事化了。

这时，那少年笑了："你认得我？难道不是因为我相貌英俊才救我的？"

我不禁一愣，哑然失笑，从未见过如此厚颜无耻之人。

两方还在激战，我们俩躲在盾牌之下不敢乱动，对方要杀这位突厥小王子显然是有备而来。只是突厥大可汗有十三个儿子，为何非要追杀这个最小最弱的王子？难不成他们也知道这位小王子才是汗王心中属意的继承者？

我看向身边的这位小王子——他就是未来突厥的大可汗。

"小女郎，我看你们将军寡不敌众就要输了，我现在要溜了，你要不要一起？"他笑得轻佻，语气却对连累我们这件事儿不以为意。

我瞪了他一眼："救兵，很快就到。"三哥很快就会来。

见我笃定，他也不再多劝："小女郎，救兵不会到的，路太远了，你好自为之吧。"说完扭头就要走，我便一把扯住他的袖子。

不能叫他走，我要让他欠谢家军一个人情。

"怎么？舍不得我走？"阿史那回头看我，狡黠一笑。我回赠他一个白眼。

正僵持着，前方马蹄声震耳，卷起狂沙呼啸而来，三哥领军终于赶到，并以呼啸之势冲破了包围，顿时军心大振瞬间便扭转了局势。

阿史那惊讶地看着我："料事如神啊！"

战事已停，三军扎营休息整顿。这一次父亲没有受伤，阿史那也向父亲表明了身份并被父亲奉为座上宾。所有人的命运从这一刻，开始走向了不可预知的未来。

但对于他们突厥内部的争斗，父亲始终不愿讨论更不想插手。也不该我们插手。父亲只向阿史那承诺会保障他在我军时的人身安全。

毕竟除了我，谁也不知道这次党争的结果。如果阿史那和林死在这次的叛乱里，那么阿史那阿巴——一个失去庇护、失去王子头衔的突厥人要怎么回到突厥去呢？父亲显然想到了这一点，所以才承诺会保障他在我军的人身安全，父亲这是打定主意就算突厥易权，也要保住这位突厥小王子了。

这样也好，卖一个人情给未来的突厥可汗也不是什么坏事。

众人都在忙碌，只有我无所事事。只好拿起弓到前面的空地练箭。阿史那不知何时来到了我的身后。

"原来你的箭法这么好。"

我放下弓看着远处为我拣箭的周然，思考着他和阿史那是如何结下的渊源，漫不经心地说："你汉话说得也不错。"

阿史那接过我手中的弓搭箭："不如我拐了你回突厥，要你做我的小女奴？"箭飞了出去射到周然脚边。

周然怒视着阿史那，阿史那笑得愉悦，丝毫不带歉意地说："抱歉，抱歉，本王子失手了。"

阿史那把弓还给我，继续刚才的话："你教我汉话，我教你骑射。"

我莞尔一笑，随意地拉开了弓，盯着他的眼睛，想看清他眼里的真实想法。"嗖"的一声，箭离弦而去不偏不倚落到了周然的左脚边，因为刚才阿史那的箭是落在了右边。

"哦，教我箭法？"我不屑地看着他。

阿史那倒吸了一口凉气，愣在了原地。我六岁开弓，活了两世，到如今前后练了二十几年的箭，用得着他来教？我若不是太过心软，怕是早已和哥哥们一样纵横疆场了。

远处的周然抬起头看过来，正好看见我把弓塞到阿史那的怀里，认命地叹了口气，拔出插进泥土里的箭。

三日后,突厥王帐传来消息,叛乱平定,逆贼被大将军怯得所杀,局势稳定,阿史那和林轻伤无碍。

　　父亲亲自送阿史那阿巴出了军营。阿史那临行前特意找到我:"小女郎,我们后会有期了。"最后他用突厥语快速说了一句什么,我听不懂,只是觉得他笑得随意又轻佻。

　　看着他离开的背影我这才松了一口气,然而故事才刚刚开始。

　　永宁元年,我十五岁。年关,父亲回京述职,我们举家回到了长安。哥哥们都很兴奋,他们已经很久没有回来过了,一到府门口就冲进去找相熟的堂兄族妹叙旧去了。我和五哥的马车慢悠悠地跟在最后面,最后一个抵达将军府门口。

　　我下了马车看着将军府高大的门楣,有些出神。

　　"小妹,怎么了?"五哥关心地问。

　　我笑着摇了摇头,这时对面驶来一辆华贵的马车,一阵清风拂过掀开了马车的窗帘,一张熟悉的侧脸映入眼帘,我呼吸一滞,心里惊呼:"太子妃娘娘!"

　　如果那些都只是一个梦,那么为什么我在看到太子妃娘娘时,会感到心脏传来的钝疼。如果那不只是一个梦,我又该怎么做,才能改变这故事的结局?

　　娘娘轻车简从,并没有开锣鸣道,所以现下我们的马车挡住了他们的去路,他们只好停下等待我们的马车离开。

　　五哥认出了太子妃娘娘的车驾,于是上前赔罪:"夏河不知娘娘圣驾出行,冲撞了娘娘的车驾,还请娘娘恕罪!"

　　娘娘卷起车帘望了过来,带着一如既往的平和与温柔:"原来是谢大将军回来了。"她自顾自地呢喃着,语气中带着难掩的落寞与哀伤,但她很快又扬起笑容,"无妨,小将军不必多礼,代我向你父亲问好。"

　　与娘娘的马车擦肩而过的时候,我还在愣愣发呆。眼前的娘娘还是那么美那么温柔,唯一不同的是她看向我的眼神,不再是我记忆中的热切与慈爱,而是淡淡的疏离与平静。我不是她养在东宫的小女儿,她也不会温柔地为我梳头。

往昔的那些温情与美好,竟如一场蕉下梦,都成了日光下的泡影,成了我一个人的独角戏。

或许世事本就是一场大梦,只是这一次再也没有人能与我同行。

肆

"娘娘未嫁时也曾上阵杀敌,与父亲有过同僚的情谊。"五哥细心地为我解释。

我大为震惊愣怔了好一会儿,这事竟从未听娘娘提起过。"今天是什么日子?"我过了半晌才开口问道。

"今天是冬月初七。"

冬月初七,我心下一片哀伤,冬月初七是娘娘父兄的忌日,娘娘这是拜祭父兄去了。父兄忌日又遇昔日战友回京,触景伤情,娘娘此刻该有多难过。

"小哥,你能不能去采一捧梅花给我?"我想在这里等着,再见娘娘一面。

我怀抱一大捧梅花静静地站在将军府门口,等了小半个时辰,等到天空飘起了小雪,才看见娘娘的车驾从路尽头驶来。我屏住呼吸紧张地等待,就连抱着梅花的手都在微微颤抖,看着娘娘的马车从我面前缓缓驶过,忍不住就要跟上去。忽然马车停了下来。

娘娘掀开帘子柔声问我:"你就是谢家幺女吧?"我箭步走到车窗下忙不迭地点头,连脸上急切的神情都忘了收敛。

"这下雪的天,你站在府门口做什么?"说着递给我一个汤婆子。我接过汤婆子,眼泪忍不住在眼眶里打转,往事历历在目,可是娘娘却再也认不出我。我鼻子一酸,强忍住想哭的冲动将怀里的花塞给娘娘。

"娘娘,花开了,一切都会好起来的。"说完我再也忍不住匆匆行了个礼,便转身回了府。我怕我再多看她一眼,就要忍不住哭出声来。

回到府中宫里就传来了圣谕,宣父亲与我一同进宫。我心里忐忑,不知道陛下为何突然要见我。父亲只是摸着我的头安慰地说:"凤儿别怕,陛下只是想见见你。"父亲的手掌宽厚,语气坦然,让我分外心安。

我随着父亲一同进了宫,父亲先被宣进殿去,应该是在谈论边防与政务。半个多时辰后陛下才宣我进去。

我行完君臣大礼后便俯首站在一旁,只听到陛下同父亲说:"谢卿,这便是你那养在玉门关的春风吗?"

"回陛下,正是臣的小女春风。"

"我上一次见到她,她还在襁褓之中呢!"陛下似乎很有兴致,与父亲闲话起了家常,"朕那时还抱过她呢!一转眼就长这么大了。"

"是的,她牙牙学语的样子犹在昨日,一转眼就长成人了。"父亲恭谨地附和着。

"朕记得她出生的时候,正是与突厥恶战的时候,对吧?"陛下转过头向父亲求证。

"是的,陛下。"

"结果,她一出生突厥就降和了。这孩子有福气,赶得巧啊。"陛下调侃着笑了起来。

我暗自叹了一口气,因为我依稀记得,在梦里也是十五岁,陛下见了我,也夸了一句有福气,结果我还没活到二十五岁就被一杯酒给毒死了。

父亲与陛下应和了几句,陛下忽然话锋一转:"听说,你这女儿骑射很好?"

我万万没想到,我在军营里出的那些风头竟传到了陛下耳里。陛下亲自指了我去东宫教皇孙骑射,说要把我留在长安亲自为我择婿。父亲推辞不过,只好应下。

东宫就只有一个皇孙,就是李遇。在那个不知前世今生的梦里,我看着他长大,与他分享过秘密,聆听过他的少年心事,看着他当上了皇帝。却因为那份一起在东宫生活过的不同旁人的亲厚,生出了一些让人难以启齿的流言,最终连累我丢了性命。

世事难料,圣命难违。没想到这一次又因一道圣谕,将我们联系到了一起。

哥哥们知道我要去东宫教皇孙骑射都很自豪,围着我上蹿下跳,大哥却挨了父亲的骂,说他都成亲了还在跟我们胡闹,唯有母亲叮嘱我要守规矩。我看哥哥们嬉闹的样子不说话,只是一味地傻笑,有哥哥真好,最亲的人都在身边,真好。

这一次我们全家热热闹闹地在长安过了年,饮屠苏,贴桃符,看驱傩,鸣炮竹。门响双鱼钥,车喧百子铃。雪浓浓,年味也浓。

过完年,我便收拾行李入了东宫。

内侍臣引我进东宫拜见太子与娘娘时,我看着这个曾经生活了近十年的地方——那些曾经在这里发生过的故事,那些珍贵的喜与泪如今都只属于我一个人。我一个人珍藏着那些回忆,在这广阔、锋利的人世间踽踽独行,一时间不禁悲从中来,物是人非恍若隔世。

太子殿下与娘娘热情友好地接待了我,虽然他们刚刚才失去了自己的小女儿。娘娘说:"你入了东宫,不比在家时,难免会有些不习惯的地方,有什么需要的尽管同我讲。"

娘娘说,如果不习惯一个人吃饭,可以去同他们一起用膳。

娘娘说,她时常一个人在东宫,都没有人能陪她好好说说话。她说她一直想要一个女儿,可惜没有缘分……

再次听到这些话,我的心都要碎了。我的娘娘,无论什么时候,无论处于何种境地,她都是天底下最好的娘娘。我嫁进东宫时她宽仁接纳,与她素昧平生时她送我手炉,我入宫为师时她周到接待。这样的娘娘,我怎能让她重蹈覆辙,经历那痛失所爱郁郁而终的结局?

着相也罢,虚妄也罢,只要我努力尝试,总会吉无不利。这一次,我一定会好好地守护娘娘,拼尽全力给她一个好的结局。

我与娘娘在偏殿静坐等着小遇下学。

"你就是皇爷爷找来教我骑射的小先生?"小遇还未踏进殿来就已经开口。

"没规矩!"然而小遇话音刚落,就被随后进来的太子殿下斥责了,"还不向先生行礼。"

小遇立刻乖巧起来,郑重地向我行了一礼,恭恭敬敬地称了一声:"先生。"我向太子殿下行了一礼,也向小遇回了一礼。

太子殿下将小遇交给我,又嘱托了几句便离开了。我带着小遇去了校场,盯着他射靶,不时指点他几句,然后就坐在一旁的寮下喝茶。

小遇在初春暖洋洋的日头下射空了四五个箭篓,此刻已经薄汗覆面,筋疲力尽。他走过来,放下手中的弓。我见状连忙递给他一杯煮好的茶,以为他是累了要休息。

"累了,就休息一下。"

"小先生。"小遇斟酌着像是有话要讲。

"你说。"我放下茶盏端正姿态侧耳细听。

"小先生,你是皇爷爷为我请的先生,按理说我不该与你有任何龃龉。可我是皇孙,我是诚心实意要学习本领的。如果你不能胜任,还请你自行向皇爷爷请辞吧。"说完向我恭谨地行了一礼。

我微张着嘴巴愕然了一会儿,原来他这是不服我,想到这我不由得笑了。我拿起他刚放下的弓,站起来,抬眼看了眼天空。此刻已是天地四合暮色迟迟,正值倦鸟归巢之际。

我望着落日余晖下展翅的群鸟，淡淡开口道："小遇，你见过玄鸟左翅的第三根羽毛吗？"

"啊？"在他错愕愣神之际，我的箭已离弦，一声急唳的燕鸣过后群鸟四散奔逃，这时，天空悠悠飘落一支蓝黑色的羽毛。

小遇这时才瞬间明白了我刚才的话，不由得惊掉了下巴，登时对我肃然起敬。我看着他惊愕失色的样子，轻轻地笑着说："现在，可以休息了吗？"他此时已经不敢说话，只是忙不迭点头，接过我手中的弓恭顺地扶我坐下。

看着他乖滑的样子我忍俊不禁，似乎可以理解太子殿下为何一直对他如此严厉。

半晌我发现他在偷偷看我，欲言又止。

"说。"我端起茶盏微抿一口。

小遇面露迟疑举着手里的羽毛，瑟瑟缩缩地向我确认："小先生，这根真是玄鸟左翅的第三根羽毛吗？"

看着他畏怯又认真的样子，我再也忍不住哈哈大笑起来，直到笑出了眼泪，才恢复正色认真道："是。"

我们小遇真的太可爱了。

小遇天性活泼，我又是第一次教徒弟，性子软很难严苛，很快他就与我熟络起来。他是真的喜欢骑射，被我的箭术折服之后，学得也就格外用心。整日围着我叽叽喳喳的，恍惚间我似乎又回到了在东宫做侧妃的那些日子。一时间竟又有些分不清，那些究竟是梦还是真实发生过。

与小遇其他的先生相比，我对小遇的要求并不严格，甚至可以说十分松散。由于太过松散所以被太子约谈了。

"谢小先生。"太子殿下推过来一盏茶客气地开口。

我诚惶诚恐："殿下言重了，小凤愧不敢当。"

"我与你父亲年岁相当，那我就托个大叫你小凤吧。听说你从小长在边关，三岁便能骑马六岁就能弯弓，十多岁就能百发百中贯虱穿杨……"

太子殿下是个很和善的中年男人，可能是他身份尊贵的缘故，即使他对我从来都是和颜悦色的，我对他却总是有些惧怕的。"传言……倒也不可尽信。"我小声地回嘴。

"三岁骑马，是在父兄怀里，六岁弯弓没射中过十步以外的靶子，百发百中倒是真的，不过贯虱确实没有试过……远……远没有传言中……"

伍

我生怕殿下对我期望过高，要求我也教出这样一个小遇来。倒也不是我不想教，实在是小遇的资质……差强人意……况且小遇一直在殿下的严格要求下成长，常年都要挑灯夜读，这使他看什么都散乱空中千片雪，蒙笼物上一重纱，所以他的箭术永远不可能达到顶尖。

"什么？"太子殿下一脸疑惑，不知道我在说什么。

我连忙摆手摇头，表示洗耳恭听。

太子殿下明显茫然地点了点头，虽然没有听清我在说什么，为表尊重还是做出恍然大悟的样子。

接着找回自己话头继续说："以你的实力来给小遇的骑射做启蒙，绰绰有余。只不过小遇这孩子生性顽劣，不肯用功。如不严加管教放任自流，只怕会荒废功课不成气候。"

随着太子殿下的话我逐渐正色起来，太子殿下对任何人都宽泽蔼然，唯独对自己的儿子苛责严肃，以至于他们父子之间始终都有嫌隙。甚至在太子殿下血染沙场的出征前，父子还在置气。虽然小遇从没有说，但他的心里始终是想得到太子殿下的认可的。但太子殿下却好像从没有看到过小遇的努力。

所以此刻我有些生气："太子殿下，小遇或许顽劣，但他绝不是不肯用功的孩子。

"他只不过十来岁,却每日卯起温书,亥时入眠。练箭时也是俾夜作昼,孜孜矻矻。纵使没有我的监督,他也未曾有过一丝懈怠。

"我明白您对他的期望过甚,但也该各因其材量力而为,而非一味严苛叱咄,无视他的努力。"

"小遇的骑射,还请您在春蒐中见分晓吧。"这是我第一次这样无礼地驳斥了太子殿下,说完之后好一阵我还胸如擂鼓忐忑不安。

太子殿下没想到我会这样疾声厉色,一时语塞尴尬地拍了拍腿:"小先生不要动怒,是我唐突了。"说完起身呷摸着离开了,却在门口碰上了小遇。父子二人没有说话,小遇只是沉默地向他行了礼。

看着太子殿下离开的背影,我是既内疚又后怕。那可是太子殿下!我怎么可以这么无礼地同他讲话!还好太子殿下宽仁,不同我计较。

现在离春蒐还有两个多月,要在两个多月内使小遇的骑箭突飞猛进,不可谓不难。我之所以心急说出春蒐,是因为过了春蒐父兄就要回玉门关了。我想同他们一同回去。突厥还在虎视眈眈,只要突厥盘踞我西北边境一日,两国交战的风险就多一日。我一旦滞留东宫,说不好就会重蹈覆辙。

不如同父兄回玉门关去,死死守住我朝的第一道国门。好过困守东宫,什么都做不了。

虽然我想让太子殿下在春蒐中看到小遇的进步,但是对小遇的训练却并没有格外要求。依然是规定他每天只要搭弓一千次,便可随意休息。

只是很奇怪,即使我并没有刻意加重小遇的训练,小遇却总是通常不等拉弓八百次就已经累到抬不起胳膊了。见他小小年纪即使已经累得大汗淋漓,即使拉弦的时候胳膊都已在微微颤抖,却还要咬牙坚持训练的样子。我总是于心不忍,想到他还有繁重的课业,所以干脆减轻了他的训练。

但是即使小遇的练习一日比一日少,从每日搭弓一千次到每日六百次,到现在的五百次,小遇却总是不能完成。虽然箭法精进了不少,但小遇这种对待训练的态度还是激怒了我。

离春蒐的日子一天比一天接近,小遇每日的训练却越来越懈怠,他又一次搭弓不满五百次就打不直背抬不起腕的样子,彻底激怒了我。

我冲上前,夺过小遇的弓就摔在了地上。

"如果不肯吃苦,就不要练了。"

小遇只是沉默地垂手而立,半晌才抿了抿唇拱手行了一礼:"请小先生不要动怒,小遇今日一定会完成训练的。"

看到他挺直了脊背,隐忍倔强又满眼愧疚的样子,我又没来由地心疼,无论是梦里还是如今我对他从没有如此不假辞色过。小遇不该是这样会偷懒的孩子。

"小遇,你的箭法确实进步飞快。但是纪昌学射,数年有成,你才学习多久?我希望你能明白绵绵若存,用之不勤,勤则不匮的道理。如果只是因为一点点的进步就沾沾自喜,怠惰练习,那你永远都不可能成为一名神射手。"

"学生知错了,学生从今日起一定会完成所有的练习。"小遇说着又揖了一礼。

我没有说话,只是拿起一张重弓,沉默地开弦射靶。小遇也默默捡起自己的弓,开始练习。这一日,我们沉默着各自射出了一千支白羽箭。

入夜,我却睡不着,于是干脆起身走走。不知不觉靠近了小遇的院落,此刻已经夜半三更,院中却传出"嗖嗖"的箭矢声。

我推开院门走进去,就看见小小少年单薄地立在良夜中,清冷的月光柔柔地铺满他的全身,月白的蜀锦在皎皎的月光下熠熠生辉。他不知疲倦地抽箭、搭弓、瞄准、松弦,一支又一支的箭从他的手中飞出去。院中早已散落无数支箭,而他却似乎不知疲惫。

我在院中站了许久,几度想要开口却几乎发不出声音。直到小遇发现了我，他吓了一跳。

"小……小先生……"回过神来还是选择先向我行礼。

我哑了嗓子压下心中悸动漠然开口："亥时已过，为何不睡？"

"学生……睡不着，想多练会儿。"

"白日分明已经练过，为何还要晚间加练？就因为这个所以才耽搁了白日的训练是吗？"说着我又控制不住情绪激烈起来。

小遇惶恐地低头认错："小先生不要动怒，小遇今后再也不会耽误白日的练习！"

果然，果然……

我深吸一口气尽量平静地开口："我白日留给你的练习，你已然完成并且完成得很好。为何还要如此用功？"我攥紧了拳，止不住地心疼，这傻孩子一定是听到了我与太子殿下的交谈，于是每日夜间偷偷练习，所以到了白天才会精神不振无法完成训练。

但我嘴上却仍咄咄逼人："你是觉得，我年纪尚轻资质不够，给你布置的功课太过容易耽误你成为神射手，我够不上做你的师父，所以你才要在夜间自己加练是吗？"

"学生没有这个意思！"小遇急切起来。"我……我……我只是不想在春蒐上丢你的脸……"

果真是这样……我深深地叹了一口气，颓丧地坐下。我想起我曾经做的那个梦，梦里他说我是他的月亮，是他的半条命。我不知道那个梦是真是假，可是我很害怕。我是他的庶母。他却为了我，顶撞父母，拒绝皇帝赐婚，新婚之夜抛下自己的皇后，拒纳嫔妃空置后宫十几载，一生无嗣。最后他落得个英年早逝，我落得个毒酒一杯。

这一次……这一次，我与他又会有怎样的结局呢？又想有怎样的结局呢？

"我白日里才说过，绵绵若存，才能用之不勤。百步穿杨绝非一朝一夕可以练就，欲速则不达。春蒐的事，你不用操心。"

无论如何春蒐之后我都不能再在东宫待下去了。

然而春蒐还没到来，却先等到了突厥的使臣。突厥内乱之后，突厥王室元气大伤，背后的吐谷浑和西域诸国也开始蠢蠢欲动。突厥可汗无计可施只好向中原靠拢，派出使臣寻求中原庇护。值得一提的是，这位使臣正是突厥汗王的小儿子，阿史那阿巴。

陛下设宴款待使臣，国宴之上父兄也皆列席间。席间阿史那提及突厥内乱时曾接受过父兄相助，借宴向父亲祝酒，陛下听闻登时就变了脸色。

阿史那阿巴这分明是存心的！刻意选择这种场合告诉众人，父亲同突厥的党争有干系，挑拨陛下对父兄的信任！更可恶的是，他说："可汗希望与天朝联姻以结秦晋之好。而谢大将军早年曾经救过小王一命，所以小王斗胆向陛下求娶谢家女郎。突厥愿以国礼相待与中原结为唇齿之邦。"

兹事体大，事关两国邦交，陛下左右为难只好借故离席。当晚就宣父亲进了宫，彻夜长谈。次日，父亲就将我接出了东宫。

父亲与我言明了其中厉害，身为谢家女儿的我绝不能嫁到番邦去，但是突厥有意联姻指名道姓求娶于我，陛下却没有推辞的理由。所以为今之计，就是要尽快为我定下婚约。然而陛下与父亲商讨了一夜，也未想到合适的人选，思来想去唯有太子殿下最合适。不至于委屈了我，也能堵上突厥人的嘴。

我心里一片凄然，原来这就是梦中我被匆忙指给太子的原因吗？难道一切又将重演了吗？

我是绝不能嫁进东宫的，更加不能嫁去突厥。

于是我屈膝跪地重重行了一礼。

"父亲！女儿情愿削发为尼。"

陆

宵禁之后，我穿上宽大的斗篷乘坐在一辆不起眼的马车上，手持御札从将军府侧门悄悄出发。马车一路向西通行无阻上了御街，进了皇宫，独自面圣。

临行前，父亲曾用宽厚的手掌抚过我的头，这是严肃的父亲在表达他的慈爱。父亲说："此计若成，则西北无患矣。只是这一去，山高水险。儿啊，千斤重担皆系你一身，望你心存社稷，不改其志。最后你要记住，你是谢家的人，谢家就没有苟且的人。"

我拉住兜帽迎着春夜清冷的晚风，走在宫内幽长的甬道中，脚下的青石在冰冷的月色之下散发着微微光泽，似乎预示着我那晦暗的前程，而我踏出的每一步却都更加坚定。

我的脑海中不断回响起父亲的教诲。这世上有比自身生死更重要的东西，脚下的土地、律法的尊严、自身的职责、家族的荣誉、军人的忠诚、黎民的安康、国家的稳定、腰间的傲骨。我们有朝一日，终会遇见需要用生命来捍卫的东西。

我跪在陛下面前一言不发，呈上我连夜写就的檄文。陛下接过檄文逐字看完，沉默良久，久到大殿之内的空气都开始凝结。殿中很静，静到我能听到我胸内战鼓擂擂。

可陛下长久的沉默使我的心一点点沉寂，我几乎已经忍不住要开口，终于殿内响起了陛下的一声叹息。

"我老了，老到没有雄心壮志，老到比一个小女娃却还不如。"陛下扶着香炉幽颤颤地说。

我以头抢地诚惶诚恐："陛下正值壮年，在位数十年政通人和百姓安居。可在您继位之时却是内忧外患一片动荡，朝野上下风雨飘摇。是陛下大刀阔斧挽狂澜于既倒，扶大厦之将倾，才有了这国泰民安的几十年。陛下功德千秋，史书会记得！"只是如今壮士暮年，士气渐沉。

陛下只是叹息着："小丫头，你可知你要走的是怎样一步棋？多少年，多少王侯将相尚不能安定北境覆灭突厥，你不过一名小女子安有如此心智啊？"

"若此计乃朝中王公将相所献，陛下觉得此计可行否？突厥狼子野心，与我朝势如水火，君不见六州百姓受突厥夺掠流离失所之苦啊！"我重重叩头，字字铿锵。陛下并不信任我，因为我人微言轻。可父亲却支持我，因为父亲坚信我们与突厥终有一战。这才让陛下开始动摇，不然我根本就没机会单独面圣。这次面圣也是父亲对我的考验，成事者，有谋还不够，还要有勇有能。

陛下迟疑着："小丫头，玉门关外已有你父兄。你只管嫁进东宫，朕定保你安稳一生，何必……"

"陛下！"我大着胆子打断他，"臣女生在边关长在军中，得父兄教诲，目见边境百姓之疾苦。苦寒磨砺，胸有丘壑，又怎甘困于闺阁？此计若成，北境再无突厥滋扰，此若计败，玉门关外还有我父兄镇守！"

陛下深深叹了一口气，良久才道，"好！既然如此，就让你去试试。"陛下洪亮答道，似是终于下定决心，"只是我且问你，此去若有闪失……"

"若有闪失……便以身殉国！肝脑涂地！"彼时的我，一腔热血，饮冰难凉。

"想好了？"陛下半真半假地问。

103

我重重点头掷地有声:"百死不渝!"

等我出宫时,东方的天已经微微亮了,一轮红日倏然跳出天幕,霎时间天地洒满霞光。我没有回将军府,而是转道去了东宫拜见娘娘。我送给娘娘一个锦盒,盒子里装的是我在玉门关时用整整一盒东珠,从西域铸造大师那里换来的一支玄铁枪头。然后去和小遇告别,这次没有办法陪他去春蒐了,不过我送给他一本医书。最后又告诉他一件事,那是大哥曾告诉过我的道理。

"你可以和那群狐狸生活在一起,但永远不要忘记自己是一头狼。"

然后我头也不回地离开了那里,从此刻起,今生我与东宫再无瓜葛。但是,我会在他们看不到的角落里,用生命捍卫他们的人生。即使无人知晓,即使夤夜不休。为娘娘,为东宫,也为了苍生。

陛下搁置了阿史那联姻的提议,邀请阿史那与部下参加我朝春蒐,联姻之事可以等到春蒐过后再讨论。

春蒐的日子很快来到,我目送父兄披挂上马前去围场。父亲沉重地拍了拍我的肩膀:"凤儿长大了,今后的路要自己走了。"

我看着父兄的背影深深知晓,此一别要想再见便不知要等到何年。

永宁二年,春蒐。右骁卫将军谢忠在狩猎途中摔下马背,引发旧疾三日后不治身亡。

在父亲的葬礼上,我听到父亲昔日同僚皆在叹息:"谢将军一死,今后北境要仰仗何人啊。"

阿史那阿巴也前来吊唁,他是亲眼看着父亲坠马的,对父亲的伤势最为清楚,不疑有他。

他吊唁结束后来到我的面前,只说了一句:"节哀,珍重。"我安静地向他还礼,看见他不曾多疑才松口气。

父亲大殓之后,哥哥们奉旨起程继续守护玉门关。我则被陛下赐去灵觉寺修行，替父祈福。因在丧期，阿史那阿巴的求亲也只能搁浅。陛下签下了两国友好合约，并赐金银绸缎无数，牛羊上千粮食数万石，打发阿史那阿巴回突厥去了。

突厥是一群训练有素的狼，它们蛰伏在我朝西北，平日里不声不响，可一旦感到饥饿就会冲向我们的羊群，咬断它们的喉咙啃食它们的内脏。现下的示好只不过是它们有了更强大的敌人，权衡之下的选择罢了。等它们一旦有了机会势必还是会反扑。而这一次，绝不能再给它们喘息的机会。

所以虽然我人在灵觉寺清修，但一直都在密切关注西北军事。直到三个月后，边关传来密信，说谢家军意图不轨密谋造反。陛下发出密令急召大哥回京，大哥不从，便被卸职停任圈禁在了府中。只等陛下派人将他押解进京。

虽然这罪名子虚乌有，但谋反之名非同小可，必须查明。朝廷焦头烂额，一时间朝中动荡军中惶恐，西北军防也被这突如其来的变故冲出了一个缺口。

数十日后，又听说大哥在押解进京的途中打伤了官兵逃窜了。陛下震怒，将其他几位哥哥全部打入了天牢，并查封了京内的将军府。将军府的叔伯们也都被打入牢中，听候发落。

而我在灵觉寺似乎被朝廷遗忘了，所以才能幸免。但也开始坐立不安，现在时机已经成熟，就看阿史那阿巴会不会有所动作了。

这日入夜，我正在床上休息，突然有人翻窗而入，我警惕坐起。

"什么人！"我暗中摸向床边挂着的弓和箭。

"六郎别怕，是我，周然。"说着点燃了屋内的灯。

我定睛一看果然是周然，佯装惊讶道："周然，你怎么来了？"

"将军被人诬告谋反，六郎可听说了？"

我点点头，不动声色道："大哥不会，清者自清，朝廷自会查明。"

"这一次不一样，将军是被人陷害的。对方有备而来，证据确凿，

105

不然将军也不会在押解进京的途中逃走了。现在将军不在军中，二郎他们又被打入牢中，现在只有您能救将军了。"

"我该怎么办？"我开始慌张起来。

周然抱拳施了一礼："请您跟我回玉门关，调查真相，还将军清白。"

"可……"

"六郎，现在陷害将军的人还在军中，军中除了您以外已经没有将军可信之人了！末将正是奉了将军之命前来请您的！"

我不经意间瞥见了窗外的影影绰绰，才放心地对周然说："好！"

我收拾行李，跟周然趁夜离开了长安。出了长安城之后，不出所料果然有一支胡人商队在接应我们。周然说，跟着胡人的商队能够掩人耳目。我看着这些素昧平生却并非陌生的面孔，心里五味杂陈，这一次他们很幸运，一个都不用死了。

这一次，我自愿跟他们走。

柒

  我跟着他们一路北上,过了黄河畅通无阻,来到了沙洲。可并没有回将军府,而是去了一处偏僻的远郊,周然说这里有大哥被诬陷的证据。

  他把我骗到一处僻静的宅子里,等我再次醒来时人已经在突厥人的毡房里了。见我醒了,一旁的突厥女郎连忙倒了一杯马奶,示意我喝。我抓起杯子就往地上砸去:"周然呢!让他来见我!"

  那女郎听不懂汉话只是惶恐地摇头,然后退了出去。不一会儿有人掀开帐篷走了进来,来人高鼻阔口,一副胡人长相,却比一般胡人多了几分清秀,我定睛一看正是阿史那阿巴。

  "怎么刚醒就发这么大的脾气?"阿史那笑意盈盈地说。

  "周然呢?我要见周然。"

  "义兄怎么会在我突厥帐中呢?"一句话就道破了他与周然关系的不同寻常。

  "义兄?"我有些狐疑,为何从未听周然提起过?

  "怎么?我义兄没有告诉过你,他是在突厥人的帐篷里长大的吗?"怪不得,怪不得周然会帮他设计我。

  "快放我离开,我要回玉门关。"我站起来厉声说道。

  "是你们招待不周吗?怎么女郎刚来就要走?"阿史那冲一旁的

使女说道，使女惶恐地摇头摆手。

阿史那含笑晃脑，大喇喇地坐下自顾自地斟满一杯马奶喝了起来。

我疾步走到阿史那面前拔下头顶的发簪抵住他的喉头，"废话少说，快送我回玉门关！"

阿史那面无惧色不以为意地把玩着手里的杯子："我父汗有十三个儿子，死了我一个倒没什么，只不过你若死在我突厥帐中，可就苦了你几位哥哥咯。"

"什么意思？"

"你难道不知，你们的皇帝陛下怀疑你那几位哥哥要谋反吗？"阿史那满不在乎地拨开我的发簪，自顾自续了一杯马奶。

"这是我们谢家与朝廷的事，还轮不到你们突厥人来插手。"

"可是如果我告诉你，你们谢家是真的要谋反呢？"说罢举杯要饮，我一把拍飞他手中的杯。

"你胡说！"

阿史那浑不在意地笑了笑："如果我说，我是得了你大哥的请求才将你绑到突厥的呢？"

"你胡说！我谢家就算要造反，也不会与你突厥勾结！"

谢家世代忠肝义胆，而今上仁德，天下晏然。无缘无故怎会造反？还与外邦勾结？勾结异邦那就不是造反了，那叫叛国！

"你父亲已死，你的兄长们又不得皇帝信任，被人用了一点雕虫小技就背上不轨的罪名下了大狱。现在谢家军群龙无首，军权旁落。你说……会有什么下场？"

听了阿史那的一番话，我不由得心惊胆战。这才明白，原来玉门关是真的有人要造反。怪不得父亲当时会轻易同意我的计划，原来是想借此引出幕后异动之人。父亲是想螳螂捕蝉，黄雀在后。

"我朝内政与你无关。你绑我来到底有什么目的？"

"目的？我不是很早之前就已经说了吗？"阿史那笑意不减地看

108

着我,"绑你来做我的小女奴啊。"

我带着目的来到突厥帐中,可不是为了和阿史那打口头官司的。之后我试过几次逃跑,当然不是真的逃跑,而是为了确定突厥王帐的大致方位。有一次,我从牧民那里抢了马,足足跑了三天才被他们追上。就是那一次我终于确定了突厥王帐的大致位置。我用石头朝突厥王帐的方向摆出了一个不起眼的标记,然后匆匆将他们往另一个方向引去。

但是这一次追上我的不是阿史那阿巴的人,而是他的哥哥阿史那哈只儿。哈只儿出门打猎,正好碰到了出逃的我。我与哈只儿有些过节,所以即使时隔多年他还是一眼认出了我。哈只儿和他弟弟阿史那阿巴不同,他长得十分魁梧粗犷,放声大笑的时候简直叫人震耳欲聋。

他把我抓到他的帐篷里,准备砍掉我的双手让我去做喂马的奴隶,虽然我不懂砍掉双手还怎么喂马,但显然此刻最重要的是拖延时间,保住我的双手等到阿史那阿巴来救我。

可我不会说突厥话,我听得懂但是不会说,而且也绝不能让他们知道我听得懂。

我被捆着双手,哈只儿的武士就来抓我,我只好借着灵巧身手四下闪躲。我将哈只儿的帐篷搞得一团糟,还趁乱挟持了他的一名美姬。虽然双手被缚,但在他们绑我时我留了个心眼,按照大哥教我的方法双手攥拳暗中向外吃力,为双手留下了活动的空隙。所以双手即使被绑,也不妨碍我拿着刚刚他们用来切羊肉的刀子抵着那胡姬羊羔一样娇嫩的脖子。

眼看我就要划开那美姬漂亮的脖子,哈只儿果然慌张失措起来,甚至被逼出了几句不大流利的汉话,"别……别……刀子……下来……下来……"

我莞尔一笑,早就听说哈只儿生性风流又吝啬,有三十几名美妾。妾通买卖,他的每一名姬妾都可换上上百只牛羊,他当然舍不得她们死。

我割断了手上的绳子，解放了双手。但手中的小刀却没有离开那名胡姬的脖颈。我一只手拿刀抵住她的脖子，一只手示意他们不要轻举妄动。那名胡姬比我高了一个头，挡在我面前刚好可以让我躲过他们的暗算。哈只儿抓到我本就是误打误撞，他可不想为了我损失上百头牛羊。僵持之下，只好派人去请阿史那阿巴。

　　阿史那阿巴用三百头牛羊和两名姬妾从哈只儿那里赎回了我。离开时，我冲哈只儿轻蔑一笑，彻底激怒了他。

　　阿史那阿巴在马背上朝我伸手，我看着哈只儿愤怒又不甘的神情又朝他扬起一抹得意的笑容，十足的挑衅，然后借力蹬鞍上了马。

　　阿史那阿巴拉住我的胳膊放在他的腰间，然后策马跑开，我再一次回头哈只儿果然暴怒，夺过随从的弓箭就朝我的后心射过来。我拉过阿史那阿巴手中的缰绳，躲开那一箭的同时丢出手中的小刀，锋利的小刀从我手中飞出，擦过那胡姬的脸颊插在了哈只儿的胸口。但我心里知道这距离太远不足以致命，我也没想要他的命。

　　阿史那阿巴和哈只儿本就关系恶劣，经过这一次后更是水火不容。因为哈只儿的那一箭，事后他不仅没有得到阿史那阿巴许诺的牛羊和姬妾，还因我无意中伤了那名胡姬的脸，原本能换百只牛羊的女人现在只能换到三五只了，更别说他自己还因此受了伤。

　　阿史那阿巴本就是他汗位的最大竞争者，又是突厥汗王最出色的小儿子，深得汗王喜爱。十六岁那年，在突厥大叶护之乱中，独自一人逃出重围搬回救兵，汗王因此在叛乱中得救。所以他年少气盛，自恃不凡。阿史那哈只儿早就不满阿史那阿巴的嚣张气焰了，偏偏又每次在他身上跌了跟头，怎么不恼？怎能不怒？

　　所以假如这次哈只儿没有误打误撞抓到我，我也早晚有一天会挑衅到他头上的。这一次因缘际会倒是省了我不少功夫。

　　阿史那阿巴为了防止我再逃跑，要我整日寸步不离地跟着他。若是我不肯，他就绑了我的双手牵着绳子让我跟着他。为了少吃苦头，多探听消息,我便不再挣扎老老实实跟在他身后。

这日,阿史那阿巴心情格外好,带着我在草原上漫步。现在正值初夏,是草原上最美的季节。灿烂的阳光铺洒在绿色的牧场上,远处开着大片不知名的野花,蓝色的、红色的,争奇斗艳在风中尽情摇曳。羊群在前方的坡地上悠闲地吃草,牧羊的姑娘用一支短笛奏着一首轻快的牧歌。

如果不是突厥总是侵犯我朝的话,就这样生活在这片草原上也未尝不可。

"我帮你取个名字吧!"阿史那突然兴致勃勃地说。

"我自己有名字。"我低声抗议。

"就叫阿依慕怎么样?"阿史那看似在征求我的意见,实则已经决定要这样叫我。

"那我也给你取个汉名吧。"我沉吟了一会儿,"就叫王轻臣怎么样?"

"王轻臣……"阿史那阿巴轻声喃喃着,"这名字不错,是什么意思呢?"

"意思就是,'王',天下所归往也,'轻臣'的意思就是,你有主君之能本可统率一方,不能屈而为臣。"

阿史那听了这话,沉默地看着我,眼神里满是探究。这时有与他相熟的牧民从这里经过,在马背上热情地跟他打招呼:"阿巴尔,这是你的狄丽达尔吗?"说完,一阵爽朗大笑。

阿史那微笑着冲他点头:"郎日格,今天你的羊儿有没有被野狼叼走?"

那人大笑着骑马远去了,阿史那才开口:"如果,有一日我做了汗王,你愿意做我的可贺敦吗?"

看着阿史那认真的神情我不由得一愣,然后断然拒绝:"谢家女儿,不嫁异邦。"

阿史那了然地点点头:"你们中原人,就是死板迂腐,真是好没意思。就是不如我们草原儿女活得痛快!"

我们慢悠悠地并肩走在浅浅的草地上,风中传来阵阵温馨花香。

我在暖暖和风中开口:"你究竟什么时候才肯放我回家呢?"趁着此刻他放松警惕,我得好好探一下他的口风。

"别急嘛,阿依慕。等我突厥的铁蹄踏进玉门关内,你自然就可以回家了。"阿史那抬眼看着头顶瓦蓝瓦蓝的天空,语气中不知是向往还是惆怅。

"别傻了,王轻臣。玉门关固若金汤。"我闭上眼睛,感受草原的风从我耳边轻轻拂过,不由得勾起了微笑。仿佛,胜利在望。

捌

"什么?"我的声音很小,阿史那没有听清。

"没什么。"我轻轻地摇了摇头。

很快阿史那开始忙碌起来,突厥王帐中也突然开始人来人往。所到之处人人神色倥偬,他怕我察觉到什么,于是给了我一百只羊叫我去放牧,借此支开我。并且承诺,在羊儿生下羊崽的时候就放我回家。为了不叫他起疑,我只好答应。

然后我就只好拿起了长鞭跟着牧民去放羊,草原上的牧民热情善良,语言不通也能感受到他们的友善。他们身体力行地教会了我如何放牧,煮醇香的奶茶给我喝。只不过我放羊喜欢跑到很远很远朝南的那片高高的坡地上去放,在那里似乎可以遥遥地看见玉门关的城楼尖儿。

每当这时牧民们就会笑我,用突厥语好心提醒我:"那里已经没有草啦!羊儿要把草皮都啃光啦。"但我只是善意地回以微笑,装作听不懂的样子。

只是,我放了半个月的羊才搞清楚,阿史那阿巴给我的一百只羊全部是公羊!让我等公羊产崽!他分明就没想放我回家!

我纵身上马,快马加鞭地冲回他的营帐,气愤地把马鞭扔在他的案桌上。

阿史那抬眼看到是我,转怒为笑:"是谁招惹了你,怎么发这么大脾气?"他放下手中的文书,饶有兴致地看着我。

我貌似无意地看了一眼那文书:"你骗我!"阿史那一愣。

我气哼哼地转过脸去:"你给我的都是公羊!"阿史那闻言哈哈大笑。

"好啦,别生气。吃个苹果。"说着站起来拿了个苹果塞给我,"我知道你吃惯了精细食物,吃不惯草原的酒肉。特地从关内请了一位庖厨负责你的饮食。"

"关内来的?"看来我前一阵子闹的绝食果然起了作用。

"对啊。"

"会做汤饼?"我继续追问。

"约莫会吧。"阿史那不明所以地说。

我若有所思地点点头,强忍住笑意,想着阿史那一定会后悔今日的所作所为。

回去的路上一位会说汉话的使女奉承地说:"王子待女郎真好。"

我不以为然:"他费尽周折把我绑来,可不是为了折磨我的。"

那胡姬抓着自己两条乌黑亮丽的大辫子,眼里流转着艳羡的目光,一脸天真地说:"现在可不一样,马上就要打仗了,可是王子还记挂着女郎的饮食,可见王子是真的把女郎放在心上。"

"打仗?突厥要和谁打仗?"突厥现下的军资人马都不足以与中原开战,阿史那和林是不可能在这个时候向中原挑战的。

"是铁勒部。"那女郎如实告知。

我了然地点点头。大漠七零八落,现在正值夏季,草原上牛壮马肥,各部之间为了牧畜生长,储蓄过冬物资,开始争夺草场和奴隶,争乱不休。想要在这个时候离间他们简直易如反掌,看来大哥他们已经开始行动。在我的那个梦里,阿史那和林花了三年时间才统一草原各部,随后便向中原发起了战争。这一次绝不能给突厥人喘息的机会。

入夜我端着一碗汤饼做掩护偷偷进了阿史那的帐篷,想找到突厥的军需布图,这已经不是我第一次偷偷潜入阿史那的帐篷。但是阿史那戒心很强,我找了几次都没找到什么有用的线索。

案台、箱子我都已经翻找一遍,没有发现什么机密的信息,最后我在阿史那的坐垫下发现一张羊皮卷,还没来得及展开,外面就传来了脚步声。

阿史那走进来看见我老老实实地坐在一旁的软垫上,眼底有不加掩饰的惊讶。

"你怎么在这儿?"

"请你吃汤饼。"我扬了扬下巴示意他看向案桌上的汤饼。阿史那走上前去坐了下来,看着眼前的汤饼笑了起来,用筷子夹起一根青菜意味深长地看着我说:"青菜是草原上的稀罕物,你却不爱吃。若你生在突厥,恐怕要吃苦头。"

瞬间,我脑袋里像是有什么东西炸开了!我并没有为了拖延时间在黄河边上吃过汤饼!那么此刻他为何会突然莫名其妙说出这句话?

"你……你说什么?"我屏住呼吸强装镇定却胸如擂鼓,狂跳不止。

"你不知道我在说什么?"阿史那不答反问。我攥紧了双手,不说话也不看他。

"怎么样?汤饼好吃吗?"见我没有答话,阿史那也不深究,只是风轻云淡地换了个问题。

可我已经惊出了一身冷汗,强撑着说:"我有些不舒服,先回帐篷了。"然后迅速起身离开,咬紧下唇才忍住要狂奔的冲动。

突厥和铁勒部的争斗持续到了冬天,草原上一旦下起了雪,这些靠着草原供养的人马和牛羊生存起来就更加艰难。突厥人因今年夏天时,一直在与铁勒部作斗争,以至于荒废了大量牧草的收成。两场大雪之后草原人就得全靠牛羊过冬。由于牧草短缺,牧民们不得不大量

115

宰杀牛羊。牛羊是游牧汗国的心脏，大量宰杀牛羊无异于要他们的命。

每到这个时候，他们就会开始掠夺。富饶的中原向来是他们最好的选择。对于他们来说，中原是一位富有而羸弱的邻居，他们觊觎中原富饶的土地与资源。他们未曾受过教育，信仰弱肉强食的法则，才不管那些伦理与道德。

只是他们没有料到这一次，中原当了真。几次滋扰过后，中原与他们彻底撕破了脸，临兵列阵与他们展开了对战。

阿史那忙着打仗，没空管我。仍支使我去放羊，只不过只许北上不得南下，怕我趁机逃跑。

起初他们并没把这次开战当回事儿，料定中原兵颓将弱，就消极怠战。谁知，这一仗拉拉扯扯断断续续一打就是好几年，突厥一退再退，三年多来我朝已收复漠北大半。

这一仗打了好几年，突厥军中早已师老兵疲，斗志萎靡。现下便是一举收复漠北的大好时机。这些年我安心放羊又远离突厥王帐，种种表现麻痹了阿史那，他渐渐对我放下了戒备，不再找人监视着我。却不知多年来，我一直通过当年阿史那阿巴从关内请来的那位庖丁向中原传递消息。这次大哥带来军令，要我去说服铁勒部三天后与我们合围突厥。

于是趁着夜色，我溜出突厥营帐骑上一匹快马，手持旄节奔向了铁勒人的帐篷。并且在离开突厥王帐之前，放了一把火烧了他们的粮草和军需。

说服铁勒部并不是一件容易的事情，何况他们从来就不信任中原人。于是我告诉他们，这四年多来我是如何蛰伏在突厥人的帐篷里，如何挑唆阿史那阿巴与阿史那哈只儿，使他们的关系进一步恶化，又如何利用羊群一次又一次与中原互通消息，我是如何精心布局一步一步将突厥引到现下这般田地。

我身为汉人被困在突厥人的营帐，所能做的实在不多，但走的每一步，都是可以将突厥推向深渊的险棋。突厥已经走到了穷途末路，铁勒部只需向中原天朝递一把刀，表示一下诚意，就可以变成天朝的好朋友、好邻居。但是如果铁勒部不肯与我们合作，我们也不会介意把铁勒变成下一个突厥。

铁勒十三部的首领商议了一整夜，在东方拂晓之时终于决定与中原合作，愿意合围突厥！口说无凭，我建议他们将十三部的联名战书交于我，由我带给中原的天可汗。这样一来可以表示他们的诚意，二来也好做个凭证以防他们临阵倒戈。只不过后面这句话我没说。

铁勒部在做战前准备，召集兵马准备向突厥王帐合围。我向他们借了一名小卒乘快马去向大哥报信，告诉他铁勒人已经答应要与我们合围突厥。

而我则又翻身上马，转回了突厥营帐。

117

玖

我远远地下了马,卸下了马鞍与笼头。

我爱怜地拍了拍马背:"好马儿,逃命去吧。"马儿不安地低吟两声,朝着远方扬蹄而去了。

看着绝尘而去的马儿,我沉下心来抱着必死的心一步一步朝突厥王的帐走去。

突厥营内人仰马翻,众人手忙脚乱在救火、救伤员。明明最后一战还没有来临,他们却已经筋疲力尽,神情凄然。

众人看着我一步步走来,我看到那些曾经熟悉的、友善的面孔,现在带着愤恨、失望、厌恶的眼神定定地看着我。

甚至有孩子向我扔石头,我认得他。一起放羊的时候他给过我羊奶喝,抱着他的妇人曾为我缝制过狐裘。角落里额头被烧伤的那位武士,救过我的命帮我赶走过狼群。

我和这些人,吃过一口锅里的牛羊肉,喝过一只杯子里盛的忽迷思,我们一起围着篝火跳过舞。他们曾用草原的馈赠招待过我,说我是他们最尊贵的客人。

可我却烧了他们的帐篷,糟践他们的粮食,毁了他们的家园。而他们只是定定地看着我,什么也没做。

我穿过人群找到阿史那阿巴。

阿史那阿巴那拿刀指着我,痛心疾首愤怒地说:"你竟还敢回来!你信不信我杀了你!"

"突厥要完了。阿史那,投降吧。"

"你休想!我突厥子弟宁死不降!不到最后一刻,鹿死谁手还未可知呢!"阿史那的刀,因情绪激动又往前递了一寸,划伤了我的脖子。

"你现在投降,不但可以保全突厥一脉,还可以当上汗王。"我看着怒气冲冲赶来的阿史那哈只儿,故意说。

我早就料定他会来,他时刻都想抓住阿史那阿巴的把柄,绝不会放过这么好的机会。只是他怎么也不会想到,这一次的鲁莽,会要了他的命。

哈只儿听到此话果然暴怒,提刀砍向我和阿史那阿巴。我一个错身闪开,阿史那阿巴举刀招架与阿史那哈只儿打了起来。

"阿巴尔!看看你的女人!给我们汗国带来了多么大的灾祸!"

"哈只儿!大敌当前!你我兄弟切不可再内斗!"阿史那一边抵挡哈只儿的攻击,一边劝慰道。

"好!让我先杀了这个女人!我们兄弟再共同抗敌!"哈只儿说着就想拨开阿史那阿巴,大刀向我劈来。

我早已举起弓搭好箭对准他,阿史那阿巴举刀去挡哈只儿的攻击,我看准时机拉满弓了射飞了哈只儿的刀,阿史那阿巴的刀挡了个空收不住势,猝不及防地就这么划向了哈只儿的脖子。顿时血流如注,哈只儿魁梧的身躯轰然倒地。

"哥哥!"阿史那阿巴目瞪口呆,丢下刀抱住哈只儿的身体,泪流满面。

哈只儿张着大大的嘴巴,鲜血不断从他口中涌出,嗫嚅着什么都没能说就咽了气,只是睁大了眼睛不肯闭。

我只是装作漠然地看着这一切发生,因为这结果早在意料之中。

阿史那痛哭不止,追悔莫及。哈只儿虽然为人鲁莽,但在战场上却不失为一员猛将,十分骁勇善战,是一位很让人头疼的敌手。所以这么多年来,阿史那和林虽然明明更属意阿史那阿巴做他的继承人,却迟迟不肯废黜哈只儿。殊不知,这一举动却加深了阿史那阿巴和哈只儿的矛盾,使得多年来兄弟俩明争暗斗势如水火。

突厥现在是强敌压境又痛失猛将,真正可以说是穷途末路胜算全无了。

我站在一旁并不说话,直到阿史那阿巴缓过了悲恸。他双目通红恶狠狠地盯着我:"我终于知道你回来做什么了。"然后便吩咐人把我绑下去。

"投降吧,王轻臣!为了这些牧民!你杀了哈只儿,你父汗是不会原谅你的。"哈只儿在众目睽睽之下被阿史那抹了脖子。虽然是我做了推手,但终究是他们兄弟相争,错手伤人。

阿史那和林生性残酷,年轻时曾一日斩杀三子,只因为他们兄弟不和互相构陷。他老年稍有收敛,却也一直对阿史那阿巴与哈只儿之间的明争暗斗略有不满。这次哈只儿死在他手上,说不准阿史那和林就会因此厌恶于他,使他错失汗位。

而现在情势危急,突厥还能不能继续存在都未可知,如果突厥就此消亡了,他的雄心壮志,他要一统大漠继续南下的野心,都将化为泡影。他想做汗王必须先要保全突厥,才能以图后续。

我和阿史那阿巴相处了四年之久,几乎已经成为最好的朋友,我太了解他了。

"你有办法救突厥?"阿史那阿巴绝望地闭上眼睛,自欺欺人地问。他明知道,从此以后突厥将再无反扑的机会,但他此刻又不得不相信我。

后来阿史那阿巴带着几名亲信冲进他父汗的帐篷,拿着刀逼他禅位,然后以突厥新汗的名义写下降书降表交于我呈给陛下。

于是我终于能够脱下胡族衣着我旧时袍。

换上衣裳，踏上归程，我骑上一匹快马，直奔我军营地，却被卫兵拦在了军营外。

"站住！什么人！"

"我要见你们主帅，就说是谢家六郎来了。"

"什么六郎不六郎，分明是个女子。快走，快走，军营重地，闲杂人等速速离开！"

我愕然一愣，他们竟然不是谢家军？

"你们主帅难道不姓谢？"

"快走，快走！"卫兵已经有些不耐烦挥手就来赶我。

正在我与卫兵纠缠之际，远处传来一声惊喜的"小先生！"

我抬头对上了一双好看的眸，是一位白袍银甲的小将军，英姿勃勃仪表堂堂。

他朝我灿烂一笑便足下生风地朝我走来。走近了，我才瞧出他眉眼中有娘娘与殿下的影子。

原来，是小遇。

阔别近十年，我竟几乎认不出小遇如今的样子。

小遇疾步走到我面前，卫兵向他行礼。他却朝我作揖，恭恭敬敬地称了一声："小先生。"我几乎要掉下泪来。

眼前的这个人，他曾是我的梦，是我梦中最疼爱的人，是我的弟弟我的"儿子"，是全天下与我最亲近的人。他的母亲，他的父亲，他的弟弟，他的一切，都是我最重要的牵绊。

而现在我只能听他惊喜而生疏地唤我一声"小先生"。

而我却只是为了一个梦，为这一声"小先生"，便一个人守着所有故事，在那极寒极北的地方放了四年的牧。

莫道世界真意少，自古人间多情痴。

我垂下眸敛起所有情绪，收起所有好奇："快带我去见……"我忽然想起，我并不知如今军中是何人主帅。

小遇却好像知道我要说的，拉着我就朝军营走去。

他牵着我的手，好像我们又回到了最初，在东宫的那个时候，那时我还年轻耳边是温和的风。

小遇带我直接面见了陛下。

原来半月前，陛下悄悄来了边境，为了见证我们与突厥的最后一战。所以当我献上铁勒十三部的战书和突厥的降表时，陛下比想象中还要开心。

陛下当即下旨为谢家平反，封父亲为忠勇侯、大哥为义军侯。谢家忍辱负重近五载，终于换得了一门两侯，荣耀无双。

至此谢氏一族在军中再也不用隐姓埋名。后来陛下又在突厥故地先后设立多个都护府，加强境北管制。

自此海晏河清天下太平。

而我则留在边关随二哥四处行医，一生再未踏足京城。

后来，太子殿下当了皇帝，在位八年后驾崩。小遇做了皇帝，娘娘变成了太后，小遇也娶了妻，生了子。

再后来就连娘娘也去世了，我便再也不关注京中的那些事。那座皇城，终究是困了他们一世又一世。我也终于明白，有些事，终非人力可以更变。

直至二十六年后，小遇也去世了，我才再次踏上了回京的路。听说小遇病到最后时，已经糊涂，非要拖着病体回东宫找一处幼时玩耍的山洞。

回去的时候，手上多了一封信。

最后他流着泪捏着那封信去了。

陪伴他一生，为他生儿育女的王皇后哭着掰开他的手，才看到了那封信的内容。

信很短，只有一句话。

"若逢春风细雨，便是我来看你。"

我站在官道上,想搭一辆车去京城。

一位好心的年轻人驾着牛车载了我一程。牛车摇摇晃晃,他热情地与我攀谈。

"大娘,您怎么称呼呀?从哪里来?去京城做什么呀?"

我看着眼前春回大地,风和景明,悠悠叹了一口气。

"我姓谢,来自玉门关。我来收一位故人的尸骨。"

第三章

汉宫月

\ 复宠废后陈娇娇 × 少年将军霍无恙 \

"姐姐,我也会得到死之安乐的对吗?"

壹

我清醒过来时，内侍臣正在宣读圣旨。

魏娥生下皇长子，被立为后。做了十一年皇后的陈姣姣则被一道旨意，废除皇后之位，退居长门宫。

至此故事已经接近尾声，陈姣姣罪于巫蛊，被打入冷宫。

一切都如我刚刚梦里见过的一样。

很不巧，在这个荒唐的梦里，我就是陈姣姣。

那是一个很长很长的梦境，长久到我已经分不清梦境与现实。

我躺在床榻上，看着手中宫人刚刚送过来的《离宫赋》，叹息一声便将它送进了一旁的火烛里。上好的绢帛一下子便被火舌吞没，顷刻化为灰烬。

"娘娘，这赋乃您千金求得，您怎么就这样给烧了？"一旁的大宫女绿袖语气焦灼。

我淡淡一笑，想起刚刚梦中的结局："覆水难收，徒劳无益。"就算再作十篇《离宫赋》，眼下的结局也不会因此而改变。

"娘娘！你万不可如此消沉，您与陛下夫妻十余载，是有情意在的。只要您低个头，给陛下认个错，陛下一定会原谅你的！"

"原谅我又如何？金屋易主，人心已变，那终老长门又有何不可。"

人人都知道陈废后不育，荣宠数十年都无子，复宠又如何？有那个心思还不如想想此后数十年如何消遣时光。

就在这时有宫人来报，我哥哥来了。

原来是哥哥在外面看上了一名歌姬，他说那歌姬怀了他的孩子，他想把那名歌姬赎回府去，所以来问我借钱。

我一个废后，哪来那么多金子借，所以我想也没想便拒绝了。

他还要纠缠，却被赶来的母亲提着扫帚赶了出去。

"小姣儿，我苦命的姣儿，娘对不起你啊，要不是你两个哥哥不争气，也不至于害你丢了后位幽居这长门宫啊。"母亲未语泪先流，虽说人是荒唐，可却是真的疼爱我。

"母亲，阿姣不觉得苦，我在长门宫住得很好。"

毕竟在刚刚的梦里，我虽因巫蛊之祸，幽居长门宫，幸好还得了个善终。魏娥一代贤后又如何？还不是落了个悬梁自尽的下场。

"你能这么想，阿娘就放心了。好歹这长门宫也算是自家园林，怎么也比那牢笼一样的椒房殿住着舒心。"母亲语重心长地拍着我的手宽慰道。

"母亲说得对。"

刘澈因所谓的巫蛊之祸杀了数百人，椒房殿宫人们流淌的热血彻底寒了我的心。夫妻十余载，我此刻才意识到他的残忍。

更可笑的是在我见过椒房殿的血流成河、横尸列陈之后，在我体会过他的残忍与狠绝之后，我竟连他的相貌都想不起了。

曾经的挚爱，如今只余一个模糊的幻影，如今就算他站在我面前，我也决计认不出来了。

废后的生活，比我想象的还要惬意。

住在自己家的园子里，不用应付皇帝满宫的莺莺燕燕，拿着皇后的俸禄，享受着皇后的待遇。

这简直就是人间至乐。

127

人生苦短,当然得及时行乐。如今的我可不会再像刚刚梦中那样郁郁而终。

今天春色撩人,春风吹得我心痒难耐,于是叫上了绿袖一起放风筝。绿袖很不够意思,自己的风筝飞得好,就不管我了。

我的小风筝,摇摇晃晃地就飘向了墙头,挂在了墙边的杏树上。

杏花满桠,看起来很好爬,于是我捋起袖子,爬了上去。

树枝扑扑簌簌,我伸出手去够风筝,却始终差一点点。终于够到的时候又有一阵风吹过,把风筝吹到了墙外。

我踩着杏树扒着墙头往外看,希望墙外有行人能帮我捡一下风筝,这时刚好有一男子经过。

我连忙开口:"劳驾,请帮我捡一下风筝。"

那男子环顾四周然后指了指自己,一副不可置信的样子。

我点了点头:"对,就是你。劳驾公子帮我捡一下风筝,多谢。"

那公子拧着眉弯腰帮我捡起了风筝,隔着墙递给我。

我接过风筝就要下树,那公子却叫住了我:"你要我帮你捡风筝,就没有什么别的要说?"

我一愣,迟疑地道了一声:"多谢?"

那公子却不依不饶:"只有多谢?"

这人可真小心眼,只是捡个风筝也不依不饶。

我只好取下身上看起来最小件、最不值钱的耳珰抛给他。

"这个送给你,多谢你帮我捡风筝。"不理他在墙外还有话说。

捡完风筝回去找绿袖,绿袖一见到我就问:"娘娘,您的耳珰怎么不见了?"

我一时不知道怎么搪塞,支支吾吾了半天。

"一定是放风筝的时候弄丢了,奴去帮你找回来。"

"不……不用了。"我连忙制止她。

"那可是您与陛下成婚那年陛下送给您的,是您最喜欢的一对耳珰。"绿袖吃惊地看着我，我不自在地摸了摸脖子。

关于这些东西我早就想不起来了，刚经历了巫蛊之祸，要让人察觉我行为异常，恐怕会横生枝节，我只好故作风轻云淡地说："反正都过去了。"

我的表姐如今正在长安寡居的长公主，在府中设宴，特地差人邀我三日后务必赴宴。

我心中疑惑，魏娥如今如日中天。长公主这位向皇帝举荐了魏娥的大恩人，应该正忙着恭喜新皇后才是，怎么会特地邀请我赴宴呢？

贰

  我虽然心有疑虑，还是让绿袖准备了礼物，找人套了车马准备去长公主府赴宴。
  长公主府环境清幽，雕梁画栋，朱瓦碧甍，炉喷冰麝奇香，盆种芝兰瑞草。琼台贝阙，美不胜收。
  我由众人指引着，穿过假山流水九曲回廊，来到了设宴的地方，见到了长公主。
  我正欲与长公主见礼，长公主却亲切地迎上来握住了我的手，拉着我入座。
  "阿娇无事要多出来走走，别在长门宫闷坏了身子。前些日子，姑姑还要我多去劝劝你，只是这些日子我被府里的事绊住了脚。这不一闲下来，就派人去请你了。"
  长公主热切的样子一点也不像有阴谋的样子，这……难道是我想多了？
  "多谢公主挂念。"言多必失，少说少错。我在心里默念。
  入座之后，众人鱼贯而入，次序上菜，不一会儿就摆了满桌佳肴。这时长公主屏退左右，一边热情地招呼我用膳，一边欲言又止地看着我。
  我举杯敬她一杯酒，谢她今日款待："长公主有话不妨直言。"

这时长公主才斟酌着开口："巫蛊之事，你不要怪阿澈，他只是一时冲动。你们夫妻十几年总是有着情分在的，不要为了此事伤了彼此的颜面。"

我为后十余载，擅宠而无子，皇帝对我早有不满。而魏娥却在此时为他诞下了长子，他想改立皇后世人皆知，所谓巫蛊之祸，不过是欲加之罪何患无辞罢了。

长公主此刻将话挑明，也许是因为皇帝心中对我有愧，想借长公主之口，宽慰我罢了。

可圣心难测，我不敢妄下定论，只能说："已经过去的事情，我不想再提。公主宽慰之意阿姣心里明白。"

长公主似还想要再说些什么，这时有宫人走进来在她耳边轻语几句，她听完便对我说："府中有些内务要处理，阿姣稍坐，我去去便回。"

我点头表示同意，然后长公主便离席了。主人离席，我便自在许多。不免多饮了两杯酒，公主设宴用的是果酒，甘甜却不醉人。

我在席间等了许久不见公主归席，甚是无趣。于是拎了一壶酒，请宫人带我去花园走走，好歹吹一吹风。

到了花园之中，我想随意走走便不想她们亦步亦趋地跟着，于是让她们都回席间候着，等长公主归席再来寻我。

我一个人在长公主的花园里坐着，自斟自饮，春风拂槛，露华浓。有酒，有花，有清风明月，甚美、甚美。

我喝得正高兴，就被人挡住了月光。

入眼的是一双黑色军靴，我并未抬头："劳烦让让，你挡着我的光了。"

我又喝完了一杯酒，还无人应答。抬眼一看，面前站着一位英俊男子，身长八尺，五官精致，只见他此刻薄唇微抿，不怒而威。我愣怔了片刻，这人似乎哪里见过。

131

脑内灵光乍现,我用手指着他还没来得及放下的酒杯:"你是那日帮我捡风筝的人!"

怪不得他那天会出现在那里,原是替长公主来送信。

那人也不答话,只是顺势夺走我手里的酒杯。我作势去抢,他手一抬我便够不着了。看样子他是在公主府当差,怕我在此吃醉了酒闹出事端连累他被责罚。

我只好坐下来倾壶而饮:"你用不着担心,果酒而已,不醉人。不用担心主人家怪罪。"

他拿着酒杯自顾自地坐在我的对面:"你知道我是谁吗?"

我从他手里夺回酒杯,再次斟满漫不经心道:"你知道我是谁吗?"

那人莞尔失笑:"哦?那你是谁?"

我身体向前一倾,盯着他的眼睛想从他的眼睛里看到,他得知我身份之后的惊恐。

"我是大长公主的幺女,当今天子的发妻,前皇后陈姣姣!"

然而,他只是眸中翻涌着我看不懂的情绪,但那显然不是恐惧。

我颓败地坐回去,一下子失去了气势:"你知道,得罪我是什么下场吗?"确实,一个废后有什么好怕的。

叁

"哦。"那人含笑点了点头,温和地附和,"那确实是很了不起的身份。"

我喝完最后一点酒,趴在桌子上看月亮。

"那你就不想知道我是谁吗?"

我转过头看着他,他眼睛生得好看形似桃花,目含春水,漆黑如墨,灿若星辰。

"那……你是谁?"

那人沉吟片刻,轻轻吐出两个字:"魏青。"

"我是魏青。"

我吓得惊跳而起,魏……魏青!

"你……你……你……"

魏青?那个在梦里驱戎狄,叩勒祁连,饮马瀚海,获封关内侯,官拜大司马大将军,位极人臣,空前绝后的那个魏青!

是那个因姐姐受宠,被我母亲绑架陷害,后来娶了长公主的魏青?

我这是,碰到活阎王了。现在的魏青虽籍籍无名,可要不了几年就会在北境战场上大放异彩了。

还真是冤家路窄。

"你当真是魏青?"我急切地追问。

那人不置可否，微微一笑："是又如何？不是又如何？"

我深深叹息："你要是魏青，我就只能向你磕头认错了。"自酿苦果自己尝。

构陷魏青，得罪了魏家姐弟，联合巫女楚氏，行巫蛊之术，踩了刘澈的底线。失宠获罪，被贬出了长安。

本想安静苟存，却又引起了魏青的注意。皇帝迷信，要是发现我行为有异，指不定我会成为史上第一个被烧死的皇后。

"既然你是大长公主幺女，当今天子的发妻，前皇后阿娇，我又怎么敢要你磕什么头？认什么错呢？"

"建章宫暗杀一事，是我母亲糊涂。"我搜肠刮肚地想着怎么为母亲派人暗杀他的事求他原谅，"魏将军不是心胸狭隘之人……"

"你怎么知道我不是心胸狭隘的人？"魏青挑眉反问。

我讪讪一笑，确实，他帮我捡个风筝都不依不饶，实在不像心胸宽广的人。

"我请你喝酒，我听人家说杯酒可以泯恩仇。"说完，用自己的杯子倒了一杯酒递给他。

"好一个杯酒泯恩仇，没想到皇后竟是如此性情中人。"魏青意味深长地看着我，看得我心里发毛才接下那杯酒，仰头喝了下去。

看他喝了酒，我才放松下来。

"什么皇后，我早被废黜。现在真正的皇后是你姐姐。"果酒不醉人，但没想到后劲还挺大。这一会儿我已经感觉有点飘飘然了。

"不错，皇后确实是我……姐姐。"魏青点头认同。

"我也做过皇后，我做皇后之前也是别人的姐姐……皇帝的姐姐。"一阵冷风吹过来，我摇了摇头想散散酒气。

却没想到晃完脑袋更晕了，不能再待下去了。

"我有点醉了……我得回去了……"说着我便站起来去找绿袖。

"绿袖！绿袖……"我跌跌撞撞地往回走，头重脚轻重心不稳眼看就要跌倒。

魏青一个眼疾手快扶了我一把。

我揉着隐隐作痛的脑袋跟他道了一声:"多谢。"

"我送你回去。"说着不容我拒绝便将我打横抱起。

肆

我还想推脱推脱说两句男女授受不亲之类的话，可我的神志已经被酒精麻痹，混沌一片了，最后就那么在魏青的怀里睡了过去。

这一觉睡得很沉，却不安稳。一会儿热一会儿凉，一会儿百爪挠心一会儿畅快淋漓。就如窗外的雨，时疾时徐。我感觉我的身体就如同雨中的浮萍，雨滴时重时轻，我就随着大雨在水面上浮浮沉沉，令我忍不住地时时喟叹。

我还做了一个梦，梦到我之前养的狗，在清晨的时候跑进我的寝殿，用它毛茸茸的脑袋在我的怀里拱来拱去，又用它温热的舌头不断舔着我的脸和脖颈，试图将我叫醒。

可我实在太困太困，太累太累，连眼睛也睁不开。

等我一觉醒来，发现我已经回到长门宫自己的寝殿了。宿醉之后，只觉得喉咙干哑口渴难耐。

"绿袖！绿袖？"我起身去寻绿袖，转了一圈也没有看到她人，只能自己去外面找茶水。刚出去就看见绿袖从外面回来。

"娘娘！娘娘您怎么回来的？绿袖在长公主府等了一夜呢！"

我刚睡醒脑子还有点不大清明，懒洋洋地整了整凌乱的衣裳："我一直在寝殿啊。好像……好像是魏青送我回来的。你没看到吗？"

绿袖摇了摇头："没有，长公主说您在公主府安顿了。奴在公主府上等了一整晚,然后她们才告诉我说您已经回来了。"

"没事,"我摸了摸绿袖的脑袋,"安全回来就好。"

"绿袖,我现在又饿又渴。"我眼巴巴地看着绿袖。

绿袖像是受到了鼓舞,眨着湿漉漉的大眼睛猛地点头:"奴这就去准备饭食!"

用过饭后,我又美美地睡了一觉,才缓解过来浑身的酸痛,活了过来。喝酒伤身,真是一点也没错。

入夜后,所有人都睡了。我一个人坐在院子里的摇椅上看月亮。春夜微凉,我拥着狐裘倒也不冷。

"啪嗒",一颗石子滚到我脚边,我朝着石子掉下来的方向看去,只见一个人影坐在墙头之上。夜风吹起他的衣摆,月光洒在他的身上,我不由得恍惚了一下。

他得意一笑,意气风发,带着少年人特有的张扬:"大长公主的幺女,当今天子的发妻,前皇后阿娇姐姐,怎么一个人在看月亮?"

我回过神来,收回目光:"你不好好在长公主府饲你的马,怎么跑到这里来了。"

他从墙上跳下来,手里还拎着两个酒坛。他走到一旁的葡萄架下,大刺刺地坐在石凳上,接着把两坛酒往石桌上一放,"我来请你喝酒,你不是喜欢长公主府的果酒吗?我给你带来了。"

"不了不了,这果酒虽好喝,后劲也大。昨天喝醉之后,今天醒来还浑身酸痛。"我话音刚落,他那边就止不住地笑出声了。

我不满地瞪向他,他才持拳遮唇佯装咳嗽收敛了笑意。

我重新躺好继续看我的月亮,想着这个时候要是有点音乐再来点烟花就更好了。

"你独居长门,心里怨恨……他吗?"

我看着在云中穿梭的月亮,笑了笑:"不怨。"

"我做了一个梦,梦里是一个陌生的世界。那里夜晚也如白昼,到处都看不见星星，路人形色匆匆，好像找不到归处。他们从不抬头看月亮，月亮里也没有嫦娥。每个人生活得都很辛苦。而我如今在这长门宫，吃好睡好，没有琐事烦心，想看月亮就可以看月亮，反而无忧无虑了起来。"

说完发现魏青正用古怪的眼神看着我，赶忙改口："骗你的骗你的，我一个被贬出长安的废人，自然每天都过得痛不欲生、郁郁寡欢、强颜欢笑。为了回到陛下身边不惜千金买赋，唉……痴心妄想罢了。"

说完再去看魏青，果然神色缓和了许多。

我松了一口气，差点露馅。

"你想回长安吗？"魏青抬起头看着月亮平静地问道。

"想啊。"我随口敷衍。不行，这个话题不能再聊下去了，"但是我这个时候更想听点音乐，要是来点音乐就好了。"

魏青见我一副遗憾的样子，挑着眉问道："你这有乐器吗？"那嚣张的样子，一下子让我明白了他的意图。

我猛地坐起身："好像有只陶埙！"

我冲进殿里找出了那只装饰用的陶埙，交给魏青。他坐在葡萄架下，拿起陶埙吹了起来。埙曲古朴绵长，悠悠的曲声穿越时光，在明朗的月色之下传进了我的耳朵。

这是我第一次听到埙发出的声音，那种厚重感，震撼到无法用言语形容。犹如天籁之音，随着星辰倾泻而来，落入一路的山川河流之中，缓缓流动于听者的心绪。

曲终良久，我才回过神来问道："这是什么曲子？"

"月出。月出皎兮，佼人僚兮，舒窈纠兮，劳心悄兮！"

"月出……"我点点头，若有所思，月出、佳人，这是拐着弯夸我吗？

"好听！"憋了半天就来了这么一句，真的是书到用时方恨少。

"你有福了，一般人可听不到我吹的曲子。"魏青坐在石凳上自斟自饮了起来。

"那是,谁这么有福气能听到魏大将军的曲子呀。你这么说,我很骄傲啊。不枉此生,不枉此生。"我想到梦里魏青的结局不由得有些唏嘘。"

"是吗?那……陛下呢?"魏青抬头望着月亮,又饮了一杯酒。

我顺着他的目光望过去:"他啊,自然是利在当代,功在千秋。咱们的这位陛下啊,是有雄韬伟略的人,和那些碌碌之辈、中庸之主可不一样。陛下他……会名垂千古的。"

"那你呢?"魏青接着问,顺便递了一杯酒给我。

我接过他手中的酒,一饮而尽。

"托陛下的福,或许在我死后会在史书上留下'皇后陈氏,惑与巫蛊,被贬长门'的记载吧。"说完,又不免自嘲一笑。

我无子、无福,孤老长门,应为后世警醒吧。

"阿娇,事已至此,你可有什么遗憾吗?"魏青愁眉苦脸,一副对我临终关怀的样子。

我拍了拍魏青的肩,啊!我居然拍了魏青的肩,真不可思议。

"有啊,我还想看泰山巍峨,雪满长安。想去看云梦泽去看祁连山。还想看你,荡平西域,收复漠北!"还想看梦里的封狼居胥。

说完我忍不住又拍了拍魏青的肩膀,不愧是武将,真结实。"我可遗憾了,魏青。只能困在这小小的长门宫。"

139

伍

"只要你愿意,总有一天你会走出这长门宫的。"魏青眉眼带笑,意味深长。

我无奈苦笑:"我醒悟得太晚。"我若是在一切可以挽回之前醒悟,或许真的有机会去踏一踏这河山。

"不说这个了,你今日请我听曲子。下一次,嗯……三天后,我请你看烟花!"我被废黜一如梦中般应验,那么魏青此后应该也会像我梦到的那样戎马一生,为我华夏立下赫赫战功,但是他此刻却不过是个少年人罢了。

我朝没有烟花,这个叫魏青的大将军,踏遍千山行过万里,终此一生都没有看过一场年少时的烟花。

"什么是烟花?"

"三日之后,你来就是了,保证叫你大吃一惊。"

因为在魏青面前夸下了海口,这几日我一直躲在长门宫里关起门来倒腾火药。用硝石、硫黄、碳粉调配火药,又加入了用孔雀石磨出的粉末,然后灌入竹筒,放好引线。

这时绿袖找来了。

"娘娘……"

"绿袖你来得正好。"绿袖的话还没说完就被我打断了。

"娘娘，大长公主差人来传话……"

"先等等，先陪我看样东西。"我好不容易做出来的烟花，正要紧的实验阶段呢，绝不允许被打断。

我将自制的烟花放在空地上点燃，爆竹声响起，一道火光冲上天空，炸开一朵小花。可惜现在是白天，看不明显。

"成了！成了！"可我依然很兴奋。我搂着绿袖激动地说，"绿袖，你待会儿把这些竹筒放到院子周围空旷的角落，今日……戌时！戌时三刻的时候，找人把这些竹筒点燃，知道了吗？"

绿袖见我兴奋的样子一脸茫然，懵懵懂懂地点了点头。

"对了，你刚才说我母亲差人来说什么？"

"大长公主请您过府叙话！"

母亲找我什么事情呢？我今天心情好，高高兴兴地差人备了马车回娘家去了。

我人还没进门，就听见厅内丝竹声声、笑语一片。我刚踏进厅内又看见哥哥蒙着双眼在和一群姬妾嬉戏。真是本性不改，不知死活。

哥哥蒙着眼嘴里喊着"美人儿"，却摸到我这里来。他钳住我的肩膀，力道之大，像是真怕我跑了："欸！美人我逮到你了！"我冷着脸一把扯下他脸上的丝帕。

待他看清是我后，双手握住我肩的力道明显变小了，随即惊喜的表情就挂在了脸上。

"妹妹！你怎么回来了？"说着，他赶走了一屋子的乐人舞姬，"去去去，都下去。"

他复又笑嘻嘻地看着我，脸上的横肉把本来就不大的眼睛都要挤没了："妹妹，你来得刚好。我近日新得了一件宝贝，正要给你送去呢，可巧你就来了。"他神秘兮兮把我拉到一边掀开一块红绸子。

红绸下面盖着的是一座半人高的红珊瑚，这么大的珊瑚何止是宝贝，简直是稀世罕见。

141

"你当真要送我？"哥哥向来不务正业，放荡荒唐，专靠我这个妹妹接济过活。如今不知从哪得了个宝贝，竟然舍得拿出来？

"当然是送你的了，你不就喜欢珊瑚、东珠这些娇贵的东西吗？我还记得你小时候还经常说，将来要用这些宝贝装满阿澈送你的金屋子。"

他这话一说完，就被人拽了袖子。我这时才发现他身边不知何时站了一位挺着肚子的美人儿。

哥哥这时才发觉自己说错了话，满面赔笑地转移话题："阿姣，你看，这就是哥哥前阵子买下的歌姬。"这随意的样子，和刚才向我献宝时的态度别无二致。我心里一声叹息。

那歌姬见状就要向我行礼，我连忙扶了一把："你身子不方便，就不必多礼了。"

我把哥哥拉到一边低声问他："你哪来的钱？"

哥哥一脸状况之外："长公主亲自赠我的。"

"长公主给你的？"我比此刻的哥哥还在状况之外。

"对啊，那日你去长公主府赴宴回去之后，长公主就亲自派人把钱送来了。妹妹，不是你向长公主开口的吗？我正要谢你呢！"

我开了什么口？我甩开他的袖子："我去见母亲！"

我随仆从来到了母亲的房间，迎面出来一名年轻男子，十六七岁面容姣好。

他笑着向我行了一礼。我正疑惑他的身份，一旁的随从却在此时唤了他一声"家主"，我脑子"嗡"的一声！差点就想掩面而走了。

母亲真是越来越荒唐！

这时母亲也从房里走出来了，看到我站门外。连忙过来将我搂在怀里，嘴里说着："我的小姣姣，你呀！要苦尽甘来了！"

"发生什么事了，母亲？"

母亲搂着我进到房间，安置我坐下。

"昨日，陛下召我进宫，你猜他说了什么？"看着母亲喜上眉梢的样子，想必是件大好事。

"母亲，你就直说吧。"

"陛下托我问你想不想回长安！儿啊，陛下这是回心转意了，想要接你回宫啊！"母亲喜笑颜开，我心里却犹如晴天霹雳。

不对呀，不对呀，我应该老老实实在长门宫养老，郁郁而终，不应该重回后宫去啊！这与梦里的可不一样啊！

我恍恍惚惚地离开了大长公主府，马车摇摇晃晃，我却怎么也想不通，皇帝为什么突然要接陈娇娇回宫。

马车行至长安街，突然一阵强烈颠簸，人喧马嘶。我在车内被摇晃的马车撞来撞去，几欲跳车，好不容易借力掀开帘子往外看。只见一匹骏马高高扬蹄，嘶鸣着要踏下来。

马背之上端坐一位年轻人，勒紧缰绳擒住烈马，那年轻人孔武有力，英姿勃勃，稳稳当当地坐在马背上，把马停在了我的马车前。

"你是什么人？竟敢当街纵马！"为我驾车的车夫指着他骂。

那年轻人桀骜不驯，不答反问："敢问，这可是长门宫主人的车驾？"

"知道是我家主人的车驾，还不赶快让开！"

"陈娇娇，这便是我的回礼。自此之后，你我之间恩怨两清了。"说完掉转马头就要离开。合着他弄这一出就是为了来吓我。

"等等，你是什么人？"我忍不住开口叫住了他。我总得知道，他说的究竟是什么意思吧。

那年轻人闻言回过身来，目光如炬地看着我，冷冽得像是要把我穿透。

他嘴唇一张一合，冷冷地吐出两个字："魏、青！"

我听他说完，瞬间如坠冰窟。

"你……你当真是魏青？"

143

他脑袋一扬,骄傲地说:"如假包换。"
　　如果他是魏青,那么那个陪我喝酒、与我赏月、为我吹埙,和我约好今日要一起看烟花的人,又是谁?
　　我跌坐回马车里,失了神。

陆

我失魂落魄地回了长门宫,连晚饭都没心思吃。遣散了满院子的人,自己坐在院子里。满脑子都是两个魏青。

我有一种很不好的预感。

夜幕降临,月悬枝头。我忐忑不安地等待着。

终于他来了,他翻墙而入,三步并作两步走到我跟前。

"我来迟了,被一些琐事绊住了脚。"他在我面前坐下,和颜悦色,"等着急了吗?"

我看着他的脸,心想他一点也不像画上的皇帝的样子。怎么会是他呢?他那么一个大人物,为什么要哄着我玩呢?

"今日,母亲请我过府叙话。母亲说,陛下想将我接回长安。"我定定地看着他,不想错过他的任何表情,"魏青,你说我要不要回长安?"

然而他只是淡淡地笑着,神色如常:"你不是说想回长安看雪吗?等回了长安,到了冬天……"

"是!"我情绪激动地打断他,"我是说过想看长安的雪,可是我还想……"话到嘴边又顾及他的身份,那些话便怎么也说不出来了,只好转移了话题,"我从大长公主府回来的时候,有一个人纵马冲撞了我的车驾。我问他是谁,他说……"我看着他的眼睛,我想知道当帝王的谎言被拆穿的时候,他的脸上会是什么表情。

"……他叫……魏青!"

可他听完之后竟然笑了起来,眼睛里潋滟着一汪潭水,随着他朗朗的笑声微微波动:"看来,你已经猜到我是谁了,阿娇姐。"

他果然不是魏青!

我紧张地把手握成了拳,心脏狂跳不止。我眼前的这个人,正是那个废我后位、血洗椒房殿、又将我赶出长安的前夫!

"为什么要骗我?"因为他是皇帝,我连质问也不敢大声。

他带着笑意温柔地牵起我的手,我却忍不住地发抖。

"那么,你为什么又要忘记我呢?阿娇姐。"

我紧张地放慢了呼吸,一时间不知道该如何回答他的问题。

"告诉我,阿娇,你为什么要忘记我?"

"我……我不知道……"

刘澈笑得很是无邪,他把我搂在怀里,在我额间轻轻落下一吻:"阿娇,没关系。你可以忘记我,但不可以不爱我。"

"可我已经不是你的皇后了!"我从他的怀里挣脱出来,并往后退了两步。

刘澈不为所动:"就算你不是皇后,你也还是朕的妻子。朕只是废后可没有休妻。"

废后还不算休妻?果然,皇帝就是皇帝。

我忍不住打了一个寒战,也就是说就算我不是皇后,就算他不爱我、不要我,也不会允许我爱上别人,也不会放过我。

果然,帝王终究是帝王。

"所以只许你明珠暗投,不许我琵琶别抱?"

"阿娇,你忘了,我答应过你,要把你好好藏起来的。你这辈子就算不做皇后,也只能是我的阿娇。

"阿娇,跟我回长安吧。"

回了长安，我还能这么自由自在地生活吗？

"不，我不回去。"我一见到他就害怕得发抖。

"不回去？不回去，你难道还要在这长门宫孤独终老吗？"

刘澈的态度激怒了我，我忍不住讥讽出声："孤老长门不正是你给写就的结局吗？"

刘澈果然暴怒："阿姣！你知道朕一向痛恨巫蛊之术，楚氏她却诱你行巫蛊之术，朕岂能容忍？"

"若巫蛊之术当真有效，为何此刻她魏娥还能好端端地当她的皇后？"

"阿姣，你在嫉妒她对吗？"刘澈怜惜地捧起我的脸，与我额头抵着额头。

我推开他，走到一边背对着他。

"我没有。"

刘澈跟了上来，从背后搂住我，他把头埋在我的颈边，绵柔的呼吸在我的脖间缠绕，弄得我脖子痒痒的。

"阿姣，我想你了。还记得那天从姐姐府上回来，发生什么了吗？"

刘澈的话，如同一道霹雳在我脑中响起！我顿时浑身僵硬，动弹不得，额头上冷汗直冒！

我脑海中瞬间闪过无数旖旎的画面。

暴雨、春雷、喝醉的女人和淋湿的男人。他们拥抱、缠绕，彼此慰藉，在空旷的大殿中，他们呼吸急促，衣着凌乱，他们面颊酡红，时时唔叹。

我痛苦地捂住了脑袋，不愿再去回忆。

此时，烟花一簇一簇升起，在低垂的夜幕中炸开，色彩纷呈，美不胜收，点亮了长门宫四角的天空。我却在一声声烟花中逐渐崩溃，忍不住地发抖。

刘澈看着漫天烟火，轻轻地对我说："阿姣，你果然让我大吃一惊。"可这愉悦的声音落到我的耳朵，却如同杀人魔音。

自由自在不想要了，终老长门不想要了，此刻我只想逃离这个可怕的男人。

　　刘澈走后，我就开始做噩梦。想到梦里他一生几个女人的下场，加上他喜怒无常的个性，我就害怕到发抖。

　　我胆小如鼠，分外惜命，得想法子离开这里，到一个安全的地方去。

　　某日黄昏，我乘坐马车悄悄进了城，在夜幕降临之后来到了一座偏僻的宅院，我穿着宽大的斗篷隐住身形，敲开了院门。来人见是我，一脸疑惑，我摘下兜帽。

　　那人惊讶道："是你？"

　　"进屋说话。"我不等主人招呼，便踏进了院子。

柒

"你来做什么，我说过我们已经恩怨两清了。"魏青冷冷开口，连眼睛都不抬一下。

"我知道，我知道，所以我今天，不谈恩怨。我是来，求你一件事。"

魏青诧异地看着我，似乎没有见过求人还这么硬气的。

魏青思考了片刻，迟疑地说："你我之间似乎不是可以相求的关系。"

我认同地点点头："我知道，我知道。可我这次来是为了你姐姐。"

一提到他姐姐，魏青瞬间警惕了起来，甚至紧张地按住了腰间的佩剑。

"你要对我姐姐做什么！"

"放心，放心。"我拍了拍他的肩，"我不会对你姐姐做什么。"

啊，开心了。我这次居然真的拍到了魏青的肩，我兴奋地忍不住搓搓手。魏青的肩上，担的可是我朝江山啊。

我忍住笑意，正色道："我想见你姐姐。"

魏青一副我疯了的样子盯着我，让我很是无奈。我不由得叹了一口气，谁让在他们眼里我是个疯美人呢？

"我没疯，你这几日若是进宫，见到你姐姐，就说我要见她。告诉她，如果她想稳稳当当地做皇后的话，就请务必前来见我。"

离开魏青家，夜已经深了。我让人驱车赶回大长公主府。这几日长门宫是不能回了，躲在大长公主府才能避一避皇帝。刘澈再疯也不至于来大长公主府要人吧。我赌姓刘的，要脸。

我在大长公主府待了几日，也没等到魏青的消息。已经开始有点急了。这日午后烦躁不安，便去花园走了走。

刚进花园，就看见哥哥之前买回来的那名歌姬挺着大肚子与一名男子拉拉扯扯。那名男子跪在她的脚边，苦苦哀求。

"秋娘，秋娘，求你救救我。看在相识一场的分上，救救我吧。我上有老母，下有小妹。我若没了生计，那我们全家便只有死路一条了！"

秋娘拨开他的手，为难道："不是我不帮你，实在是我的处境也艰难。世子爷在府中都说不上话，何况我一名歌姬。我……实在做不了主啊！不如，我帮你引荐，你去求求董君？董君喜好风雅，说不定他能帮帮你。"

我无奈地摇摇头，这大长公主府也是乌烟瘴气，一介面首在众人眼里却俨然已经成为一家之主了。这样的家族怎能不没落呢？

我走上前去询问："发生什么事了？"

那歌姬见我过来连忙惶恐跪下，我伸手扶住她："跟你说了，你不用行礼。"

"娘娘，这位是我的……之前在乐坊的故交，他因在乐坊犯了事，被赶了出来。得知我进了侯府，于是，想来求我想想法子……"那歌姬试探着看了我一眼，又连忙摆手，"不过……不过奴已经拒绝他了！"

转过头又朝那男人说道："松鹤兄，我人微言轻，真的帮不了你。"

"你说他叫什么？"

"回娘娘，他叫，李松鹤。"

"他是乐人？"

"是。"

我点点头，巧了。

"我正要去趟长公主府，长公主喜好音律，你不妨跟我走一趟。若能得到长公主的青眼，或许可以救你一命。"

李松鹤不可置信地看着我，愣怔了半天。那歌姬见状推了他一把，"还愣着干什么，还不快谢谢我家女君！"

李松鹤这时才回过神来，朝我磕头行了一个大礼。我找人套了车马，带着李松鹤准备出门。途中遇见了哥哥，哥哥见我要出门便跟了过来。

"妹妹，你上次托我打听魏青的住所干什么，是不是要收拾他？这事你放心，交给哥哥就行了。"

哥哥亦步亦趋地跟着我，我听闻此言猛地回头，差点与他撞了个头碰头。

"我警告你啊，离魏青远一点。我的事，你不要插手。你若是还有点出息，就去投军，不要每天待在家里混吃等死。"

"妹妹！"哥哥拉着我的袖子，"我这是为了你好。若是魏青有朝一日发了势……"

"他发势也和咱们家没关系。倒是你无官无爵，想要荒唐到几时啊？"说话间已经出了门，见哥哥还要跟着我，我不免有些头疼。

"你要去哪儿？"

哥哥结结巴巴："我……我出去，转转……"

我叹了一口气，"你这次买的歌姬，买得很好。你要多听听她的话，对她好一点知道了吗！快回去！"我将哥哥呵斥回府，就带着李松鹤来到了长公主府。

长公主热情友好地接待了我。

说话间，我便趁机将李松鹤介绍给她。

"我近日得了一个乐人，可我在长门宫不便养什么乐人。想着公主喜好音律，便唐突带来了。公主不会介意吧？"

长公主笑着拍拍我的手:"阿娇手下的人,必是好的。就让他留下来吧。"

行,很好。现在就等着看一切会不会与我梦中经历的一样了。

以防万一,我在他们要把李松鹤带下去安置的时候,忍不住问了一句:"你是不是有个妹妹?"

在我的梦里,李松鹤那可是有个倾国倾城、宠冠六宫的妹妹的。

李松鹤一愣,点头称是。

我这才一颗心放到了肚子里。是,就好。

我在平阳公主府用了晚饭,席间我借口离席摸到了长公主的马厩,找到了魏青。

"魏将军。"

魏青正在低头喂马,听我这样叫他张嘴想说些什么,我连忙抢答:"我知道你不是将军,我预感你早晚会是。你姐姐到底答没答应见我?"

魏青得到了满意的答案,转过头继续喂马,嘴里嘟囔着:"戌时。"

"什么?"我一时没有反应过来。

"戌时。"魏青又重复了一遍。

我大喜过望:"好的,知道了。"说完,拍了拍魏青的肩,然后扭头就走。赚到了,赚到了。

倒不光是为了魏娥肯来见我,主要是红珊瑚保住了。我从大长公主府出来的时候,特地带上了哥哥送我的红珊瑚。想着如果魏娥当真那么沉得住气,不肯见我的话,我就把红珊瑚献给长公主,求她帮我牵个线。

长公主跟刘澈是一头的,哥哥买歌姬的钱,估计就是刘澈授意的。所以她未见得会帮我,可红珊瑚是稀世珍物,人人都喜欢。我不信公主会不动心。现在看来,省了。

再怎么说他也是我哥哥,我得为这个败家子留点后路。

捌

这日戌时，我悄悄前往了魏青的宅子。到了门口，敲了几遍门，都无人应答。我忍不住了，推门而入，院门居然没锁。

不一会儿，魏青浑身湿漉漉地回来了，还带着一个一尘不染的女人，原来正是魏娥。

"青儿，你快去换身衣服，小心着凉了。"魏娥一双秋水剪瞳温情脉脉，眼里全是对魏青的关怀。

魏青咧嘴一笑，在姐姐面前憨傻得像个孩子。他摇了摇头："姐姐的事重要。"

得，听了这话，再看眼前这温馨场面，我就笑不出来了。敢情，这是怕我会吃了他姐姐啊。

我默默叹口气："我长话短说，"我开口把他们姐弟的注意吸引过来，"陛下有意接我回宫，我不想回去。希望你能帮我。"我对魏娥没意见，事实上我还挺喜欢她的。我也不想对她这个态度，可谁让我是陈姣姣。

魏娥低眉顺目："若陛下，想接姐姐回宫，又有什么办法呢？"

我不想跟她来回拉扯，直截了当地说："我知道你没有办法，你就算有办法，可害怕陛下厌弃，也未必敢用。所以我只需要你去见太后，告诉太后我想去皇陵为太皇太后守陵就行。"

魏娥闻言一愣:"姐姐,当真不想回宫?"

我闻言一笑:"下堂弃妇,可有再当家的道理?你放心,我已经做了十一年的皇后,已经很累了,受够了……"

"姐姐为何不自己出面,去找太后?"魏娘娘不愧是能稳坐三十几年皇后宝座的人,这份明哲保身的玲珑心思,我愧不能及。

"我若出面,陛下绝不会应允。陛下现在……"看样子我必须逼魏娥一把了,"兴致所在,得了趣儿,怎会轻易放我离开?"

果然听了这话,魏娘娘黛眉微蹙,波澜不惊的脸上有些紧张了。她咬了咬唇,才下定决心点头答应道:"好,我帮你!"

啊,真可爱,好温柔。

我点了点头,准备告辞,路过魏青的时候笑着看了他一眼:"快去换衣服吧,"眼神又在他身上游走了一会儿,顿了顿才调侃道,"青儿。"

魏青登时满面通红,支支吾吾说不出话来。

"姐姐等等,我有东西要给你!"魏娘娘叫住了我,从袖子里掏出一支点翠金步摇递给我,"这……是,巫女楚氏的东西……"

我接过步摇,捏在手里道了一声:"多谢。"便匆匆离去,生怕露出什么破绽。

魏娥乖巧柔顺,很得王太后的欢心。由她出面,事情就成了一半。

王太后听了魏娥的话,也怕刘澈再在我这里出什么主意。于是便找到皇帝,寻了个由头,说自己最近常常梦到太皇太后,说她在那边得知了阿姣因使用巫蛊之术被废的消息,很是伤心。

太皇太后生前最疼我,希望我能够为她守陵,在她的陵前静思己过,为国祈福。刘澈迷信,又最怕皇祖母,想拒绝都没有理由。

于是不久后我便乘坐一辆马车,轻车简从地离开了长门宫。走之前将魏娥给我的步摇埋在了长门宫的院子里。

马车出了长门宫,母亲与兄长已经在不远处等着为我送行了。

母亲泪涔涔地握着我的手："我的儿，皇陵不比长门宫。我的儿此去，要受苦了。"说罢又擦了擦眼泪，"不过，你外祖母生前是最疼你的，你去为她守陵尽孝也是应当。儿啊，你在皇陵若是短缺了什么，尽管差人来找母亲，我让你哥哥给你送去。"

我点点头："知道了，母亲。"

"要我说啊，外祖母真是的，走都走了还非得让妹妹去给她守什么陵啊！"话音刚落就被拍了脑袋。

"臭小子，你给我好好说话！不许对外祖母不敬！"

哥哥抱着头退了几步，委屈巴巴地说："我这不是……心疼妹妹嘛……"

"那你就不心疼外祖母啦！"母亲还在叉腰指鼻骂着哥哥。

"我哪有不心疼外祖母……守陵的日子确实不是人过的嘛……还好只去三年……"哥哥在一旁小声嘀咕着。

"你还说，你还说……"

看着他们母子吵吵闹闹的样子，我不由得会心一笑。无论后世如何评说，此刻他们都是如此鲜活。

告别了母亲兄长，马车向东行了几十里，我们停车整顿，稍作休息，绿袖离开去解决个人问题。我下车溜达找了棵大树想坐下来休息。

刚走过去就被什么东西砸了一下，春衫薄，被砸这一下还挺疼，我低头去找砸我的东西。好家伙，居然是一颗金珠子，怪不得这么疼。我蹲下捡起那颗金珠子，抬头往树上看去。

树上坐了一个少年，那少年背靠着树干，坐在大树一根粗壮的枝干上，一脚踩着枝桠，胳膊枕在腿上把头埋在臂弯里。我好奇地想走近瞧瞧。

"拿了赏还不快滚！"那少年却突然呵斥出声，声音颤抖，虽然极力压制，但我还是听出了哭腔。

逗小孩特别有趣，此刻这个少年吸引了我的注意，所以也就没有

155

计较他的无礼。

"小孩儿，你怎么了？是有人欺负了你吗？"我说着又往前走了两步。

"少管闲事！赶快离开，不然我用金丸砸烂你的头！"

年龄不大，脾气还不小。

"我今天心情好，不跟你计较。"不过去就不过去，我稍稍离远了一点，随便找了个位置席地而坐，拿出绿袖准备的糕点在一旁吃了起来。

吃着吃着，就听见"咕噜咕噜噜"的声音从上方传来，我差点忍不住笑出了声。我拿着糕点举到眼前："啊，这髓饼可真好吃，又香又甜还压饿。"

说罢，头顶的咕噜声更响了。

我忍住笑意向树上招呼："欸，小孩儿，你要不要尝尝？"

"谁要吃你的东西！"哟，还挺犟。

"不吃就算了！"我叹了一口气，"那我只好一个人吃完咯。反正这漫山野岭的也找不到其他东西。"

回应我的是一阵咕噜声。

我这次是真的笑了："小孩儿，你真的不吃啊？"

少年一阵沉默。我便知道他要向"饿"势力低头了，少年人正长身体的时候，根本禁不住饿。

"你要下来吗？"我循循善诱。

少年没动，我就知道他此刻需要个台阶。

"坐那么高吃东西容易噎着，我没有水。"我根本就在胡扯，小孩儿也知道我在胡扯。但是他这次快速用袖子抹了一下脸，从树上跳了下来。

他面无表情，努力装酷地走到我身边坐下，我递给他一块髓饼。他接过之后立刻狼吞虎咽吃了起来，看样子是很久没吃东西了。髓饼放了半天有些干,他这么狼吞虎咽没吃几口就噎着了。

我连忙把水囊递给他,并拍了拍他的背。他忙不迭地接过去,大口大口喝了几口水,咳了几声,然后才说:"你不是没有水吗?"

"骗你的,"我因为心情愉悦好像此刻也变成了一个小朋友,说话的语调都轻快了起来,"为了骗你下来。"说完,我又补充道。

"狡猾。"小孩吃着髓饼嘟囔道。

"小鬼。"这时我看到绿袖已经解决完自己的事情,正朝这边走来。我连忙悄悄朝她摆手让她退后,绿袖不明所以但点点头还是退了下去。

这小孩刚放下戒备,肯定不想让更多的人看到他此刻的狼狈。

小孩吃完了髓饼又喝了一口水,然后眼睛就一直看着前方,显得有点深沉。

良久,小孩才重新开口,眼睛却仍然看着前方:"你为什么不问问我为什么哭?"

我在草地上躺了下来,枕着胳膊惬意地闭上眼睛:"你不想说,我又为什么要问呢?吃完了,就早点回家吧。"

玖

那少年沉默了一阵:"我没有家了,我娘死了。"我听完便睁开了眼睛,看着那少年小小的背影,有些不属于他这个年纪的落寞与哀伤。

"那你爹呢?"我问出之后才觉得后悔,心里一阵愧疚。

所幸那少年还很平静:"我没有爹。我只有娘。现在我娘也死了,这个世上就只剩我一个人了。我觉得这里……"少年捂住胸口的位置,"像是塞了一团湿棉花,吞不下去吐不出来,特别难受。哭也没用……"

我坐了起来,轻轻搂着少年的肩膀,谨慎地思考了一会儿,说:"你知道,什么是死吗?"

少年摇了摇头。

我继续说:"古时先贤觉得,死是'无君于上,无臣于下,亦无四时之事,纵然以天地为春秋,虽南面王乐,不能过也'之乐事。先贤认为,'劳我以生,佚我以老,息我以死'。你看世人,活一时,便要劳作一时,欢乐一时,便要痛苦一时。天地为炉,众生为铜,皆在苦苦煎熬。所以死亡,对世人来说,未必不是一种安乐。生死俱善,存顺没宁。只要她还在你心里,那她就不会死去,只是再也没有了生的劳苦,得到了永恒的安乐,你该为她高兴才是。"

那少年目光终于从远方收回,他眼里含着泪花看着我,漂亮的唇紧抿着:"你说的是真的吗?"

我点点头:"当然。我们爱的人,永远都不会死去,只是去到了永恒之地。"

少年沉默了一会儿,才缓缓地说:"谢谢你。"

我拍了拍他的肩膀:"时候不早了,收拾好心情,就快回家去吧。我也得走了。"

"你要去哪儿?"

"我要去东郊皇陵。得赶紧出发了。"我说着站起来又拍了拍他的头,"你也赶紧回家去吧。"

"姐姐,你能不能收留我一段时间?"

"姐姐?我都能做你阿姨了。"我掏出那一颗金珠子给他看,"能用金珠子打人的孩子,用得着我收留吗?"

眼前这个孩子估计也就是哪家的公子跟家里闹别扭了。

"你不会刚好是叫……"

我话还没有说完就被他打断了:"我不想回家,我娘刚死,我在家里每一个地方都能看到她的影子。所以我不想回去。"

"小孩,诱拐儿童可是犯法的。我把你带走了,你家人找你怎么办?好了——"我揉揉他的头,"赶紧回家吧。"说完我便回到了马车上去,招呼绿袖准备继续赶路。

马车又往东行了一阵,终于来到了皇陵。我站在陵园门口,一声长叹。皇陵确实不比长门宫。前来迎接的宫女们,个个都形容憔悴,穿着朴素得让人难过。

我都有点后悔了。不好好在长门宫享清福,跑来皇陵自讨苦吃。

怪不得刘澈那么轻易就答应了让我来皇陵。他就是笃定了我从小娇生惯养,吃不得苦头,要不了多久就会求着回去。

欸,可惜。我永远都不会亏待自己。

我来的时候早就料到皇陵的日子不会太好过,所以就托母亲去管王太后要钱,把我的俸禄涨了两倍。毕竟是去为太皇太后守陵,王太后自然不好拒绝。

俗话说,有钱能使鬼推磨。我初到皇陵的第一件事,就是改善大家的伙食,保证三餐有肉,饭菜管够。所以我来到皇陵的第一个月,所有人就都面色红润了起来。

我还小小地改善了一下她们的当差制度,改成轮班制,减轻她们枯燥又无意义的工作量。

陵园内不许打闹嬉戏,所以我就允许她们走出陵园,到山下的溪边浣衣,她们常常借着浣衣的名义在山下逗留玩耍大半日。虽然仍有护陵军看守,但是浣衣仍旧成了她们最喜爱的工作。

我还放她们轮流回家探亲。

这个举动十分冒险,我现在想起来还觉得十分后怕。守陵不比在宫里当差。这些守陵的宫女,非死不得出陵。一旦来了皇陵,就只能日日夜夜点着蜡烛苦苦煎熬,熬长了年岁熬烂了青春。她们都说守陵还不如殉葬,免得憔悴望西陵。

所以放她们探亲,我冒了很大风险。怕她们一去不回,也怕自己因此闯下大祸。可看着我面前的这些正值大好年华的青春少女,一个个鲜活的生命,就这么一日一日在此煎熬,了无生趣地、麻木绝望地活着。我实在……于心不忍。

第一个被我放回去探亲的是一个叫且奴的小姑娘,今年刚刚二十岁。我刚来的时候,她面黄肌瘦一副怯生生的样子,但却十分乖巧听话。平时绿袖交代她的事,她总是能一丝不苟地完成。

可我放她回家探亲之后,她便再也没有回来。不只是她,我那次放回探亲的一共有十人,没有一个人回来。

当时皇陵的一位掌事姑姑还劝我,掌事姑姑是文帝时期的一位末位嫔妃,文帝仁慈,去世之前将所有低位后妃全都放还归家,她因家中无人所以自愿留下为文帝守陵,如今已经将近三十年。

她说:"夫人,这些守陵的宫女,就像是渔夫船舱里的鱼,你现在看着她们死气沉沉的,可你一旦把她们放出去,就如鱼向海,再想让她们回来可就难了啊。一旦有守陵宫女出逃,宫里若是追究下来,恐怕就算是你也担待不起啊。"

于是第二日,我便召集起所有守陵宫女训话。

我说:"我初到皇陵之时,见你们生活困苦,拿出自己的俸禄为你们改善伙食。见你们生活苦闷,便许你们下山浣衣,你们这才能像普通女子一样在山下玩水嬉戏。你们说思念家人,我便冒着被问罪的风险,放你们回家探亲。

"可是,各位,我本没有理由这样做。我只是同情各位的处境,想为你们做些力所能及之事。这本是基于我的善意,可如今你们也看见了。我放你们回家探亲,却没有一个人如期归来。如果宫里追究下来,我将难辞其咎。"

"所以,希望各位今后好自为之。探亲之事,今后也不要再提了。"我同情她们的遭遇,但我也知道自己的斤两,我无法帮她们和这个世道做抗争。

她们是历史洪流下的悲剧,结果早已注定。我能做的也不过是,让她们在无奈的处境下过得好一点而已。

我话一说完,她们就乌泱泱地跪了满地。

有性急的宫女早已出声求情:"娘娘,您发发慈悲吧。奴已经十年没有回家了,奴连老娘长什么样子都快记不清了。娘娘若是放奴回家探亲,奴不要五日,三日,三日即归。绝不逃走!"

她此言一出,各种声音便不绝于耳了。

"奴也不会逃,一定如期归来!"

"是啊,再给我们一次机会吧,娘娘……"

她们左一言右一语,不住地给我磕头,不一会儿就哭了一大片。人性如此,不管她们此刻说得多么情真意切,一旦看见自由就在眼前,难保不会陡然生变。

虽然我心里清楚,可我还是想再给她们一次机会。只不过这次,我要她们找人担保,如果她们中间有人不回来,那么为她担保的人就将无法再探亲。

这个方法很有成效,每个人都希望有人为自己担保,每个人都怕自己担保的那个人不回来。只有这样,她们才能真正与我同一立场。风险平摊,才会人人自危,才能同舟共济。

只是,那十个人的逃跑,真正让我犯了难。在她们被问罪之前,我必须给宫里一个合理的解释。

我在陵园附近瞎转悠,不知不觉来到了她们浣衣的溪边。女孩们嬉戏打闹着,阳光下一张张明媚的笑容,是在山上陵园中见不到的风景。

明明只有一墙之隔,墙外就是鲜活的生命,墙内就是枯萎的人生。

我正发着呆,一支流箭飞来,插在了我的脚边,护陵军瞬间警惕了起来。我朝着箭来的方向看去,远远的马背上坐着一名少年。

远远地看不真切,直到他朝我挥手。

拾

"你们先带她们回去吧。"我看着惊慌失措的宫女们,冲为首的护陵军说道。

那首领迟疑地看了我一眼,我抬手作势就要打他。

"怎么,你还怕我跑了不成?"

那首领也是个年轻人,成天跟我嬉皮笑脸惯了,嘿嘿笑着说:"没有,没有,那属下先带她们回去。"

他们走了之后,我也朝那少年走去。

走近了,才发现是数月前在路上遇到的那个小孩。

"小鬼,怎么是你啊?"

他锦衣华服,逆着光端坐在马背上。骏马高大,他又身形颀长,背后有光。我站在马前,不得不用手挡着光,仰着头跟他说话。

那小鬼只是看着我,不说话,抿紧了唇。

我心下了然:"又跟家里闹别扭了?"

那小孩点点头:"我不想回去了。那人是我娘后来嫁的人,他要纳妾,容不下我。"

哦,就是继父。

"我把他打了一顿,跑出来了。"

我叹了一口气,捂着酸痛的脖子:"你先下来。"我仰得脖子都酸了。怎么每次这小孩都喜欢坐那么高。

"那你以后怎么办?"

小孩翻身下马,站地上同我说话。

他没有回答我的问题,只是答非所问地说:"我来找一种名叫鹒鸰的鸟。"

"鹒鸰?真的有这种鸟吗?"想到我还有十名宫女的窟窿,也没有什么心情管鸟了。

"行了,我不跟你说了。我还有事,先走了。"我急匆匆地说完就要走。

"姐姐,你去哪儿?"

我指了指山上的皇陵:"我是看守皇陵的一个守陵女官,却私自放跑了十名看守皇陵的宫女。不出意外的话,你将来可能就看不到我了。"

"没想到,姐姐你的胆子比我还大。"

我叹了一口气拍了拍他的肩:"现在后悔也来不及了。"

"我有一个办法可以帮你。"

"什么办法?"我下意识地出口。

他让我收留他两个月,直要他找到鹒鸰为止。我只好带他上了山,把他安排到护陵军的队伍里,与护陵军同吃同住。

他说:"你可以谎报说是这些宫女私逃下山,被护陵军发现处死了。"

我叹了口气:"其实这个方法,我也想过。可就算是私逃被杀,也得有人来清点尸身。我去哪里找十副女尸啊。"

我抱着脑袋感到十分头疼,"要是有什么办法,可以不留尸身也不会叫人起疑就好了……"

我灵光乍现:"我想到了!"

我在送往宫里交差的函书里谎称,皇陵生了瘟疫,这十名宫女是死于瘟疫，为防瘟疫扩散，尸体已经焚化深埋。

瘟疫那可是真正的洪水猛兽，人人唯恐避之不及。尤其是皇陵这样的地方，要是生了瘟疫，大概率只会由着我们自生自灭。万没有在这个时候凑上来查的道理。

然而，我万万没有想到，宫里这次居然会这么重视这些宫女的性命。就在函书送出去的第三日，宫里就有人带着药材和医师来了。

这下失算了。

更恐怖的是，这件事惊动了刘澈。

不出意外的是，真相暴露了。

我被带回宫里问罪，临走之前我拍着那小孩的肩膀告诉他："我这次离开，咱们以后可能就见不到了，这皇陵你想待多久就待多久。直到你找到可以容身的地方为止。"

一个小少年，因为没了娘，被有钱的继父赶出来，也挺可怜的。

然后我就被带回了宫，真真正正的后宫。现在想起来还会觉得惊叹。刘澈的宫殿巍峨壮美，宛如神仙殿宇，让人叹为观止。

我早上进宫，一直等到了晚上。他们把我安排在一间偏殿里，我不知道自己将要面临什么样的处罚，心里惴惴不安了一整天。连饿了都不敢叫他们给我拿东西吃，并且跪得腿都没知觉了。

终于，等月光从窗外照进殿内的时候，有人走了进来。我回头去看，刘澈的玄色朝服还未换，九龙衔珠的金冕旒还未摘下。

他就这么站在偏殿门口，月光洒满他的全身，有一瞬间我觉得我见到了阎罗王。

我瘫坐在软垫上，刘澈大步走了进来，伸手想把我拉起来。可我跪了一天，双腿早已没有知觉，根本站不起来。

刘澈架着我的胳膊将我箍在怀里，我扶着他的臂弯才能勉强站直。

刘澈扯出一个灿烂的笑："阿姣，欢迎回家。"

拾壹

刘澈的怀抱很温暖,可我却感觉透心凉。有一种被人玩弄于股掌之间的感觉。

刘澈把我抱到了床榻之上,支着头躺在我的身侧,手指玩着我的头发。

他悠悠道:"阿娇姐,你千金买赋,只为盼朕回顾,却为何又要逃呢?"

为什么要逃?因为我不想被困在宫中。

"不是要问我的罪吗?问吧。"我宁愿被治罪,也不愿意在这里受刘澈的折磨。

"呵呵呵,"刘澈轻笑出声,把我搂在怀里,"你不是已经受过罚了?"

嗯,所以我跪了一天,这事就过去了。所以,自始至终,这些都只是他使的小小的手段罢了。他一开始就想好了,我会怎么往里跳。

"睡吧,阿娇。朕今天很累。"

看得出来,刘澈今天真的很累。说完这句话没多久,就睡着了。但是我精神紧张心跳加速,无法入睡。谁敢在老虎身边打盹儿啊?

我就这么精神紧绷着,直到天微微亮的时候,才撑不住睡了过去。

不知过了多久,猛然从梦中惊醒,这才发现天已经大亮,刘澈躺在床上似笑非笑地看着我。

他怎么还没去上朝？

"醒了？"

我点头。

刘澈撩起自己的头发："那让一让。"我这才惊觉我压着他的头发了！

我赶忙连滚带爬地让开，刘澈抽出自己的头发，梳洗更衣准备去上朝。我摸着自己慌乱的心跳，看着他离去的背影好半天才平复下来。

回过神来才发现，枕边不知什么时候多了一座金屋子，做工精致，巴掌大小，亭台楼宇栩栩如生。

我就这么被困在了皇宫。后宫的生活，非常枯燥。走到哪里，都有一大群人跟着。

我刚用过早膳，就有人来看我了。

不是别人，正是魏皇后。

她带着各种绫罗绸缎、胭脂水粉、金银首饰和一大堆生活用品。俨然一副要留我常住的样子。

我把所有人都赶了出去，把她拉到一旁小声说："不是说好帮我离开的吗？你现在这是什么意思啊？难道要留我在宫里常住啊？"

魏娥峨眉微蹙，慢声轻语："姐姐，既来之则安之。既然陛下想让你留在宫里，那你就留下来吧。"

我这……算了，看样子魏娥是指望不上了。

好在，刘澈是个好皇帝。好皇帝都非常非常忙。我常常一整天，甚至好几天都见不到他。见不到他的日子就是我最快乐的日子。

在此期间，我软磨硬泡让魏娥放我出宫，她就是不肯。

这天，青天白日的，刘澈兴高采烈地找到我。

"阿姣，走，我带你去看凤凰！"他牵起我的手，就往外走。

走出殿外，才发现魏娥已经等在殿外了。我震惊得说不出话来，指指我自己，又指指魏娥，魏娥了然地冲我点点头。

哈，刘澈可真是平平无奇的"端水大师"。他是忘记我是陈姣姣了吗？

我甩开他的手："我不想去，你们去吧。"

我拿出一直在手里把玩的金屋子，举到他面前："这是什么？金屋子？你又想用你的金屋子锁住我吗？"

"阿姣……"他想伸手去拉我的袖子，我却转身回了屋，只留给他一个背影。

刘澈喜欢乖巧的女人，那我只要反其道，使他早日厌弃我，不就行了？

但是事情的发展往往超乎想象。

没过多久，北境传来狼烟，匈奴十万骑兵南下，直取上谷。

皇帝震怒，遣魏青率部各领一万骑兵，阻击匈奴。

这一战的结果，我在梦里看到过。

刘澈亲自为大军送行，我与魏娥也在送行的队伍中。

魏娥站在城楼上，看着魏青骑马离去的背影，泪眼婆娑，我见犹怜。我搂住她的肩膀，顺着她的视线看过去，魏青的背影突然变得高大又伟岸。

我在她耳边轻轻说："别担心，他一定会平安归来的，而且是大胜而归！"

魏娘娘楚楚可怜地看着我，哽咽着问："真的吗？"

我用力地点头："我以自己的性命担保！"直到目前为止，除了我自己的命运与梦中的不同，其他所有人的命运都与我梦中的别无二致。

魏娥苦着一张小脸，委屈巴巴地说："不要！"又抬手装作不经意地擦了擦自己的眼泪，"姐姐的性命，是陛下的。"

我那梦中预言的骄傲劲还没过。刚才还在心疼她这爱哭鬼，一句话就瞬间让我想揍她。

晚上,我坐在窗前看月亮,百无聊赖地摆弄着手中的陶埙,我试了很久都吹不出声音。这个时候刘澈走来了。

他抬手夺走了我手中的陶埙。

"还给我!"我伸手去夺,却被刘澈一把攥住了手腕。

"怎么了?想听陶埙?"

我嘴硬:"不想。"

"阿姣姐,你看见这个陶埙,想到的……"他看着我的眼睛,"究竟是我,还是魏青?"

我顿时警惕起来:"你什么意思?"

刘澈笑了,好看的眼睛弯弯的,他说:"如果这次魏青凯旋,朕打算把姐姐许配给他,你觉得怎么样?"

我愣了,怎么突然要把长公主许给魏青?我转念想到白日里给魏青送行时,他看向我的眼神。我一时有些慌乱,这个疯子,不会就因为我多看了魏青一眼,就这么迫不及待想让魏青成亲吧?

我这副样子,落到刘澈眼里却像是被戳破了心事。他愤怒地扯着我的手腕,使我与他更贴近。

"阿姣!你记住,你这辈子、下辈子,只能是我的!"

他力大无比,攥得我手腕生疼。我奋力挣扎:"你疯了!放开我!"

刘澈却就这么吻了下来,我下意识地闪躲却又被他擒住了下巴。他的吻就如同他在政治上的作风,强硬、专横,却又带着让人诚心折服的魅力和恐惧。

拾贰

清晨,我在帝王怀里醒来。迷蒙了好一阵,实在不敢相信,有一天我会回来,回到这个曾经充满噩梦的地方。

而一切与我在梦里看到的全然不同,这让我开始觉得不安。

刘澈笑着便在我的额头上落下一吻:"朕去早朝。"

我呆滞地看着他离开,不行了,我要去找长公主。刘澈不让我出宫,我只能请长公主进宫。

又每每以喜好音律为由,让长公主进宫之时带上李松鹤。李松鹤善歌舞,通音律,很快就得到了皇帝的赏识。

准他以歌舞主持祭祀,并破格为他制作二十五弦的箜篌与瑟。李松鹤善承上意,颇得皇帝喜爱。

与此同时,上谷一战也落下帷幕,四路大军,一路,出云中塞百余公里,一无所获,率军全师而退。

一路,出代郡,败,损失七千余人。

一路,出雁门郡,战败,被俘。

唯有魏青奇袭龙城,大获全胜。武帝大悦,封魏青为关内侯,赐千金。

而我却在这个时候,发现自己,怀孕了……

我与魏娥在御花园里散步,魏青封侯最高兴的人就是魏娥了。

魏娥挽着我的胳膊,兴高采烈地说:"青儿这次得胜而归,也总算是为陛下分忧了。应该再没有人敢说青儿是靠裙带获宠了吧。"

我心不在焉地点点头:"这天下哪里还有比魏青还强的小舅子。陛下得了你们这一家,应该偷着笑才对。"

想到我那两个不争气的兄弟,不由得叹了口气。真是人比人,气死人。

"姐姐你真的这样觉得吗?真的觉得我……我魏家,是有用的?不是低贱的?"魏娥闪着一对大眼睛,眼里冒着星星、一脸期待地看着我。

啊,忍不住了。我把她的脸捧在手里揉了揉,这么天真的个性,是怎么当了三十多年皇后的?

"天底下没有比你们家更人才辈出的了!我要是个男的,我都想娶你。"

魏娥晃着我的胳膊指着不远处,转移了话题:"姐姐你看,那就是陛下当初要送给你的凤凰——鹓鶵。"

我顺着魏娥指着的方向看去,便看到了一个年轻男子的背影和一只长着漂亮尾翼、鸡头蛇颈、一身黄金羽毛的大鸟。

"霍儿!"魏娥朝那背影喊道,并在他回头的时候开心地朝他招手。

那年轻男子回过头来,见到我们,微微一愣。便大步走了过来,朝魏娥行礼。

"姨母。"然后看向我。

魏娥说:"这是陈娘娘。"

他复又向我行礼恭敬道:"陈娘娘。"

我突然觉得他有些眼熟,好像在哪里见过。

这时魏娥说话了:"姐姐,这是我的外甥,姓霍,名叫……"

"我们是不是在哪里见过?"我看着他的脸,始终觉得有些熟悉。

171

然而他只是剑眉微蹙抿了抿唇说:"从未。"

魏娥挽着我的手,继续往前走。霍无恙跟在我们身后。

"这只凤凰,还是无恙寻到的呢,替陛下养了很久了。"

我看着她兴致勃勃的样子,几欲开口却不知道该怎么说。说什么呢?说我,怀了你丈夫的孩子?

我嫁给刘澈十年未育,还因此丢了后位。现如今我无名无分在这后宫里,苟活数年,还在这种情况下怀上了孩子。

刘澈会怎么对我呢?又打算怎么处理我的孩子?

唉!我在心里叹了一口气。怎么李松鹤的妹妹还没有长大。我后期能不能扭转乾坤,可就看他这位妹妹有多倾国倾城了。

晚上我躺在床上,翻来覆去睡不着。不经意间终于想起在哪里见过霍无恙了!几年前,我去皇陵守陵的时候!那个用金丸打人的小孩!

哇,现在都长这么大了。

这孩子居然还骗我,说是被继父赶出家门,求我收留。没想到竟然是梦里那个前无古人,后无来者的一代战神啊。

原来漂亮的小孩也会骗人。

我在床上翻了个身,回头就看见刘澈一脸甜蜜地趴在我的床边。我吓了一跳。

"你怎么来了?"

刘澈只是傻笑:"阿姣姐,我们有孩子了。"

呵,我扯出一个不自然的笑。他居然这么快就知道了。

我转过身去,大被蒙头。

刘澈很重视这个孩子,给了我更多赏赐。还特地请来大长公主来宫里小住。

母亲握着我的手,热泪盈眶:"还是我的儿有本事,被废了后又怎么样?一样把帝王的心抓得死死的!儿啊,咱们争口气,生个儿子出来，到时候，哼……"

母亲的话没有说完，我却已经知道了她的意思。

"母亲，你就别胡思乱想了。我对那个位置不感兴趣，我肚子里的孩子也对那个位置没兴趣。"

"姣姣啊！你可别犯傻，那个位置本来就该是你的，是皇帝母子亲口许给你的！"母亲拍拍我的手，一脸恨铁不成钢。

我叹了一口气，现在的一切都与我梦里的情形出现了偏差，我连自己最后的下场是什么，都还不知道。还有什么好去争的？

我撇下母亲和乌泱泱的一群人，独自到花园里去散步。

我这样尴尬的身份，又在这样尴尬的时期，生下孩子只会同样尴尬。有什么好高兴的？

还未走到花园深处，便听到有人练箭的声音。走近一瞧，原来是霍无恙。

我站在一旁看了一会儿，想到这孩子年轻力壮，看起来多健康啊，怎么二十几岁就死了呢？也不知道梦里发生的一切，是否会全都应验。

霍无恙这时发现了我，走过来向我行礼。

"陈娘娘。"

我勉强一笑："霍小将军，多年未见竟都长这么大了。"

霍无恙抿了唇："我也没有想到，当年的守陵女官，摇身一变成了宫里最受宠的娘娘。"

"当年并非有意骗你，我确实是要在皇陵守陵来着。只可惜造化弄人……"

"陈娘娘不必解释，当年是我年幼无知，若有冲撞娘娘之处，还望海涵。"

我一时哑然，这小少年的戒心比起当年更甚了。

"你要多多保重身体。"我讪讪说完，便要转身离开。

"陈娘娘！"霍无恙出声叫住我，"当年，你若知道我的身份，

173

还会不会收留我？"

我转身定定地看着他的眼睛："当年我若知道你的身份，定会对你千倍百倍好。"

我望着眼前的这个少年，在我的梦里，他的一生只活到了二十三岁，却缔造了史上最伟大的神话，封狼居胥，饮马瀚海。

我若早知道他就是我梦里的霍无恙，他就算是管我要天上的星星，我也愿为之一试。为他鞍前马后也可以。

我转身离开的瞬间，看到他眼中有流光闪过。

后来霍无恙去了战场，我在宫里生下了孩子。刘澈把我抱在怀里，轻轻吻着我的额头。

为了他的儿子能够名正言顺，他为我换了一个身份。他说他的母亲姓王，于是我摇身一变成了王夫人。

他为我们的孩子起名为闳，取其宽广博大之意。

后来孩子长大了一点，刘澈要为孩子封王，他问我希望我们的孩子在哪里封王。

我说："闳儿体弱，我希望他能封到南方，雒阳富庶离长安不远，那里就很好。"

刘澈却拒绝了："雒阳有武库敖仓，是天下要冲之地，从没有一个皇子可以封在雒阳为王。除了雒阳，其他地方都可以。"

于是，我不再说话。

这些年，刘澈做出了许多值得记入史册的措举，也越来越像个圣明的皇帝。

他已经很少像当年那样冲我温和地笑，眉宇间也总是愁容暗锁。

这才短短几年啊？

我知道他或许是要对我厌倦了。

最后，他把我们的儿子封在了齐国。我做好了与儿子一起前往齐国的准备。

闳儿生辰宴的时候，我请了李松鹤来主持歌舞。这许多年过去，他的妹妹终于长大了。

　　李松鹤的一首佳人曲引起了皇帝的注意，他扭头问席上的长公主。

　　"这世间可有这样倾国倾城的女子啊？"

　　长公主微微一笑，说起了李松鹤的妹妹。

　　没过多久，李松鹤的妹妹就入了宫，荣宠一时。我知道此刻时机已经到了。

　　我趁机提出，我要与闳儿一同前往齐国就国。刘澈拧着眉，凝重地看着我。

　　"阿娇，为什么你总是想着要离开朕呢？"

　　我这次放下了顾忌，毫不留情地戳破他温情的假面。

　　"陛下，您有魏娘娘，现在又有了李夫人，以后您还会有更多的美人，为何唯独不肯放过我呢？"

　　"阿娇！"皇帝一副痛心疾首的样子说，"到了现在，你还在任性。朕是皇帝，只是多要了几个女人而已，你就这么无法容忍吗？"

　　"陛下，阿娇不能容忍的并非是你有多少个女人。我真正不能容忍的是在这小小的皇宫里，蜷缩一生。陛下，你放过我吧。"

　　那是我头一次见刘澈掀了桌子。

175

拾叁

真是奇怪，从前我不许他有其他女人，他说我善妒，现在我不介意他有别的女人，他倒骂我没有心。

男人希望被爱，又希望她们可以爱得恰到好处，不可以太黏人又不能太松弛。他们希望把女人驯化为宠物，只为攀附主人而活。

我预感寿命已经快要走到尽头，如果我继续待在皇宫，那么这个故事可能要悲剧。

可刘澈不可能放我出宫。

当年，魏娥进宫，他把人放在宫中一年不闻不问，魏娥自请出宫的时候，他又不许。

我在位时，他总想废后。

后来我被贬长门，他又忍不住去寻。

我这时才知道，不是皇帝薄情，谁都不爱，而是他帝王多情，谁都想爱。旁人是弱水三千只取一瓢，他却要做这三千弱水的主人。

这就是帝王，这就是刘澈。

他怎么会被女人柔情的网束缚呢？我当初真傻，妄想得到帝王独一无二的爱，所以最后才伤痕累累。

好在，我现在想通了。

这日，我请来魏娥到我宫里小坐。跟她说了我想同囡儿一同前往齐国，希望她能帮我，可魏娥却欲言又止。

直到我屏退左右她才支吾着说："姐姐，我知道你一直对当年的事耿耿于怀。可是，事后，陛下召集了三百方士设法为你招魂，这才让你起死回生。姐姐，你就真的不能原谅陛下吗？"

我没大听懂，但是我大为震惊："你是说，我原本其实已经死了？是刘……是陛下用三百方士作法救了我？"怪不得我总是会做光怪陆离的梦，怪不得我会记不清皇帝的样子。

魏娥点点头，握住我的手缓缓道："姐姐，这满宫佳丽在陛下心里都抵不过一个你。"她看着我的眼睛，满脸真诚。

这些话，若是我当年听了，该有多欢喜。

我还在愣神之际，魏娥已经转移话题。

"霍儿已经到了可以议亲的年纪，上次二姐姐还托我留意京中贵女。"魏娥拨弄着一卷卷画像锦帛，问我，"姐姐，你快帮我看看，什么样的女子霍儿会喜欢啊？"

我还想问问关于招魂的事，魏娥却三番两次岔开话题。

她拿着左一卷右一卷的锦帛缠着问我："姐姐你看是这个好，还是这个好呢？"

"小霍将军他自己怎么说呢？他如今正是情窦初开的年纪，说不准已经有意中人了呢？"我翻卷着一幅幅画像，漫不经心地说。

魏娥放下手中的画帛，叹了一口气："霍儿倒是说过，他曾有一位意中人。可是，他却连人家姓甚名谁都不知道，这天下之大，叫我到哪里去给他寻。"

"哦？"我来了兴趣，想知道这样一位未来的战神，究竟会喜欢什么样的女子。

"那他有没有说过，关于他与那位意中人的事？"

魏娥回忆了一下："倒也不是什么风月之事，就是说在他伤心欲绝之时，那女子曾给过他一块髓饼。姐姐，你说好不好笑？一块髓饼，就把我们从小养尊处优的小滑头给骗到了手……"

魏娥接下来说了什么,我听不见了,手中的画帛掉落一地……

"姐姐?你怎么了?"

"没……没什么,就是有点累了。"我颤抖着卷起画帛,心跳乱得像珍珠洒了满地。

就这样,因为武帝迟迟不肯下旨,魏娥又不肯蹚这浑水,闳儿封王就国的事只能暂且作罢。

元合五年春,匈奴右贤王欲夺朔方,皇帝发兵十万直击漠南。

令魏青将三万骑出高阙。

这一战,是霍无恙首次在战场上崭露头角。

他率八百骑兵,脱离大军独自追击匈奴数百里,斩获匈奴两千余人,杀匈奴大单于,俘单于叔父罗姑及匈奴相国、当户等高官,全身而返,大胜归来。

刘澈以其功冠全军,封为冠军侯,赐食邑二千五百户。

而这一年,他只有十七岁。

此战结束后,皇帝赐宴为他庆功,席间觥筹交错。少年意气风发,看向我的眼神却晦暗。

席间皇帝多饮了几杯,有些醉,魏娥便搀他率先离席。帝后相继离席,我也不便多坐。我离席路过魏青时,便向他道了声贺。

自从刘澈误会我心悦魏青之后,我便再也不敢多同魏青说话。

他也永远都不会知道,在很多年前的一个夜幕里,有人曾为他的存在,放过一场绚烂夺目的烟花。

我独自提着宫灯,走在后宫的假山流水之中,柔柔的月光,在水面粼粼漾漾。

寄心汉疆山川,却步汉宫金笼。我心中的惆怅无处纾解,唯有化作一声叹息。

忽然眼前闪出一个高大身影,吓得我惊呼出声丢掉了手中的宫灯。

我借着微弱的月光定睛一看，原来是霍无恙。

"小霍将军？"

霍无恙跌跌撞撞地朝我走来，看样子应该是喝醉了。

看着他差点跌倒，我连忙上前一步去搀扶。

"你喝醉了，我找人送你去休息。"霍无恙深得武帝喜爱，留宿宫中乃是常有。

可他听了这话，却赖在原地不动。他身材高大，人半靠在我肩上，他不动我根本拖不走。

"陈……陈娘娘，哦，不对，你现在是王夫人……"他半靠在我肩上，还跟跟跄跄要直起身向我行礼，却几次险些将我带着跌倒。

"小霍将军不必多礼，我带你去休息。"我一个人实在弄不动他，于是喊了一声，"内侍何在！"话未出声，便被他捂住了嘴巴。

我的心紧张得快要跳出来，这，这，这……

"姐姐，你怎么……都不叫我小孩了呢？"少年红着脸醉眼蒙眬地看着我。

醉酒的少年放下了戒备，满脸的孩子气。

我忍不住笑了出来，是啊，他现在也不过是一个十六七岁的小少年而已啊。

"好了，小孩儿，姐姐带你去醒酒。"我把他带到了闳儿住的院子，安顿好他，又差人去给他煮了醒酒汤，喂着他喝下才离开。

早上我起床去看闳儿，却发现霍无恙已经恢复了神气，正在教闳儿练箭。我有点想笑，闳儿才多大点的孩子呀，马步都还扎不稳。

可他们一大一小却神情认真，有板有眼。

刘澈见了这一幕，直接大手一挥让霍无恙教闳儿骑射。

闳儿那么小，说是教他骑射，其实不就是带着他玩？小霍将军在战场上出生入死，像个大人，脱下盔甲，玩心倒也挺重。

我在深宫无聊，看着他们玩闹倒也不失为一种消遣。

这一日，我又不怕死地向刘澈提起我要出宫。我以身体不适为由提出要去长门宫休养。

刘澈将手中的杯子直接扔出了门外，惊动了院中的闳儿和小霍将军。

我看着刘澈气冲冲地离开，在一旁愣神。小霍将军这时走到我身边，轻声说了一句："我可以帮你。"

"什么？"我一时没有反应过来。

"我说，你要出宫。我可以帮你。"小霍将军重复道。

拾肆

这些日子，我总是捧着一支步摇看个不停。但是只要发现刘澈走过来，就会立刻把它藏起来锁进妆奁。

倒不是我有多爱这支步摇，也不是这支步摇有多么珍贵，而是因为，这支步摇曾是巫女楚氏的东西。

我托小霍将军把它从长门宫挖了出来。因为小霍将军说，皇帝最介意的就是巫蛊之祸。只要我表现出对巫蛊之术的着迷。皇帝一定震怒，会忍不住把我赶出长安。

霍无恙是刘澈带在身边长大的，该是这个世界上除了刘澈本人，最了解他的人。

所以当刘澈看到我手中的步摇，逼问它的来历时，我就知道计策已经成功了。

刘澈永远都无法容忍身边的人摆弄巫蛊之术。所以，我如愿以偿地离开了长安。

他说："阿姣，看在小时候的情分上，我放过你了。只盼你日后不要后悔。"他与我自小一同长大，青梅竹马，两小无猜。与我夫妻十余载到底是有些情分在。

在我的梦中，他的一生因巫蛊之祸，杀人无数，连自己的亲人子女也不曾放过，只有我活了下来。为的可能就是这么点青梅竹马之情。

我孤身一人离开长安，什么都带不走。这一次送我离开的人，仍是母亲与哥哥。

母亲鬓间的白发已经藏不住，哥哥的脸上也已经染上了沧桑。虽然他们此刻仍然健康、鲜活，可我知道，他们的人生很快就要走到尽头。

所以我走之前，托魏青将多年前的那束红珊瑚送到了长公主府，请求长公主，若有一日哥哥到了生死存亡的关键时刻，希望长公主能够救他一命。

这是我目前所能做的了。

告别了母亲与兄长，我继续上路。霍无恙正在我们初次相遇的地方等我。

我们一起沿着河边走一走。

我说："谢谢你来送我。我在这皇宫里生活了很久，却没有一个可以为我送行的朋友。"

霍无恙一如既往地缄默，过了很久他才开口："你接下来打算怎么办？去哪里呢？"

我没有忙着回答他的问题，想了想才开口说："小霍将军，你有什么愿望吗？"

他这一生只活了二十三年，想必还有很多愿望没能实现。

小霍一边踢着河边的石子儿，一边漫不经心地说："荡平匈奴，为天下开盛世。"

看着这样一张稚气未脱的脸，说出这样宏伟的愿望，换了其他任何人我都会想笑。

但，他是霍无恙。我知道的，他可以做到。如果上天肯再多给他一点时间，他一定能缔造出更大的神话。

我想了想，还是打算告诉他。

于是我说："不是说这种愿望，我是说……"我已经有些想掉眼泪了，"我是说……如果你这一生只能活到二十三岁。你会有什么愿望？关于你自己的愿望。"

他仍是低着头，有一下没一下地踢着脚边的石头。

"姐姐，我只能活到二十三岁，对吗？"

听着他波澜不惊的语气，我多少有些哽咽。突然就想到那句——慧极必伤。

"那你有什么愿望吗？"

霍去病看着远方，认真地想了想："我想……看泰山巍峨，雪满长安，看百姓安居乐业，想踏遍我朝的每一寸疆土。去看云梦泽去看祁连山。还想……看我心仪之人……喜乐平安，得偿所愿。"

我鼻头一酸，赶紧低下头来，防止眼泪留在脸上被看出来。

"你会实现你的愿望的。"我闷闷地说。

"你会受万人敬仰，名垂千古。成为史书上最闪耀的一颗星星。"

霍无恙歪着头，眼睛中有流光一闪一闪的，他看着我要哭不哭的窘态，语气轻快地说："姐姐，我也会得到死之安乐的对吗？"

想到我们初遇时，我为了安慰他跟他说过话。我点点头。

然后他又问道："可是姐姐，如果我死了，你也会像是胸口被塞了一团湿棉花，吞不下去，也吐不出来一样难过吗？"

我始终低着头，怕他看见我泪眼蒙眬，我踢着脚边的小石头，转移注意，然后重重地点了点头。

"会。"

这就是有关我与霍无恙的全部故事，一声姐姐，一句小霍将军。

后来，我去了很多地方，踏过许多座桥。在江南水乡的烟雨蒙蒙中撑过伞，在云梦大泽中行过船。踏遍了大汉几乎每一寸疆土。

我结识了新朋友，见过许多面孔，了解了更多故事。我也会给小霍将军写信，只不过在那烽火连天的年代里，很多信件都石沉大海，不知道最终会送到什么人的手里。

偶尔我也会收到回信，但由于我的行踪不定，收到信的时间，往往已经离写信的时间过去很久了。

在那有限的生命里，最后的那几年，我过得很开心。

小霍将军也实现了他的抱负，封狼居胥，饮马瀚海。官拜大司马，受万人敬仰。

当我再次回到长安，已经是元猎五年末，那一年母亲病重，我回京侍疾。

再一次遇见了霍无恙，这一年他二十二岁。

他潜进我的院子，站在院中静静地看着我。那个时候我正坐在檐下看月亮，他就这么突然出现。

多年未见，他越发挺拔俊朗，他就那样站在月光下，野风吹起他的衣摆，恍若入画宛如谪仙。

我脑海中就突然闪过这么一个念头——因怜、生爱。

我们静默地对视了一会儿，他说："姐姐，过了年我就二十三了。"

我看着他的眼睛心想，我以为少年的喜爱该似烟花般绚烂又短暂，怎么时隔多年他还坚定不变？

"那你的愿望实现了吗？"我听见自己问。

他抿了抿唇，不置可否地说道："姐姐，你觉得我还能活多久？"

我深吸了一口气："在梦里，你死在元猎六年，九月。"

然后我又摇了摇头："可你看起来这么健康……"

"姐姐，所以一切并没有被改变对吗？"

我只是沉默。

他坐在我的身侧，与我一起抬头望月，良久我听见他开口说："姐姐，就留下来吧……陪我走完这最后一程。"

这时有风吹过，风中有他身上的橘子香，庭前月色朦胧恍然如梦，我听见自己轻轻地说："好。"

故事到此已经接近尾声。

就在这时，我从梦中清醒。

内侍臣正在宣读圣旨。

"皇后失序，惑于巫祝，不可以承天命。其上玺绶，罢退居长门宫……"

大梦一场，恍若隔世。

风轻轻一吹，便什么都不剩。

翻开史书，往事种种，都似乎不曾发生。只寥寥几笔，便写尽了一生。

元猎六年，霍无恙病死，赐谥宣平侯，陪葬皇陵。

数年后，废后陈氏，薨。

第四章

缺玉为玦

／女侯爵梁玉×小疯子梁玦／

"活着吧，梁玦，就这么带着痛苦与仇恨地活着。"

我供养梁玦八年。

他却为了娶高官之女,认我当娘。

行吧,坐高位喝媳妇茶不香吗?

壹

我捡到梁玦的时候,他只有八九岁。

那时的他刚从疯人院里逃出来,是个不折不扣的小疯子,不会说话、不会写字,不知道自己家住哪里,姓甚名谁。

我把他捡回了家,教他穿衣、吃饭、看书、写字。

把他从一个小疯子,养成了恺悌君子。

十年后,他中了探花。

我以为终于要守得云开见月明了。

没想到他一纸婚书,将参知政事之女抬进了府。

而我竟还被蒙在鼓里,以为今日的热闹,是他终于要兑现承诺了。

我从满心欢喜,等到绝望。

等来的是他们拜高堂的时候,我坐在高堂上。

新娘子见我实在年轻,偷偷用眼神询问他。

而他却对着新娘子说:"这是我的……养母。"

我突然有些喘不过气来,"养母"二字犹如滚油一般从我心头浇下来,烫得我连喘息都带着抽痛。

我捂住心口,好半天才喘过气来,回过神来才惊觉已经出了一身冷汗。

我知晓他胸中自有抱负,他要走他的青云路,我并不想拦他。

可是当初，分明是他要越那雷池。

是他说他喜欢我，喜欢得不知道怎么办才好，也是他说要考取功名，为我挣个诰命。

原来……是这么个诰命。

他们拜完了堂，新娘子被领进了洞房。

梁玦呆立在原地，手足无措地想要来扶我。

我甩开他的手，撑着桌子站起来想走。

他却一把抓住了我的袖子："梁玉，你听我解释。"

我反手给了他一记耳光："谁给你的胆子！敢唤母亲的名讳？"

"梁玉……"他话未说完，又吃了我一巴掌。

他垂着头，侧脸已经红肿，却还是哽咽着说："你骂我也好，打我也好。只是不要恨我，算我求你。"

我头一次没有因他委屈落泪，就对他温言安抚，只是平静地整理了一下袖子："这个诰命，我拿了。自此以后，你不欠我了。"

他本就没有承诺要娶我，我也没有什么好抱怨的。

次日，新妇前来奉茶问安，我冷了她一会儿。

转身就听见她的侍女在抱怨："只不过是个养母，摆什么主母架子。我们家姑娘才是正经的主母呢！"

新妇呵斥她："住嘴！不生而养，百世难还。母亲对夫君的恩情，重于泰山，岂容你出言冒犯！若有下次定将你发卖了！"

所以，在她奉茶的时候，我故意看起了账本，停了半炷香的时间，才接过她敬过来的茶。

想试一试，她有没有她说的那么诚心。

倒不是我故意与她为难，只是这自古以来哪里有做媳妇的，不受婆婆气的呢？

新妇倒是个沉得住气的，似是打定主意要逆来顺受了。

我得了个没趣，便打发她走了。

晚间，我刚从铺子回到府里，梁玦便寻来了。

他立在外间，隔着屏风恭谨地站着。

我一边拆着头上的珠环，一边猜测他的来意。

他站了好一会儿才斟酌着开口："你若不愿见她，我会让她今后不来烦你。"

我冷笑一声："怎么，她向你告状了？"

梁玦垂着头，像个做错事的孩子。小时候，他总是这样，只要做错了事，就立马乖乖低头认错。

可怜兮兮的样子，像被雨淋湿的小狗，总会让我心软。

所以，此刻他立马否认，带着几分小心翼翼的讨好："没有，是我怕你心烦。"

我将手中最后一只钗丢进盒子里，上床睡觉，把他晾在一边。

没等到我的回话，他不敢擅自离去。他像小时候一样，在外间默默地等了很久，直到我彻底睡着。

新妇姓林，双名绺绺，很孝顺不生事。

每日晨昏定省，端茶递水侍奉左右，没有一丝宰相家女儿的骄纵之气。

我劝了她很多次，不必把我当婆母一样侍奉。

我凡事亲力亲为惯了，不习惯使唤他人。

梁府在她嫁进来之前，除了花钱请了护院之外，并没有其他佣人。

可她不听，誓要做那二十四孝的好媳妇。我笑她迂腐，却也拿她无可奈何。

并且，她知道我仍在暗中经营着几家生意后，也没有像梁玦一样劝我收手，安心宅院。

这让我对她多了几分好感。

胭脂铺的掌柜，是我从庐州带来的旧人。她曾私下偷偷问我："东家当真决定就这么算了吗?"

我说:"既然她嫁进了梁府,成了我梁家的媳妇,那今后就是一家人。我从未想过要与她为难。"

做错事的是梁玦,与他人无关。

除了胭脂铺,我名下还有几家酒楼、茶馆和成衣坊。

梁玦一直以为,我就是靠着这些生意,在庐州和京城立足的。

这些明面上的资产,不过是掩人耳目。其实私下里,我还有遍布大江南北的金银店与柜坊,做着黄白之物的保管兑换、借贷放贷的生意。

我不是什么娇滴滴的闺阁女,也不是安分守己的平常商女。

而是真正的黑白通吃,十五岁就敢往家里捡小疯子的狠人。

可我近来的生意,到了京城却开始有些水土不服。

我的柜坊有一笔生意出了岔子,闹上了公堂。

有人寄存一批货物,付了定金说好了寄存半月。

半月之后,果真有人拿了帖子来取,掌柜核对帖子无误之后,付了尾款,便让那人取走了货物。

然而又半月之后,有另一人拿着帖子要取这批货。

掌柜告知那人,货物已被取走。谁知那人便闹将起来,吵吵嚷嚷就上了公堂。

这一查可不要紧,竟查出了一桩贪腐的案子来。

这批货物原来是,常州司马贿赂监察御史的贿银。

事实是没有人能证明取走贿银的,究竟是常州司马的人,还是监察御史的人?

可告状的人却一口咬定,是我们铺子见他的货物逾时未取,便昧为己有。

铺子吃了官司,只有暂时歇业,所有货物就地封存。

此案一时未结,铺子便一日不能开张。

铺子不能开张，赚不了钱不要紧，可那么多需要取货的客人却等不了这许久。

我差人几番打点，却全被推了回来。此案关系重大，事涉朝廷官员，谁也不敢擅专。

我不知道这件事到底是冲着常州司马和监察御史来的还是冲着我来的。

不敢贸然动用那些明面上的关系，一时陷入了两难的境地。

缈缈看出我最近愁眉不展，追问不休。

我半真半假地将此案透露给她，只说有一批货物被扣在了柜坊。

因案子未结，柜坊暂无法营业，货提不出来要耽误好大一笔生意。

她得知此事不到一天时间，官府那边便准许柜坊开张，正常营业了。

我知道她动用了她父亲参知政事的关系，心里承了她好大一个情。

这件事过了没多久，便到中秋。

这是她嫁到梁府的第一个团圆节，免不了要办一场家宴。

家宴开始之前，缈缈私下找到我，欲言又止。

我看出了她有事求我，让她直言。

她却扭扭捏捏红着脸，咬着耳朵告诉了我一桩怪事。

"你是说，成亲三月梁玦都没与你圆房？"

她红着脸去捂我的嘴，羞得无地自容。

我却第一次有些摸不清梁玦的心思了。

我知道梁玦娶林缈缈，是因为三年前他拒绝了参知政事榜下捉婿，得罪了林府，自断了青云路。

三年来，在朝中寸步难行，娶了林缈缈便可借着宰相府的关系，青云直上一展抱负。

可既然林缈缈如此重要，他为何娶了她却又要冷落她呢？

难道是因为对我心中有愧？

想到这，我才开口："这是你们夫妻之间的私密之事，我一个做养母的也不好过问。"

缈缈想让我帮她，可是如果我出面恐怕会适得其反。

"母亲……"缈缈抱着我的胳膊摇晃，半撒娇地说，"不必母亲出面过问，只需母亲今日晚宴过后，将郎君请到您平时算账藏钱的西阁楼就好。"

"你……"我目瞪口呆，看着她平时一副娇弱无害的小模样，竟然连我把钱藏在阁楼都知道。

我叹了一口气，上次她帮了我，我欠了她的情。况且梁玦又是因我而冷着她，怎么说此事都与我有关系。

梁玦既然跟我姓了梁，便是我梁家的人。

他负我一段春情，做了荒唐事我并不在意，情出自愿，事过无悔。

我气也气过了，打也打过了，愿赌服输这没什么大不了。

他是我亲手养大的，十年来相依为命朝夕相对，其中的情分实难割舍。

虽然情事荒唐，但他端方守礼秉性不坏。对我也从未有过僭越之举。

我也不想他一生活在愧疚之中，若能早日解开他的心结。今后我们相处也能更自在一些，所以便答应了她。

中秋夜宴之后，缈缈先行回去自做准备。

我算计着时间差不多了，坐在主位上开口："今日是中秋，我做了一些糕点让人送去了西阁楼。你待会若是无事，便来西阁楼一起用些点心，赏赏月吧。"

往日梁府没有佣人，衣食住行全都少不了我的操持。

自从缈缈嫁进梁府带来了许多佣人之后，包揽了府中所有事务。我已经很久不曾下过厨房了。

梁玦见我主动破冰，肉眼可见地喜悦了起来，高兴得手足无措。

"好,好。"他连声应了几句好,极力抑制自己想要跳起来的脚。

我太了解他了。

十年来,他已经从羸弱枯瘦的小疯子,长成现在规行矩步的探花郎。

但在我面前,他却从未长大。

仍是那个高兴时会跳起来,做错事时会垂着头的小孩子。

我坐在自己房间的窗前,亲眼看着梁玦上了西阁楼,又眼见着西阁楼上灭了灯。

知道此事已成,才放下心来上床休息。

贰

到了半夜，秋雷滚滚，窗外下起了瓢泼大雨。

雨哗啦啦地落在屋顶的小青瓦上，种在窗外的秋海棠在风雨中飘摇。

一阵狂风卷过，吹开了我虚掩的窗，室内陡然变得寒凉。

我披衣起身，去关在风雨中作怪的窗。

一道闪电劈下来，照亮了秋海棠下一张苍白的脸。

吓得我愕然一愣，惊掉了我手中的烛火。

我以为看错了，再定睛细看，果然是梁玦浑身湿透地站在树下。

他衣衫不整发丝凌乱，浑身都被雨水浇透。

我以为自己梦魇了试探着叫着："梁玦？是你吗？"

他不曾回应，只是木然地似带着极大愤慨朝我走过来。

看着他如此失魂落魄的样子，我心中不知他出了什么大事。

伸手去擦他脸上的雨水，却被他隔窗攥住。

明明是在雨中，他的掌心却带着诡异的滚烫。

他目眦欲裂地问我："为什么要这么做？"

我还不晓得发生了什么事，我还从未见过他如此悲愤的模样。

"你怎么了？"

"我问你为什么要这么做！"

"到底发生了什么？"明明我入睡之前，西阁楼上还是好好的，怎么半夜醒来，梁玦就疯了一样？

"你为什么要给我下药逼我与她圆房？"

下……下药！我脑子嗡了一下，梁玦竟不是自愿的吗？

然而还没等我想清楚，他又继续追问："西阁楼上，为什么会有迷情香？"

"迷……迷情香？"

真是越说越荒唐。

梁玦双目通红蓄满了泪水，他边哭边说："你把事情弄到了无可挽回的地步，你知道吗？"

"怎么会是我把事情弄得无可挽回了呢？你娶了她，难道是要她回来做摆设的吗？"

绵绵给他下药，用迷香，确实不对，可既然他们已经成亲，今日之事早晚都会发生。

难不成让人家好端端的姑娘守一辈子活寡？

他满目失望地摇了摇头："只要我一日不与她是真正的夫妻，我就还有一日的机会，可是现下已经全完了。"

我很是不解，他娶了林绵绵为得青云路，现下已经得偿所愿，还想要什么机会？

与林绵绵做夫妻，难不成还委屈了他？

我此生最痛恨没有担当的男人，此刻已经有些动怒，于是生气地问他："你要什么机会？"

他一双精致的眸子茫然无措，绝望地看着我，缓缓地吐出两个字："娶你。"

在不断转瞬即逝的闪电之下，我看见了他眼中的坚定。

叫我不解，更叫我心惊。

直到这时，我才惊觉相伴十余年，我竟从未了解过他。

当年，我们还在庐州，他情窦初开时总是担心我会嫁人。

担心我嫁人之后，他就又是自己一个人了。

我向他保证，既然将他捡回了家，就会对他负责到底，就算要嫁人也绝不会丢下他一个人。

况且我从未想过嫁人。

得了我这话之后，他便有些变了。

他开始努力地在我面前表现得像个大人，再也不会没规没矩地黏着我胡闹。

也是从那以后，他不再叫我姐姐。开始称呼我的姓名。

会任由别人误解我们的关系，会帮我挡住其他男子投来的目光。

他开始会做一些成年男子追求心上人才会耍的小把戏。

会替我摘下春日里开得最好的那枝桃花，会帮我拨开额前的碎发。

为我燃起满城的烟花，放一百盏许愿的天灯。每一个愿望都由他亲笔写下，每一个愿望都是我。

风雨中为我撑伞，疲惫时给我怀抱。

让我慢慢觉得，自己一手养大的孩子，逐渐长成了我的依靠。

他也更加发奋地读书，一心想要考取功名。

他最了解我，我也最了解他，这个世界上再也不会有比他更妥帖的人。

所以我便随着他一路去了京城。

临出发的那天晚上。他头一次吃了醉酒，缩在我的怀里眸子湿漉漉地看着我，认认真真地告白："梁玉，你知道我为什么要给自己取名梁玦吗？"

不等我回答，他又马上继续说道："缺玉，为玦，我的人生因你而圆满。我喜欢你，喜欢到不知怎么办才好。我一定会考取功名，为你挣个诰命。你要等我，一定等我。"

可即使在那时，他也从未说过要娶我。

所以之后，他另娶他人，我也只是气他用情不专，还让我一直蒙在鼓里。

可是现在，直到我放下妄念成全了他，他才说他想娶我。

雨还在下，他就那么浑身湿漉漉地站在窗外。

我握紧了拳，怀疑自己听错了："你说什么？"

梁玦还在哭，仿佛一生都未那么难过。

他抑制不住话里哭腔，伤心不已："梁玉啊，这是我的梦啊。你为什么要将它打碎了？"

"打碎梦境的，是你自己，是你要娶林缈缈，既然娶了林缈缈，就该收起那些不该有的妄想。"我对梁玦不可抑止地失望，"你用婚姻换取自己的前途，却又不想承担婚姻带来的枷锁。敢做却不敢认，梁玦，我是这样教你的吗？"

"我别无选择！"梁玦低吼着，"我高中三年，却无官可做，少年得志，却只能任人奚落。想做的事举步维艰，想要的人遥不可及。唯有娶她方能破局！

"三年，不出三年我就能做成我想做的事，就有资格堂堂正正地站在你面前，清清白白地娶你。"

他望着自己颤抖的双手，仿佛失去了什么重要的东西。

"你要清白，要破局，可你有没有替缈缈考虑过？她就活该被你利用吗？"我气得发抖，站在风口从未觉得冷。

"那是她一厢情愿！如果不是林府以权谋私，逼我娶她，我又如何能利用她？"

"一辈子不做官又能怎样？要你非卖身求荣不可？"

梁玦像被人抽走了力气，周身散发着一股颓然："你从未问过，我为何会流落疯人院。"

我看着他失了神的眼睛，一字一句地说："因为我不在乎。

"你是疯子也好,是君子也罢,都是我捡回来的,是我养大的,是跟着我姓梁,要跟随我一生的。无论你曾经是谁,现在都是我唯一的家人,这一点永远都不会改变。"

这也就是为什么就算他娶了别人,我也不会与他决裂。

因为我捡到他的时候,就只是想要一个家人。那时我也没有问他,愿不愿意成为我的家人。

是我将他的人生抓在了手里,我得对他负责。不能在我需要他的时候,就把他捡回来,不需要了就随手丢弃。

他是人,是我为自己挑选的家人。

"可是我在乎!"梁玦一掌劈在窗棂上。

我不住点头,心里窝了一股火:"我知道你在乎,所以我从来没有阻止过你。但你不能替我做选择。"

他要读书,要功名,要一日看尽长安花,酌后剪那西窗烛。

可我什么都不在乎,我只要选择的自由。

"花无久艳,月不常圆,任你堆金积玉,难买万事团圆。你不能什么都想要。"

从他决定要娶林绵绵的那一刻,就该想到会有今日。

"可我偏要!"

梁玦双目染上了无端的愤怒,上前一步大掌抄向了我的头颅,按着我的后脑,隔窗吻了下来。

我不可置信地瞪大了眼睛,一时间无数的愤怒、羞耻涌上心头。令我心悸不已。

我双手撑着窗台,尽力挣扎想要离开他的怀抱,却被他压制得死死的。

我能感受他紧贴着我的胸膛,被冷雨淋湿却仍然滚热。

雨水从他身上,洇湿了我的衣裳。

当我终于推开他,身上已湿了一片。

离开他滚热的怀抱,风一吹,便不由得打了一个寒战。

然而下一刻,当闪电再次照亮整个院落,我便看见了更让我战栗不已的画面。

林缈缈惨白着一张脸,浑身湿透地站在院外,手中的伞已落到一边。

"缈缈……"

叁

见我发现了她,她惊恐地扭头就跑。

梁玦顺着我的目光望去,看见了缈缈离开的背影。不等我做出任何反应,他便追了出去。

不知梁玦跟缈缈说了什么,白日我一推开门便看到梁玦跪在院子里,而林缈缈乖巧地持伞立在一边。

还不等我说话,梁玦便已开口:"昨夜,玦醉酒唐突了大人,自知罪该万死,请大人发落。"

梁玦虽然名义上奉我为养母,却到底还是不能像林缈缈一样,心无芥蒂地唤我母亲。

也就缈缈天真,看不出梁玦此举是为了夺走本该属于她的诰命。

"不怪夫君,都是我的错……"

"缈缈?"这单纯的丫头,肯定是叫梁玦给蒙了。

"昨夜……是我用了合欢香,夫君这才失了神志,母亲若是要怪就怪缈缈吧!是缈缈糊涂做了错事。"说着缈缈竟然跪了下来。

我一阵眩晕,半晌无话可说。

他们个个认错,倒显得我格外无辜。

我却无法做到问心无愧。

"从明日起,我便搬到后山庵堂去住。"

我去意已决,他们再三挽留无果。

纱纱不知其中隐晦,愧疚得几次掉泪,多次求梁玦劝我改变主意,我与梁玦却心知肚明,当日究竟是怎么回事。

自此我便搬出了梁府,独自住在庵堂。

只待梁玦为我请诰命的折子准奏,我便接了诰命回庐州去,了了梁玦的这桩心事。

我住在哪里都无所谓,倒是纱纱觉得庵堂艰苦,三天两头带着东西来看我,还总是明里暗里为梁玦说好话。

她待梁玦倒是一片赤诚,痴等他三年,仗着家里的权势,才终于嫁给了梁玦,可梁玦对她却没有半分情意。

一片明月照沟渠。

就算我有心劝她,都不知道从何劝起。何况如今,木已成舟。

我搬到庵堂不到三个月,一天夜里,门被人撞开了。

"主母!主母救命!"一个丫头扑了进来。

我定睛一看,原来是纱纱的贴身丫鬟。

我将她扶起来:"怎么了?发生什么事了?"

"救……救我家姑娘。"这丫头吓慌了神,话都说不利索。

事态紧急来不及多问,拉着她便朝梁府赶去。

当我赶到梁府的时候,梁玦正捏着纱纱的下巴给她灌药。

我一个箭步冲上去,拍开那碗药,药碗从梁玦手中飞了出去,摔得粉碎。

纱纱立刻抠着嗓子把药吐了出来,然后躲到我身后,拽着我的袖子不撒手,一副吓坏了的样子。

"这究竟是怎么回事?"

梁玦不说话,别过头去躲开我质疑的目光。

"母亲救我,梁玦他要打掉我们的孩子。"

"孩……孩子?"

缈缈点点头，双目通红，莹玉般的小脸满脸泪痕，楚楚可怜。

"梁玦！"我还没来得及开口骂他。

"林氏！你自己知道这个孩子是怎么来的。"

"可这是我们的孩子啊，纵然当初是我不对，可孩子是无辜的。"

"这是你使手段得来的孩子，这个孩子不被期待，生下来也不会幸福。"

梁玦的话激怒了我："谁说这个孩子不被期待！"

我瞪着梁玦："这个孩子，他姓梁！他值得被期待。"

"梁玉……"梁玦还想说些什么。

我十五岁失去了所有家人。

所有人都说梁家从此只剩下一个孤女，梁府的门楣算是倒下了。

于是我一个人去了庐州，在那里遇见了梁玦，并把他带回了家。

他跟了我姓梁，我偷偷开心了好久。

如今眼看就要有第二个姓梁的孩子出生了，我怎么会允许他不被期待？

"是她给我下了药，是她倒掉避子汤，这个孩子本就不应该存在！"

闻言，我看了缈缈一眼，她一脸委屈："我为什么不可以为自己的夫君生孩子……"

我叹了一口气，梁玦本就固执。

圆房本就已经非他所愿，如今她又擅自倒掉避子汤，瞒着他怀了孩子。

梁玦心高气傲，怎会允许她再三忤逆自己的意思，又怎会允许她生下这个他视为耻辱的孩子。

想到此我怒气消了大半，放缓了语气："事已至此，便生下来吧。"

"梁玉！"梁玦生气地看着我，剑眉紧蹙。

他质问我："你为何事事偏袒她？"

203

"如果今日，我与她易地而处。我为女子，遭人迷奸有妊，你也会劝我留下这个孩子吗？"

梁玦的话撑得我哑口无言，这个孩子身上带着原罪。

林缈缈仗势才嫁给了梁玦，通过下药有了孩子，一时半会想让梁玦接受，怕是不可能了。

虽然如此，我还是说："你既娶了她，就该料到她会为你生孩子。"

梁玦闻言暴怒而走，我一直挺直的脊背也在顷刻塌了下去，一股颓然之力席卷全身。

是人皆有偏颇，我又怎会不知梁玦心中难过？

只可惜一步错，步步错。

缈缈吓坏了，求我留在府中护她。

还不待我安抚好她，就听见外面响起了刀兵之声。

一队禁军冲了进来，霎时间四周已被包围，院内火把通明。

梁玦被堵在门口，进退两难。

为首的禁军头领一挥手："全部拿下！"

便有禁军上前拿住了梁玦，将他拖走。

更有另外一队禁军，冲进屋内来拉扯我和缈缈。

不消多时，梁府众人便全都被拿在了当院。

"奉陛下谕，大理寺丞梁玦忤逆犯上、辜负朕心，着革职下狱听候发落，家眷刺配千里。"

此谕一下，梁玦便被人拖了下去。

我心中狐疑，梁玦上任大理寺丞不过三个月，又只是微末小官，怎么就惹上"忤逆犯上、辜负朕心"这等模棱两可的罪名了？

竟然连家眷都要刺配？

家眷刺配事小，可这言下之意便是梁玦定是活不了了。

本朝素来礼贤下士不杀文臣，究竟是什么样的事，让一向宽宏的朝廷连罪臣家眷都要施以刺配之刑？

"带走！"统领一声令下，就要把我们带走。

"等等！"我出声阻挠。

缈缈刚劫后余生，又逢此变故，此刻已经吓得脸都白了。

那统领也是见惯了的，一看便知我要生事，但因本朝并无不让犯者申辩的规矩。

于是，只能无可奈何地看着我，等待我的下文。

"本朝律法一向矜老恤幼，梁玦之妻身怀有孕，按律可以收赎。"

以银赎罪，谓之收赎。

那统领一脸果然如此地点了点头："她是官员正妻可以收赎……"脑袋玩味地跟随着手指，由她指到我，"那你呢？"

年少的统领大人，一副幸灾乐祸看热闹的模样。

本来我身份尴尬确实不能按例收赎，只是可惜……

我笑盈盈地掏出一块玉牌，只是可惜我本不是寻常商女啊。

205

肆

那少年统领一见玉牌便嚣张不再，立刻跪了下来："属下不知承平侯在此，多有冒犯，罪该万死！"

我是本朝开国一百三十五年来，唯一一位以女子之身承袭侯位的人。

也是当年的承平侯府，唯一活下来的人。

景元六年，雁门关一战，承平侯府上将三十六人，主帅一人先锋二人，全部殉难。

其中便有我的父兄、叔伯，承平侯府自此人丁凋零，只有我一人苟活于世。

陛下隆恩，许我继承父兄爵位。

我那时只有十几岁，一夜之间失去了所有亲人。万念俱灰，孑孓踯躅于天地之间，茫然无措。

于是隐去了身份，孤身一人，游荡在山水之间。

直到在庐州遇到了梁玦，才停下了脚步，在庐州安了家。

我永远都会记得在我人生的至暗时刻，有一个小疯子需要我。

我教会他一切，与他牵手走在江南的烟雨里，也一起依偎在星河下。

他成为我的家人，与我产生羁绊，让我重新找到了活着的意义。

梁玦说，他的人生因我而圆满。

可他不知道的是，我的人生也曾因他而圆满。

所以，他从来都不欠我。

我一直知道他身上背负着大秘密，可我担心那个大秘密会打破我们现有的平静。

所以我对他这些年来的努力，视而不见、冷眼旁观。

所以从来都不是梁玦更害怕失去我，而是我更害怕失去梁玦，害怕失去我在这世间唯一的牵绊。

如今，也该清醒了。

安顿好绵绵之后，我坐在书房里等那禁军统领给我回话。

那禁军统领跪在地上为难："属下真的不知梁大人所犯何事。还请侯爷不要再为难属下了。"

我打探了半天，他始终一问三不知，看来这次梁玦闯出的祸事可不小。

想到这里，我也不想再与他打太极："这样吧，你去帮我查一下，景元六年，所有流放东越一带的官员以及随行人员名单。"

继承侯爵就是有这么点好处，所以我这些年才能如此四平八稳，黑白通吃。

禁军办事一向高效，没过多久便把文书档案全都给我带来了。

我阅遍卷宗，景元六年流放百越的官员，一共只有三位。

其中家中有六到九岁幼子的，有两位。

可幼子在流放途中申报死亡的，就只有山西太守卢念的幼子卢不器。

而这位卢大人，正是当年泄露边防图，致使雁门关一战惨败的罪魁祸首。

如果梁玦是罪臣之子……

我颤抖着咬住握成拳的手，不敢让这个念头浮现在心底。

那么他最有可能就是卢不器……

但，如果梁玦就是卢不器，当年已经侥幸不死，判为流放。

如今圣上为何又要置他于死地？还用如此似是而非的罪名？

看来其中必有我不知道的隐晦，得去亲自见过梁玦才行。

梁玦被关在大理寺，若是旁人此刻定然是见不到，却没人敢拦我。

我十五岁承袭侯爵，多年神隐极少现身，一旦现身名头便好用得很。

梁玦在大理寺狱中见到我，惊讶不已，不晓得我花了多少银钱，怕我往后无法度日。

让我又气又笑，他把自己折腾到这牢狱里，不为自己的后路思考，倒来担心我的将来。

片刻，又想到我此行的目的。

"梁玦，我现在问你，你当年究竟为何流落疯人院？"

梁玦闻言转过身去："事已至此，别再管我。阿玉，你回庐州去罢。"

"我若想回庐州，你与缈缈成婚当日大可离去。闲言少叙，你只需告诉我，当年为何流落疯人院？"

梁玦喉头滚动，目光躲闪："我是罪臣之后，家父因罪伏诛，我随家人流放东越，途中发病流落庐州。"

虽然早已猜到了这种可能，可真的听他亲口说出还是心头一紧。

我捂住胸口，声音颤抖地问："罪臣……可是姓卢？"

梁玦惊讶地转过身来，眼中充满了不可置信。虽未回答，却已经坐实了我的猜测。

我眼眶一酸扭头便走，防止在梁玦面前掉下泪来，却迎面撞到了那禁军统领。

那人眼色极差，不顾我的暗示，偏要给我行礼：

"属下，见过承平侯。"

我狠狠瞪了他一眼，他这时才恍然大悟此刻出现得不合时宜，赶忙退下了。

"承平侯?"梁玦一字一句地重复。

我无奈叹息顿感头疼,连眼泪也生生憋了回去。

我深吸了一口气,才转过身去看梁玦:"你也从未问过我,为何小小年纪便能独自经营出这么一份家业。"

若无地位背景,一介弱质女流如何能叱咤商场,行走于黑白两道?

"梁玦,"我话刚出口便自嘲地笑了,"不,或许我该叫你卢不器。"

我看着梁玦,当真觉得有些讽刺:"从没想到,我们之间竟是世仇。"

梁玦还在震惊之中:"你姓的'梁',竟是承平侯府的'梁'?"

梁玦仰天大笑:"哈哈,哈哈……天意啊,都是天意。"

我拧眉蹙额不解地看着他的癫狂。

伍

"梁玉，我父亲当年并未泄露边防图。"他拉住我，抵在我的耳边低声地说。

他迫切地希望得到我的认可，他如此笃定必是手中握着证据。

看来也正是因为这份证据，才有了今日之祸。

当年我追查此案，已经发现了疑点重重，可并没有找到关键证据。

母亲临终前攥着我的手，要我发誓不再追查此事，否则她死不瞑目。我才含泪放弃追查，从此心灰意冷流落在外。

如果不是他父亲泄露边防图导致雁门兵败，那么背后定是有说不得的天大隐情。

而那个缘由，让母亲临终前也要嘱咐我不可追查，让梁玦只是稍有动作便被抄了家。

能让当今圣上如此维护的人，又与当年雁门关一战有关系的人……那呼之欲出的答案，让我连想都不敢想。

我回望着他，眼中便不由得有了些不忍。

雁门关一战，梁玦尚且年幼，何况他家凡成年男子皆已伏诛。

此事已了，我本就不该迁怒梁玦。

现下我既得知了梁玦的真实身份，便知道该怎么救他了。

现下只是想着如何能让他不再执着此事，否则就算我这次救了他，下次他还是会重蹈覆辙。

"梁玦，这便是你说的，无法堂堂正正站在我面前的原因吗？"

即使梁玦此刻低着头，我也能看到他的眼泪落下：

"我身上背负着卢氏三十六条性命与谋逆的罪名。所以我必须查明真相，为我卢家正名。我不能背着逆贼的身份和你在一起，就是担心我会有今日。"

我鼻子一酸，若卢氏当真是含冤落败，那么我们梁玦心中该有多苦啊。他日日惶恐，夜夜煎熬。

为的便是有朝一日，能沉冤得雪清清白白地来见我。

可是此事牵扯之人，绝非我们能招架的人。

最好的结局便是石沉大海，隐忍求生。

"梁玦，你答应我，不要再追查此事。"

在这件事上，真相对活着的人来说并不重要，正义对死者才有意义。事情已经过去这么多年，当年的亲历者业已去世。

若执意追查只会闹得身败名裂、家破人亡。

"绝无可能。"

他为此事努力了十年，背弃了自己的誓言，还娶了本不该娶的人。

最后连命都可以不要，要他一朝放弃怎能甘心？

"就算是为了我，也不行吗？"话一出口，我便知在自取其辱。

"梁玉，你还不明白吗？雁门关一战不只是你失去了所有亲人，连我也是。如今，既然已经知道此案另有隐情，我又怎能坐视不理？"

与梁玦不欢而散后，遇见正在等我的禁军统领。

见我出来，他迎上前道："承平侯，陛下宣您入宫觐见。"

我斜睨了他一眼，他立马心虚地低下了头。

罢了，既然已经泄露了身份，就没想过能瞒过朝廷。

我入宫三个时辰之后，梁玦便被放了出来。

缈缈欢喜地去挽他的胳膊，被他面无表情地抽了出来。他冷冷看了我一眼,便把自己关在了书房里。

想必他已经猜到我与皇帝做了交易。

我三不五时便要进宫一次,他心中有气更有疑虑,又不肯放弃追查真相。

可如今他因此获罪,失了官位。就算他是蛟龙,如今也只能老老实实地被我困在井里。

他心中苦闷,日日借酒消愁。缈缈不知其中隐情,只当他是郁郁不得志,劝我多多开导梁玦。

我每每看到她全身心扑在梁玦身上的样子,都深感愧疚,却只能欲言又止。

终于有一次,我又从宫里回来,被梁玦堵在了院中。

他拽着我的手,怒目圆睁地看着我:"你究竟都在做些什么?"

我扯开他拽着我的手,冷冷地掼回去:"我在救你。"

"是救我,还是在掩盖当年的真相!"

我头疼地看着梁玦,带着三分无奈问他:"你若真的那么想做卢不器,当初何苦跟着我姓梁?"

我不等他深思紧接着开口:"你既跟我姓了梁,那卢氏的清白与否又与现在的你有何干系?"

梁玦被我绕了进去,一时间瞠目结舌。

我趁他短暂失神,赶紧回了自己的屋子里去。

刚要关门,他的手便按在了门框上。

他伤神不已地看着我:"我之所以跟你姓梁,是因为卢氏身上背负逆贼的罪名。我之所以要洗去卢氏的罪名,是因为我不能在姓梁的时候娶你。"

我吃惊地看着梁玦,没想到他这么快就反应过来了。

这次轮到我哑口无言了。

"夫君!"

还好缈缈及时赶到，为我解了困。

"这是什么？"缈缈举着信封质问他。

梁玦不耐烦地看了她一眼："休书，你看不出吗？"

话一出，缈缈脸上立刻挂满了泪水："我究竟做错了什么，让你这么讨厌我？"

梁玦转过身来，与她面对面步步紧逼："你错在不该见色起意、仗势欺人、手段腌臜、鼠凭社贵！

"如果不是你，我又何须如此急功近利，千日筹谋、一朝作废？"

他气势汹汹咄咄逼人，缈缈被他逼得步步后退，眼泪像算盘珠子一样落下来。

"就算我千错万错，如今我已经有了你的孩子，你就丝毫不念我们的夫妻情分吗？"缈缈哭得梨花带雨，我见犹怜。

"你我之间！没有情分！"梁玦甩开缈缈拽着他袖子的手，"是你给我下了药！你那叫迷奸！"

"梁玦！"他越说越过分，我只好立刻上前拉开他，将缈缈护在身后。

他已经彻底被愤怒冲昏了头脑，开始胡言乱语："是我错了，我当初就不该读书、不该求取功名，不该想着为卢氏申冤，更不该来到长安！

"我既侥幸活了下来，就该认命。这样我就可以一辈子待在你身边，做个事事都需要你照看的小疯子。"

我拼命摇头，示意他不要再说下去。

可他哭得肝肠寸断，丝毫不理会我的暗示："阿玉，我错了，我们回庐州去，永远在一起好不好？"

缈缈看向我们的眼神已经带上了惊恐："你们……你们……"

陆

我急着解释，立刻上前拉住了她："缈缈你听我解释！"

梁玦拽开我拉着缈缈的手，把我挡在身后。

"解释什么？"然后看向缈缈继续说，"就是你看到的这样。"

缈缈吓得面无血色，颤抖着后退拼命地摇着头，满头珠翠叮当作响。惊恐的模样仿佛是撞破了什么大秘密，下一秒就会被灭口。

然而，梁玦并没有打算放过她，毫不留情地说："她才是我此生唯一想娶的人。"说着还不顾我的挣扎，用力将我搂在了怀里。

缈缈瞬间被吓得瘫倒在地，我扬手给了梁玦一个巴掌，跑过去扶缈缈。

她如避蛇蝎地拼命躲开我要扶她的手："别碰我！别碰我！"

"缈缈，缈缈你听我解释，事情不是你想的那样。"

缈缈已经失了神志，又哭又叫举止癫狂："恶心！太恶心了！"说完，真的干呕起来。

我想去拍她的背，又怕惹得她更加恐惧，手已伸出又只能收回。

看她如此难受的模样，我竟连一句辩解的话都说不出。

"所以，是我挡了你们的路，原来你们才是一对？"缈缈凄惨地笑着，眼泪却大颗大颗地落下。

"对不起……"我实在不知此刻我还能说些什么。

"你滚开！不要在这假惺惺！"缈缈挥舞着双臂扑过来打我，却被梁玦一把拂开。

"你们这对罔顾人伦的畜生！亏得我还口口声声喊你母亲！你算什么母亲？不过就是一个娼妇！"

缈缈口不择言，骂得难听。一下子激怒了梁玦，反手给了她一个巴掌："你没资格骂她。"

我忽然就很累，只想早些结束这场闹剧。

"够了！我明日就会回庐州去。"我失魂落魄朝自己房间走去，"梁玦，你好自为之。"

我关上了门无力地瘫倒在地，想不通事情为什么会变成现在这样。

十年前，若不是当时还是太子的先帝决策失误，雁门关一战便不会惨败。

我便不会失去父兄，朝廷也不会因要给天下人一个交代，而推出卢家来抚平民怨。

梁玦便不会家破人亡流落疯人院，那么我也就不会遇见梁玦。

更不会引出今日种种。

然而，事到如今我又能怎么办？

先帝已死，当今圣明，百姓安居，四海升平。

任我呵壁问天，还是愤愤不平，不过是即鹿无虞枉费心机罢了。

造化弄人。国事牵连了家事，除了付之一笑，还能怎样？

第二日，我早早收拾好了行李。

出门便看见梁玦正在等我，他近乎讨好地朝我笑着走过来。

他来接我的行李："走吧，阿玉。"

我面无表情地夺过我的包裹："我回庐州，与你有什么关系？"

"不是说好一起回庐州吗？"梁玦的脸上有些惊讶与惶恐，就像他小时候害怕被我抛弃的每一个瞬间一样。

"我是说，我回庐州。"说完不管他受伤的表情，自顾自上车去。

梁玦却突然暴起，大手一揽将我拦腰抱下了马车。

"没有我，你哪都别想去！"他目眦欲裂，青筋暴起。

说着不管不顾，抱着我朝府里走去。

我拼命挣扎，在他怀里扑腾得像只蝴蝶，也丝毫奈他不何。

他把我捞回府里，关上了大门。

我一气之下便又甩了他一个巴掌，并扔给他一卷文书："你害得我家破人亡还不够吗？还打算赖着我一辈子？"

那卷文书上，有他们卢氏泄露边防图的铁证。

他看了那卷文书之后不敢相信，反复默读："不可能，这绝对不可能。"

"铁证如山，如何不能？雁门关一战时，你不过是个孩童，如何知晓其中隐晦？你又凭什么确定，你卢家是清白的？"

梁玦眼泪都下来了，瞪大了眼睛不敢相信。

十年铸剑，终成泡影，到底是何滋味？

我不敢想，可为了他能活命，我只能这么做。

"我寒窗苦读、朝乾夕惕，亲手推开此生最爱的人，娶了不喜欢的女子为妻……

"到头来，竟是为了这么个结果？"

他一直坚定认为卢氏一族是被冤枉的，一心想要沉冤得雪。

却发现，一直都是他错了，他的家族是有罪的，他就是逆贼之后。

他一直以来所做的一切，不过是一个笑话。

可还不够，只是这样还不能让他相信。

"梁玦，我真后悔当初救了你。"我怨毒地看着他，把他的痛苦尽收眼底，"你就该跟你们卢家的人一起，死在当年的刑场上！"

说完，我头也不回地离开了梁府。

这一次他没有拦我,只是颓然地待在原地,像瞬间被人抽走了魂魄。

在去往庐州的马车上,我哭到不能自已。

活着吧,梁玦。

就这么带着痛苦与悔恨地活着。

只要你活着,我便活着。

◎番外

在我回到庐州的第三年，梁玦的死讯才从京城传来。

他在我离开的第一个月，醉酒溺水而亡——为了找回掉进湖中的玉玦。

听到这个消息时，我正在院里晒太阳。

风从葡萄架下掠过，尘埃在光影中飞舞，遥远的天空中掠过一群南飞的燕。

我像是被人兜头浇下一盆冷水，在温暖的日光下没来由地发冷，像是在瞬间便过完了一生。

耳边的声音，也让我觉得恍如隔世。

"我要嫁人了。"而再次站在我面前的缈缈也已经全然没有了当初的小女孩儿姿态，举手投足间已然开始流露出当家主母的气度与端庄。

只是不知，如今的她想到当初不择手段也要嫁与梁玦为妻的自己，可曾有过后悔。

我花了很久才找回自己的声音，可一开口却显得格外冷冰冰："你千里迢迢从京城赶到庐州，不是只为了说这个吧。"

缈缈面不改色地从身后拽出一个小男孩儿，我这时才注意到她身后原来跟着一个两三岁的孩子。

我几乎是在瞬间就明白了缈缈的意图。

那是她与梁玦的孩子。

她将那个怯生生、扑闪着长长弯睫生得格外讨喜的孩子推向我。

然后头也不回地、带着赴死一般的决绝离开了这里，奔向她向死而生的新生活。

一句话也没有说。

我看着那个望着母亲离去背影，还不明白发生了什么的孩子。

没来由地想到，不知是从哪里听来的那句传说：作为神的补偿，多余的孩子一般都长得格外漂亮。

那个孩子就那么站在原地，一直到母亲的背影被两扇巨大的门隔绝在外。

他还不明白，他就是从此刻变成了孤儿。

我坐在躺椅上朝他招手："过来。"

他带着小孩儿不多的戒备和天然的好奇，迟疑着朝我走来。

我将他抱在我的腿上，递给他一块饴糖。

"告诉姑姑，你叫什么名字啊？"我把他抱在怀里轻轻地摇晃。

小孩儿舔着饴糖，用懵懂天真稚嫩嗓音告诉我："弃儿。"

听到这个答案，我心脏一紧，差点忍不住要落下泪来。

这个无父无母，乳名为"弃"的孩儿，天生就比别人少了许多爱与期待。

林缈缈真是给我出了一个难题。

这个在我的庇护下才得以出生的孩子，这个一出生就没了父亲的孩子，注定也要由我来养大。

我只好将他搂在怀里，把头靠在他的小脑袋上，轻轻地说："我给你起个名字好不好。"

这时的风中传来淡淡桂香，月亮悄悄升起在东方。

"就叫，梁满。"我希望他此生能得圆满。

从此以后，他再也不是谁的弃儿，只是我的圆满。

梁满天资聪慧，乖巧可人。
三岁开蒙，五岁便能做诗，七岁习武，八岁就开始练骑射。
等他长到十四岁，已经可以为我处理生意场上的事情。
十六岁那年，突然对当捕快产生了兴趣。
于是便去衙门参加了考核，通过考核之后顺利成为一名捕快。
在他的成长路上，我从未干预过他的任何选择。
我给他请最有学问的夫子、最好的武术老师，给他最大程度的自由。就是为了让他可以最大限度地选择自己想要的生活，过自己想要的人生。
就算他的志向只是一个小小捕快。
他做了八年捕快，才当上了捕头。
但已经是众人眼中的再美满不过的人生，家财万贯、年轻有为、英俊潇洒、仪表堂堂。
可就在这个时候，他喜欢上了一个姑娘。
一个在众人眼里，就算他家财万贯、仪表堂堂，也是他这个小小捕头这辈子都够不到的姑娘。
所有人都笑他痴心妄想。
他此前半生都一帆风顺从未受过挫折，唯一一次受挫就是这个他得不到的姑娘。
他难过得趴在我的膝头哭了一场，我问他预备怎么办。
他说他要弃武从文去考状元，我闻言笑了笑。
"那你不当捕快了吗？"
"不当了。"
"当捕快不是你的梦想吗？"
"可我现在有了新的梦想。"

"就是那个姑娘？"

"就是那个姑娘。"

本朝四年才开一次科举，最近的一次才刚刚过去。等到下一次科举来临，可能那姑娘的娃儿都会跑了。

他闻言哭得更难过了。

我像小时候那样摸了摸他的脑袋，又拍了拍他的背，像哄孩子一般呢喃了一句："你会实现你的梦想的。姑姑向你保证。"

一个月后，我收拾行囊离开了庐州。

回来的时候，带回了梁满承袭我承平侯位的圣旨。

于是梁满终于获得了向心爱姑娘提亲的资格。

一切都比预想中的还要顺利，婚期最终定在了次年三月，正是冰雪消融、百花争艳的日子。

梁满的笑容一直挂在脸上，扬起的嘴角就没有放下去的时候。

所有人都说梁满的命好。

虽然无父无母，却从小养尊处优，无饥馁苦寒磋磨，被精细教养着长大，长大之后也一切顺利，无需为功名利禄忧心，还如愿娶得了心爱的姑娘。

我看着梁满春风得意的样子，心里升起一阵欣慰。

那个不被父母期待的孩子，那个自小被叫做弃儿的孩子，那个一出生就失去了父亲的孩子，总算是被我好好地养大了，并且活成了众人期待的样子。

他得到了只有故事里才会出现的圆满人生。

我看着他身着喜服意气风发，牵着新娘子走来的画面。不由得想起我第一次见到他时的样子，仿佛又看见了那个怯生生，扑闪着长长弯睫，生得格外讨喜的孩子。

现在的我已经记不清梁玦的面貌，却始终记得我第一次看见梁满的样子。

梁满这个孩子由我一手抚养长大，从幼时起便从未问过任何关于他亲生父母的事，甚至始终回避。也从那时起我就知道，这个孩子心中始终有一道从未愈合的伤口。

所以我倾尽全力给他最大的圆满，只为弥补他那因我而残缺的人生。

事到如今，终于功德圆满。

我已经给他我的一切，让他成为我的所有。

在他成亲当晚，宾客散尽之后，我告诉了他所有真相。即使他并不想听。

在我说完之后，困在心中数十年的一口浊气，终于散尽。我感到从未有过的轻松。

梁满双手覆在我的膝头，长长弯睫的眼睛看着我，郑重地说："你不欠他们什么，从来不欠。

"梁玦的仇恨与理想，不是你的过错。林缈缈的爱恋与偏执，更与你无关。就连我，也只不过是拖累你人生的负担。姑姑，你从来都不欠任何人，也不需要任何人的原谅。"

就在这时，有风吹过。

我抬头望着月亮从云遮雾绕的阴翳中挣出，清亮的月光洒满了院落，仿佛我的一生，就是为了这个。

第五章

荑珠

〳心缚枷锁小师妹×风华不再瘸腿妖道〵

"那我们呢？"

从年少成名的仙门新秀，沦为人人可欺，被师兄弟们推出来挡刀的小师妹是种什么体验？当年我做大师姐的时候，可从没想过重活一世，生活会变得如此艰难。

壹

师父带回来一个小师妹，她寡言少语，性子冷淡，师门中几乎没人喜欢她。就连她摸一下大师姐当年的佩剑，都会被师兄弟们打手，说："不要碰大师姐的东西。"

无他，只因大师姐曾经是个英雄。

为什么说曾经？因为大师姐早在十六年前就已经死了。

大师姐死的时候，杜鹃啼血万物同悲。

十六年过去了，苌弘宗大师姐青阳的名讳依然流传在江湖中。

而我只是新来的小师妹。

我被安排在青阳大师姐曾经住过的房间里，当我看到房间里还挂着大师姐生前的画像时，愣住了。

带我熟悉房间的二师姐，看着我愣怔的样子很不高兴，语气不善地告诉我："这就是我们苌弘宗的大师姐，以后你要每日对着她的画像，晨昏三叩首，早晚一炷香。"

仿佛这大师姐是为我死的一样。

然而我却不敢回嘴，只是唯唯道了一声："喏。"

我来到苌弘宗的第二日便知道，自己被排挤了。

我在膳房的时候，没有人愿意与我坐一桌。只要我一坐下，众人立马退避三舍。

因为我的行立坐卧一举一动，好像都有大师姐当年的影子。并且和大师姐当年一样，寡言而貌美，聪慧又努力。

大师姐是当年师父最得意的弟子，天资聪颖，心性正直，小小年纪就仙风道骨一身正气。

师父十分看重大师姐，欲传衣钵。

但十六年前师姐猝然长逝。师父从此就再也没有收过徒弟。

十六年过去了，师父的精力已大不如前，却突然开山收了一个小徒弟。

谁都知道，这一定就是师父为自己找的继承人。

苌弘宗里没有人服气，他们都觉得是因为师父老眼昏花，把我当成了大师姐的替代品才会带我回苌弘宗，收我为弟子。

他们认为是我取代了大师姐的位置，所以都不喜欢我。

可他们不知道的是，我就是当年的大师姐。

我早已转世重生了。

都说天无绝人之路，可上一世，我就是天绝族。

古有云：天地亦物也，物有不足，故昔者女娲氏炼五色石以补其阙。

然而天虽可补，却无法万无一失。

所以每隔三百三十三年，天地间便会有一场浩劫。

天绝族，应运而生。天绝族的使命就是，灰飞烟灭，殉道补天。

而我很不幸，正好就生在了这三百年中的最后三十年里。

所以，我生来就是要死的。

因为生来就是要死的，所以就必须无牵无挂、无情无欲，没有朋友，没有亲人。

于是，人们就用天道大义逼死了我的父母，并把我一个人关在无客谷的幽篁里。他们要我存天理，灭人欲，一心为天下。

他们敬我、怕我、供养我，却只是为了叫我在关键时刻替他们去死。

可我是人，我不服，我想活着。

所以我从无客谷中逃了出来。翻过峡谷，蹚过溪流，摔断了三根肋骨，跑了三天三夜才逃了出来。要不是被云游在外的师父救下，带回了苌弘宗，收为关门弟子，我早就化作一缕青烟了。

当然，我最后还是没能逃离殉道补天、灰飞烟灭的命运。

可造化弄人，我不知为何得以留存一缕残魄，竟然再世为人了。并且保留了之前的记忆。

真不知道是该说天道无情，还是造物伟大。

如今我转世重生已有十四载，师父下山寻找合适继承人的时候，又遇见了我，于是便将我带回了苌弘宗。

我本来不想回来，可是家乡大旱，爹娘为了一斗米将我卖给了路过的客商。那个客商黑心烂肺，转手就把我卖到的妖市。十四五岁的小姑娘，在妖市上就是还没撒孜然的不羡羊。

对于这个道修遍地、捉妖人横行的世道来说，不羡羊在妖界很稀罕。

所以我差一点儿就要被迫做两世好人了。

可没想到，在妖魔鬼怪鱼龙混杂的妖市上，我竟然碰到了我前世的死对头，宁归晚。

上一世，他是清玄门颂德大师的亲传弟子，前途无量风光无限。

清玄宁归晚，苌弘傅青阳，是当时仙门百家最有潜力的两个弟子。时时被人拿来做比，偏生我却处处差他一点。所以与他积怨颇深。

上一世，我没能逃脱神魂补天的命运，而他也因身上有一半妖血被发现，跌落神坛，人人唾弃。

再次相遇，我沦为被人在妖市贩卖的不羡羊，他成了妖市中最被瞧不起的内丹贩子。倒是谁也没有强过谁。

不知道他是发了什么善心，花重金将我从一群妖魔鬼怪手中买了下来。让我牵着他手里不知从哪里拾来的破拐，就这么一瘸一拐、一前一后地把我带出了妖市。

看着他风华不再，满脸沧桑，修为尽失还瘸了一条腿，又想到我当年的下场，心里不禁有些兔死狐悲、物伤其类。

他把我送到城镇附近，哑着嗓子问我："你叫什么名字？"

贰

我舔了舔干渴的嘴唇，咽了口唾沫："荑珠。"

取其掌上明珠之意，被一斗米卖掉的掌珠。

可能他也觉得讽刺，胡子拉碴的脸上勾起一抹无奈的笑。

"我只能送你到这里，剩下的路，你只能自己走。"说完就要转身离开，走了两步似乎又想到了什么，回过头看着我郑重道，"别再落到他们手里。"

可是很快，我就又落到了他们手里。

他们是一群流民，却比妖更残忍。他们支起一口大锅，把我摁在一根树桩上，举起大刀要斩落我的首级，分食我的血肉，只为自己能得以生存。就如前世他们为了活命要拿我的神魂祭天的时候一样。

就在我想不通为何天道非要拿我一人献祭的时候，天道给了我回答。前世累积的福报，在这一世频频救我于危难之时。

师父就在这时翩然而至，如同上一世一样，又一次救我于水火。我无以为报，为了生存也只有跟他再次回到了苌弘。

不比当年人人敬爱的大师姐，如今我只是一个不成名的小师妹。

可没人把我当作小师妹，他们总是说："荑珠，去帮我把箭捡回来！"于是我就得一边提防着身边的流箭，一边将他们故意射脱靶的羽箭捡回来。

或者说："蓂珠，去把后山的落叶扫干净！"于是我就得一面与后山土匪一样的猴子周旋，一边去扫地上随时都会落下的秋叶。

尽管如此，我知道他们不是坏人。

我一面兢兢业业做不讨喜的小师妹，一面勤奋苦修。

我每日都要在天蒙蒙亮的时候起床，在自己的画像前叩过头、上完香，然后就去打扫苌弘宗的院子。

打扫完院子，再去厨房帮忙为同门准备早餐。趁师兄师姐们还没起床，草草吃完早餐，然后去做一天的功课。

练功、打坐、修行。日复一日，从未懈怠。

清苦、忙碌，但比起前世时时悬在我脑袋上要命的天道来说，如今的生活我却是甘之如饴。

这一日，二师姐找到我并交给我一株昙花说："这株昙花我养了三年，估计今晚就会开花，你替我看着，我先去睡，等它开花记得叫我。要是你让我错过了花期，我就打死你！"说着扬起手掌试了试我。

我抱着昙花诺诺点头。看着我惜字如金的样子，二师姐白了我一眼，便打着哈欠离开了。但其实，二师姐当年做我师妹的时候，不是这个样子的。

我抱着昙花，老老实实地守在院子里。月朗星稀，清风徐来，山中有啾啾虫鸣，一阵一阵，催人入睡。

突然，琳琅阁响起六师兄的声音："什么人！"然后就是一阵嘈杂的打斗声，我看了眼二师姐养了三年欲开未开的昙花，没多犹豫便冲向了隔壁的琳琅阁。

一进琳琅阁的院子，就看见六师兄捂着胸口半跪在地上。院子里一片狼藉，除了六师兄已经没旁的人。

我赶紧冲上去扶六师兄，六师兄阻止了我，说："东南方向，去追。"

我有些迟疑。

六师兄急了："他拿走了大师姐的东西！"我舔了下嘴唇，听话地朝东南方向追了出去。

然而却一无所获，最后我们全都站在苌弘宗的厅堂里，师父背手在厅内踱步。问我们，琳琅阁到底丢了什么东西。

六师兄因受了伤瘫坐在椅子上，二师姐站在他身侧。六师兄不说话，众人齐齐望向我，我一脸茫然："我不知道。"

"大师姐留下来的《百事录》不见了！"五师姐慌慌张张地冲进来说。

"八师弟也不见了……"《百事录》与八师弟同时失踪，三师兄好像也想到了其中的可能，茫然地看着众人，一脸不理解。

小八为什么会带着我留下的《百事录》逃走？

《百事录》是我当年游历天下，用半生修为写下的一本奇书，涵盖了我生前走过的所有名山大川、河道水域、城郭乡镇，并且记录了很多奇珍异草、珍稀见闻、风土人情，是一本内容丰富的游记。

但这本游记的神奇之处，就是可以瞬间将你传送至书中你想去的任何地方。可以一日行万里，半日观百景，是我当年为了保命，做出来的法器。

当年我就是靠着这件法器，在百门斗宝大会中大放异彩、年少成名，奠定了苌弘宗在仙门中的地位。

所以这件法器很受苌弘宗的重视。如果八师兄真的带走了这本游记，除非他愿意，否则就很难被找到。

《百事录》丢失，众人皆如临大敌、如丧考妣，唯有我面不改色。师父扫视众人一圈然后问："今日是谁值守琳琅阁？"

我迟疑了一下就要开口。

"是我。"二师姐却抢先一步站了出来。

叁

我大为震惊，我以为按照红玉的性格，是一定不会替我解围的。

于是红玉便被师父罚了二十戒鞭，我去给她上药的时候，她正趴在床上疼得呲牙裂嘴。看到我进来，她把头一转。

"我可不是要替你解围，是因为大师姐教过我，要一人做事一人当。你害我没有看到昙花的事我还没找你算账呢！"

"嗯。"我忍住笑意闷头嗯了一声。

第二日，师父就把众师兄弟们赶下山了，让我们找不回《百事录》和八师兄就不要回来。我们一行人在山脚下商量对策，三师兄提议我们兵分三路，朝不同方向去找。

我听着他们叽叽喳喳讨论，分组商量寻找的方向，靠在一旁的树上一言不发，百无聊赖地踢着地上的落叶。

"黄珠，你要往哪个方向？"三师兄一开口，众人皆齐齐看向我。

我愣了一下："啊？"随即反应过来报了一个方向，"北。"

"那你与红玉师姐和无争师弟一组。"

三师兄与四师姐一组，往东；五师兄和七师兄一组，向南。我们兵分三路，各自出发，踏上了寻找小师弟的路程。

三人同行一路向北，两百里处有个茶寮，我们下马稍作休息，却遇上几个流氓调戏妇女，女子反抗不成反而挨了几个巴掌。

231

乡野小民，遇见这等恶霸全都慌了神，一时间竟无人上前阻止。那女子被恶霸打倒在地，鼻血横流已无反抗之力，眼见那几个恶霸下了死手，六师兄人未动，剑已飞了出去。

还未等六师兄的剑给那几个恶霸一个教训，其中一个恶霸便被人一脚踢飞了出去。一个衣衫褴褛、蓬头垢面的瘸子站在茶寮外，风不动而衣袂轻翻，颇有几分侠气。

我定睛一看，原来是宁归晚。

余下的恶霸面面相觑，指着宁归晚骂道："臭瘸子，少管闲事！知道爷爷在这唐水县是什么样的人物吗？"

宁归晚微微一笑，扬了扬手中的拐："瘸子打狗，不需要看主人。"

恶霸闻言，抄起板凳木椅一拥而上，宁归晚侧身闪过，一根木拐在他手中翻转生花，敲打在那些恶霸的手臂、腰腹和腿弯。

看不了他这种细水长流的柔弱打法。我款步轻移扬起带鞘的十四州，手起鞘落一下一个，专敲脑袋，他们左挡右闪却抓不住我。十二斤的玄铁重剑打得他们眼冒金星、脑袋开花，最后只能抱头鼠窜。

我抱剑而立还没来得及得意，二师姐一个巴掌就招呼上了我的脑袋："这是大师姐的佩剑，你悠着点。"

我很委屈，可我不敢说。

六师兄扶起被打女子，将她安顿好之后，也走了过来向宁归晚抱拳施礼："在下苌弘宗陆无争，多谢阁下仗义出手。"

宁归晚慌慌张张退了两步，目光躲闪："锄强扶弱，乃吾辈之责，岂能袖手……壁上观。"说着转身就要走。

六师兄看着他一瘸一拐邋遢狼狈的背影，忍不住感叹道："柔软莫过溪涧水，不平地上也高声。"

我知道六师兄这是拐着弯地夸他身残志坚。想了一下，我还是追了出去。

"等一等！"

宁归晚慢慢回过头，他如今的模样与他当年风光霁月时的仪态已相去甚远。但是我就是知道，有些东西没有变。

我塞给他一个镇妖符："这个给你，谢谢你之前救了我。"他现在以贩卖妖丹为生，这张符他用得上。

他看着手中的镇妖符，愣愣出神。也是，若是放在从前，他要刨妖丹，何须用上这些东西？良久，他才木然地点了点头，神情恍惚地离开了。

二师姐走了过来，看着我一直盯着他平平无奇的背影，好奇地问："你认识他？"

我点了点头："以前在妖市上，他救过我。"

"那他是谁啊？"

我深吸了一口气，才说出他的名字："清玄门——宁归晚。"

二师姐大为震惊，十分夸张地大声重复："宁归晚？"

"那个偷走大师姐遗体还刨了大师姐的心，被师父打断了腿的宁归晚？"二师姐暴怒，撸起袖子就冲了出去。

"我要追上他！把他另一条腿也打断！"

"二师姐别冲动！"六师兄追了上去。

宁归晚偷了我的尸体？还刨走了我的心？我愣在原地。活该他的腿被打断，我后知后觉地想。

我们追着宁归晚来到了唐水县，他的腿虽瘸，脚程倒很快。可他一进唐水县便被人盯上了，二师姐和六师兄也发现了，于是远远地跟在后面。

夜色浓重，宁归晚被人堵在小巷子里，那群人凶神恶煞手持棍棒，一看就不是善茬。没一会儿，就出现了一个领头人，正是刚才的恶霸之一。

"你个死瘸子，都跟你说了老子在唐水县有人，你居然还敢来？真是不知死活。兄弟们，给我打。打死了算爷的！"那包得像猪头的恶霸啐了一口，众人就一拥而上要打人。

宁归晚是妖丹贩子，他不会无缘无故来到唐水县。不出意外的话，要出意外了。众人举起棍棒要打，宁归晚却在这时凭空消失了。

宁归晚这一消失，可吓坏了那群杂碎。面面相觑，阵脚自乱。带头的恶霸怒喝："慌什么！大活人还能凭空消失了不成！"

二师姐闻言瞬移而去飘至他身后，幽幽道："谁——说——他——是——活人——"那人一回头就看见二师姐披头散发，形如鬼魅，直接"嗷"的一声吓晕了过去。

那些小喽啰也鬼叫着一哄而散。师姐撩开了头发，看到逃跑的众人撇撇嘴："真没意思！"

一点都没有一个师姐的样子。

就在这时，从隔壁的一个院子里冲出几道黑影，冲向逃跑的众人，直接从他们的身体贯穿而过，瞬间就吸干了他们的血肉。

刚才还好好的人，顷刻就干瘪成一具具骸骨。我们心下震惊，相顾无言，各自朝着那黑影追了过去。

我追着其中一道黑影至城外五里，与那黑影缠斗起来。那黑影并无实体，看不出是什么东西。十四州感应到了我的心绪而鸣动不止，跃跃欲试。

十六年了，它从未出鞘，如今终于忍不住了。

肆

十四州脱鞘而出，直冲黑影而去。我见状也纵身跃起，握住剑柄，剑随心动配合默契。我追逐着黑影在林间上下翻飞，看准时机一剑破气击落一地蝙蝠。

我收势站稳，发现有人偷窥，十四州脱手而去直向偷窥之人。那人躲避现身，十四州钉入树中。

原来，又是宁归晚。

他静静地看着我，凌乱的发遮不住他目光深邃。

我一招手收回十四州，自顾自地说："这是一只大妖。本体应该还在唐水县里。"

宁归晚却没有接话，只是说："一剑霜寒十四州，这把剑已经很久没有出过鞘了。"

我佯装不知："阁下也认识我们苌弘宗的大师姐吗？"

宁归晚一瘸一拐走近，直直地看着我的眼睛，像是要从我的眼里看出些什么来一样。

"苌弘傅青阳，年少成名。她曾一剑连挑天下十四州的十四个门派。被誉为天下第一剑，时人称一剑霜寒十四州。她的剑也因此得名，十四州。江湖上无人不知无人不晓。"

宁归晚围着我踱步。一开始我还漫不经心，随着他的脚步越来越慢，我的心也跟着紧张起来。可他的下一句话直接让我慌了神。

他说："她的这把剑，自她离世后再无人能使出……"

"可能我与大师姐有缘。"我赶忙打断，害怕他再说些什么我应对不来的话。

宁归晚摇了摇头，看向天边零稀的星："她从不与任何人有缘。"神色平静，仿佛陷入了回忆。

上一世，我出山时，只有二十岁。独自带着十四州游历江湖。最后一站就是清玄门山脚的小镇，清玄镇。

在清玄镇外十五里，我第一次遇见宁归晚。

我们同坐在小酒馆的屋顶上喝酒看月亮，各怀心事。我为了自己即将到来的命运担忧，他可能在为自己身上的一半妖血烦心。

两个陌生人，就这么一左一右坐着。

夜很静，只有耳畔的风。那时候的他金相玉质萧萧肃肃，不见一丝颓废。纵然少年心事重重，也昂藏立于天地。

一壶饮尽，他才开口："在下清玄门真传弟子，宁归晚。"他看向我身边还没开封的几坛酒，继续道，"可否……"

"否。"我毫不留情地拒绝，更深露重，酒肆早已打烊，然而月色漫长，这几坛小酒我一人饮尽尚且不够。

"在下可以出双倍。"他的眼睛在夜空下亮晶晶的，像跌落的星。

我忽然就生出要与星辰争辉的念头来。

振臂向他亮出十四州，十四州的剑鞘上就镶着世间最大的红宝石，周围更是缀着一圈价值不菲的金绿猫眼石。

我骄傲地说："苌弘宗傅青阳，不差钱。"

互相通晓了姓名，我们对视了一眼。同是年少成名，同是天赋异禀，初次相遇难免有些惺惺相惜。

也许是那天的风太温柔，我鬼使神差地补了一句："但可以交个朋友。"说着便丢给他一坛酒。

他接过酒,璀璨一笑,明月失色群星暗淡。仿佛无论世事如何变迁,他只如海上明月,任你潮起潮落沧海桑田,他自皎皎在云端。

若只是如此,我们断然不会成为死对头。最多是萍水相逢、酒肉之交。

可不知哪个好事之人,认出了我,非说我要挑战清玄门。彼时我刚刚一剑连挑十四州,风头正盛,路过清玄镇并不打算上山,只想借个近道回苌弘。

可这话风一放出去,我战也不是,不战也不是。我奉师命下山,剑挑十四州是为苌弘宗扬名。

清玄门是仙门大宗,我若贸然挑衅,赢了,世人会说我狂妄冒昧;输了,世人会说我不自量力。总之是左右不讨好。

然而江湖平静太久,有些风吹草动就能引得池鱼骚动。好事者众,天未明就守在了我的客栈门口。

事已至此,刀山火海也只好硬着头皮上。结果就是这一战,让我丢了大人。

昨夜把酒言欢,今日刀兵相对。

他剑法轻柔,如纸上雕花,我重剑横扫,如雷霆万钧,却拿他没有一点办法。那一场……总之,他赢我赢得不留情面,我输得惨不忍睹。

也是从这一刻起,宁归晚与苌弘傅青阳的名字连在了一起。一剑连挑十四州名噪一时的傅青阳输在了宁归晚手里,多年后还在江湖上被人津津乐道。

那一战,我伤得重。清玄门的长老们念我是晚辈,便留我在门中养伤。清玄门的后山,有一眼温泉是疗伤宝地。

当夜,我独自去泡温泉疗伤。水温舒适,雾气氤氲,感觉四肢百骸都舒展放松了下来。身心舒展,让人昏昏欲睡。

就在我将睡未睡之际,闻到了身后的林中有丝血腥和隐隐杀气。

我披衣而起，提着剑朝林中走去，循着血腥味来到了一座山洞。

洞中昏暗无比，我贴壁而行，借着洞口的月光看清了洞里的东西，是一头虚弱的黑狼。那黑狼背对洞后而卧，口鼻还流着鲜血，石壁上全是森森爪痕。

我不由得放轻脚步，握紧十四州，正准备给那黑狼致命一击。那黑狼却在此时忽然回头，龇牙咧嘴朝我怒吼一声。我一惊，脚下踩到了洞中的碎石，直直跌倒在地。

脑袋在倒下的时候碰上了石壁，失去意识前脑海中只有一个念头：我命休矣。

然而一觉醒来，我四肢完好仍在洞中。我撑地爬起，黑狼已不见踪影，正疑惑之时，看见地上掉落的一枚玉佩。

我捡起一看，有些眼熟。出了山洞，按来时的路走回去，果然在林中遇见了宁归晚。

他站在竹林深处，眉眼如画，发漆黑，肌肉玉雪，白衣翻飞，他单手背后，竹叶洋洋洒洒落在周围，然后向我伸出另一只手，薄唇轻启，慢语轻声道："玉佩。"

我不喜欢他这种轻慢的态度，悄悄把玉佩藏起来，然后说："君子无故，玉不去身。宁师兄何故管我要玉佩？当心旁人听了，要误会。"

"玉佩还我。"

我没有理他，自顾自地朝温泉走去："宁师兄无事的话，我要去泡温泉养伤了。"

我心里记恨他喝了我的酒，还把我打成重伤，存心要惹他着急。待我泡完温泉回去，发现清玄门今日格外热闹。

好奇心驱使我向人群走去，原来是清玄门要与空山派议亲。议亲的对象正是宁归晚与空山派掌门之女宋枝。

我站在人群中，看着台上的一对璧人品貌相配十分登对，心里不知为何泛起一阵酸涩。宁归晚站在人群中央，众人恭贺他，他神色如常，只是在人群中扫视像是在找什么人,看到我之后目光停顿了一会儿。

我也同样看着他,对视之后,我转身离开。我怕我再不走,心里的酸涩就会从眼睛里溢出来。

我不懂,我不明白,明明我与宁归晚只不过见过数面,对试几场,他还把我打成了重伤。

怎么我就……生出了虚幻的情愫来。

我不能再在这里待下去了,第二日我便向清玄门众长老们辞行,下山去了。还没走出清玄镇就被清玄门派人追了回去。

到了清玄门才知道,颂德长老被人杀害,死在了自己房中。而疑凶正是他的亲传弟子宁归晚。有人亲眼看见,宁归晚进了颂德长老的房间。随后就发现颂德长老死在了房中,而宁归晚却消失了。

清玄门中有人坚称,在颂德长老死前几日,曾在后山亲眼看见宁归晚在深夜妖化。

传我回去正是因为那几日我刚好在后山养伤,想问我有没有察觉到什么异常。我蓦然想起那晚在后山洞里发现的黑狼。

颂德长老的尸体就躺在一旁,身上全是我那日在山洞里见过的爪痕。众长老神色肃穆,全都目光如炬地看着我。事关重大,铁证如山,我不敢有丝毫隐瞒。

只好如实相告,说我那日确实在后山见过一匹妖化的黑狼,并交出了当时捡到的玉佩。从那一日起,宁归晚便被逐出了清玄门。

清玄门掌门发出清玄令,江湖中人,只要发现宁归晚,无论活捉还是就地格杀,清玄门皆有重赏。

可宁归晚毕竟是仙门清修出身,江湖上不乏对他人品信得过的人。颂德大师之死扑朔迷离,清玄门与宁归晚又各执一词,谁也没有目睹宁归晚杀了颂德。

一时间没有定论,此案便成了江湖上的无头公案,闹得沸沸扬扬,谣言愈演愈烈。又因我曾在清玄门作证,便不知从哪里传出风声,猜测我是因败在宁归晚手中怀恨在心，故意出面做了伪证。

一开始我并不想理会这些无稽之谈，然而流言像长了脚很快传遍了天下，待我再回头声明自己清白之时，这件事已然成了关于此案的一个颠扑不破的论调。

总之，说什么的都有。

世事茫茫难自料，直至三年后，三百三十三年一度的天地浩劫将至。人间妖魔横行，灾祸频生。各门各派，皆派弟子下山降妖捉怪。

我作为仙门中一枝独秀的好苗子，自然要一马当先为各门各派的弟子做榜样。

于是，我在渝州又一次遇见了宁归晚。

那一次，我们在渝州遇到了趁天地浩劫将至从魔界逃出在人间作乱的妖魔。

伍

魔物众多，我们寡不敌众，被困在黑风岭。我只好发出信号向周边同盟求救。可十日过去，还未有援兵赶到。再这样下去，我们都会被困死在这里。

红玉年少冲动，孤身一人身入魔窟，打算带着上古神器逆鳞刺与众魔同归于尽。红玉手上的逆鳞刺是上古神兵，就算我们一行人全都死在黑风岭，她也可以靠着自己的兵器在这里活下去。

可她却偷偷一个人，去了众魔的老巢。

红玉只比我晚入门一年，平日里我们相处的时间最多，所以当我发现她不见了的时候，立刻就明白了她要做什么。

当我找到她的时候，她正一身是伤地握着逆鳞刺要划破手掌，她要以血为媒借助逆鳞刺的威力与众魔同归于尽。这代价实在太大了，不光逆鳞刺会被毁，她自己也会神魂俱灭。

红玉存了死志，我却不能不管。我指尖轻旋，十四州便脱鞘而去，格开了她即将划破手掌的逆鳞刺。

我抢过逆鳞刺，反手将红玉推出了魔窟。

我有我的宿命，在我完成神魂补天之前，我轻易不会死。

我握着逆鳞刺与十四州并肩作战，十四州不仅是剑，更是我的伙伴。几乎不用我驱使，十四州也能独立战斗。

可我虽然修为高深，道心却并不坚定。洞中的魔物很快也发现了这一点。他们没有实体，所以只能在阴暗处晃荡，而我这具不会死又道心不稳的身体，是他们夺舍最好的对象。

他们凝为一团，要侵入我的灵识占据我的身体。为了摧毁我的意志力，他们让魔气进入我的身体，吞噬我的五内。

我的身体一点点被魔气入侵，如烈火灼身、万蚁啃噬，疼得我连逆鳞刺都拿不稳。就在我以为自己即将堕魔的时候，宁归晚出现了。

他是清修之士，道心最为坚定，他练的清心化骨掌专克这种乱人心神的阴魔。虽然一时灭不了这些魔物，但有他在，等闲魔物不敢近身。

他结了个阵，在阵中为我疗伤。现在是青天白日，魔物不敢出去，只能在洞中徘徊，又有宁归晚的清心化骨掌在，他们也不敢轻举妄动。

宁归晚出现说明救兵可能已经到了，只要在天黑之前，红玉带着救兵赶到，我们就还有救。

在伏魔阵里，我终于保住了身体。

"多谢宁师兄相救，青阳铭感五内。"虽然我此刻很虚弱，但感谢的话却是一定要说。

"傅师妹不必多礼，以德报怨非我本意，只是恰好救的人是你。"

我一时语塞，看来他还在为三年前我出面指认他妖化的事生气。

我觉得我有必要解释一下："当年在清玄门，我只是照实阐述，并未刻意污蔑于你。还请宁师兄不要误会。"

"阐述事实？你有亲眼看见我妖化为野兽吗？"

"可那日我在山洞里明明看见一只……"

"一只妖化的黑狼？对不对？可你又怎么确定那头黑狼就是我呢？"

我一时间羞愧得不知道说什么好，是啊，就算我真的在山洞里见过一只妖化的黑狼，我怎么确定，那就是宁归晚呢？虽然心里这样想，嘴上还是不想承认我一时武断冤枉了他。

"可当日我确实在山洞捡到了你的玉佩。这你怎么解释？"

"那你又如何知道那玉佩到底是我妖化后不小心掉落，还是因为救你才不慎落在山洞里的呢？"

我惊讶地说："你是说，当日在山洞里是你救了我？"

"不然你以为你是如何在一头妖化的野兽面前全身而退的呢？"

"可若你不是半妖，又为何要逃呢？"

宁归晚叹了口气，继续说："因为我确实是半妖。"

他顿了下接着说："不过，我的妖身并不是狼，而是一只白鹤。"

我愕然之下不知道该说些什么，半妖极为罕见，人妖通婚很难诞下后代，尤其是上了岁数的大妖。妖魔长寿，神仙永生，本就有违天道，所以他们都很难留下子嗣。

而半妖因为体内天生就有两种不能相容的血脉，想要存活下来更是不易。更别说有宁归晚这样的修为了。

见我不信，宁归晚从地上站起，双肩一抖，一对漂亮的雪白翅膀就从他的肋下生出，扑扇着美丽极了。

我一时看得有些呆愣，宁归晚这时又说话了："现在你总该相信，我没有杀我师父了吧？"

因着江湖上的那些流言，总有人会问我三年前的那些旧案，而我每次的回答都与当年在清玄门所说的别无二致。如今看来可没少冤枉宁归晚，怪不得他救我时会有这么多怨言。

我们在这厢纠结陈年旧事，脚下伏魔的法阵却随着天色渐沉而逐渐减弱，开始有魔物不断朝法阵冲撞。这法阵眼看撑不了多久了，宁归晚不知掐了个什么诀，摇身一变化作一只仙鹤。

"上来！"

"什么？"我愣了一下，随即反应过来，他是要我骑在他的背上。情急之下只好照做。宁归晚驮着我，振臂高飞，在魔物冲破法阵之前带着我逃离了魔窟。

243

本来以为逃离了魔窟就安全了，却没想到一头栽进了自己人的陷阱。他们在魔窟外面布好了万仙阵，冲出魔窟的一众魔物连同逃出来的我们全都困在了阵中。我倒还好，宁归晚是完全没有料到，在众目睽睽之下就现了真身。

　　众人眼见他鹤化人形，一片哗然。也不去管被困阵中的其他魔物了，指着剑就要降伏宁归晚。清玄门当年下的绞杀令如今可依然作数呢！

　　眼看众人眼冒凶光，我抽出十四州将宁归晚护在身后。

　　"今日，我要放宁归晚走，谁人敢拦，要问我手中的十四州答不答应！"狂风扬起我的秀发，耳边回荡衣摆翻飞的猎猎声，那一刻我才真正觉得自己是个侠者。站在万人中央守护不为人知的正义与真相。

　　宁归晚是半妖，可只要他没有害人，他就有权利活下去！

　　而更让我感动的是，红玉见我要护宁归晚，带着师弟师妹们全都义无反顾地与我站在了一起。他们甚至还不知道什么是真相。

　　那是我上一世最后一次见到宁归晚，从那以后他便在江湖上销声匿迹了。

　　我永远记得他离开时看我的眼神，温柔、坚定，甚至还有一丝不解，他什么也没说，却又胜过千言万语。

陆

"蔻珠！蔻珠！"

我还在回忆里沉浸之时，红玉找来了。

"二师姐，我在这里。"我从回忆里抽离，做回我如今的小师妹。

"你怎么还在这里？我以为你出什么事了呢！"二师姐和六师兄找了过来，一看见我对面的宁归晚，红玉立即将逆鳞刺握在了手里，神情不悦地问："你真的是清玄门宁归晚？"

宁归晚看了红玉一眼，没有回答，只是一瘸一拐地向唐水县走去，然后说："唐水县有大麻烦，诸位要同在下一起来管这桩闲事吗？"

我看了一眼红玉，她冷哼一声："你个清玄门弃徒都晓得要行侠仗义，我们苌弘宗弟子又岂能袖手旁观？那岂不是给大师姐丢脸？"说着便跟了上去。

我看见二师姐说这句话的时候，宁归晚身形明显一顿，但很快就恢复了正常。

我们一行人来到刚才蝠妖出现的地方，此刻已经围满了官兵，周围的百姓见到这几名死者的惨状，都陷入了恐慌。

人群中不知是谁指着我们喊了一句："就是他们，刚刚死人的时候他们就在这里！"

瞬间我们便被前来查案的官差围了个水泄不通，为首的官兵抱拳一礼："各位，请跟我们走一趟吧！"

于是我们便被带到了唐水县衙。唐水县令……出奇地年轻，看着也就二十出头的样子。

一别二十年，我与宁归晚，一个早埋泉下泥销骨，一个流落人间雪满头。

这位当年在清玄门指认宁归晚杀人的小师弟倒是青春如初，还已然成为一方县令。实在令人诧异。

我认出了他，他可没认出我。我悄悄看向宁归晚，想瞧一瞧他见到昔日故人会是什么神情，哪知他神色如常，像没认出一样。

清玄门的这位小师弟在上首，将惊堂木拍得啪啪作响。

"堂下何人！为何在我唐水县内作案杀人！如实招来，本官或许可以从轻发落！"

我们在堂下面面相觑，话还未问就要给我们定罪，看来这唐水县果然有大问题。

"若是我们杀人为何去而复返！"红玉躁性子听不得人污蔑，已然驳出了声。

"本官断案数十年，杀人凶手返回作案现场，常有之！有何稀奇？"

"荒谬！单凭这一点就能断定我们是凶手？"红玉表面不以为意，估计早在心里骂他"狗官"。

"凭此一点自然不能断定，可本官还有人证，带人证！"

不一会儿，他们就把刚才在人群中指认我们的那个恶霸跟班带来了。看这个样子，他是打定主意要我们来做替死鬼。

红玉听了他们的证词，立刻怒了："你瞎呀！那几个人的死状一看就是妖物作祟！"

"放肆！公堂之上，岂容你信口雌黄！朗朗乾坤，何来妖物？你休要在这里妖言惑众！来人！将他们打入死牢！三日后问刑！"

众衙役得令,一拥而上就要把我们拉下去。

红玉掏出逆鳞刺作势要上前去与之理论,被六师兄拉了一把。

六师兄朝二师姐摇了摇头,然后对着县老爷说:"此事与我们无关,全是小师妹一人所为。"

六师兄说着就指了指我,然后继续说:"我们乃是辞镜山苌弘宗的内门弟子,是江湖上的正统仙门。这一次我们奉命下山,而我们的小师妹,却在修行途中不慎入魔,才犯下了这桩血案。我们之所以返回凶案现场就是为了将小师妹送往官府,请大人发落。"

我一脸震惊地看着六师兄,不敢相信这竟然会是他说出的话。

就连二师姐也错愕地看着他,想要开口反驳。

可当六师兄朝她无声地摇了摇头时,二师姐虽然面露不忍,可最终还是选择了沉默。

我又看向宁归晚,然而宁归晚也是一脸平静,一副事不关己、已不劳心的样子。

我突然明白了,他们这是要弃车保帅、断尾求生了。

我活了两世,修行了两世,到头来还是看不透人心的参差。

如此人间,不来也罢。

我自嘲一笑。再也无心辩驳,任由着他们将我下了大狱。

我被他们戴上脚镣手铐,推进了阴暗的牢房。

三日后,午时,菜市口,火刑。

我蜷缩在角落里,默默计算着我前世神魂祭天拯救世人的福报,到底够我用几次。这一次会不会还有那么幸运,刚好有人救我于水火。

可若我前世救人当真有什么所谓福报,为何不让我此生平安顺遂。

反而要处处设限,让我时时命悬一线?

天道天道,劝我救世时就说什么狗屁天道,我倒想问问那些人,我现在经受的到底算是个什么天道!

早知如此,我不如当初一头碰死在万魔窟前。

247

上一世，我为救宁归晚，手持十四州立于百家仙门前。誓死要放走半妖宁归晚。红玉带领众师弟师妹们挡在我面前，我却喝令他们退下。

欠宁归晚的人，是我。这因果理应由我来还。

众人手持刀兵站在我的对立面，劝我不要为了一介半妖毁一身修行。苌弘宗如今在仙门百家中颇有声望，我作为苌弘宗的大弟子，前途不可限量，不可因一时意气，自断青云路。

我却充耳不闻，因为我站的是义！守的是心！

宁归晚多次救我，我便有恩必偿。

我不欠世人，便不愿效仿前人舍命补天。

我有生之年上孝师长，下敬同门，所作所为，桩桩件件，无愧于心，无愧于天！

所以即使被万夫所指，仙门唾弃，万魔窟前我亦未曾退却半步！

我道心不稳，剑心却未曾改变。

众人眼见言说无用，便要强攻。

我手提长剑，额角的鲜血模糊了左眼。

我以命相逼："你们若再要向前，我便一头碰死在这崖前！"我手指旁边一块巨石，义薄云天。

"宁归晚于我有恩，今日，我便要还。尔等，仙门中人，自然知晓因果循环。若我今日为报深恩，被各位逼死崖前，下一份因果，各位又该如何偿还？"

众人闻言，皆有踌躇。

修行之人，第一要脸，第二最忌因果。我咬死不让，他们也只好停滞不前。

就这样，我为了救宁归晚把当日出现在万魔窟的仙门得罪了个干净。结果，他却偷我遗体刨我的心。

整整一日，我就缩在角落里，看着眼前爬来爬去的老鼠，出神。

不知不觉就到了晚间。

"你是苌弘宗的弟子？"一个清亮的女声在牢门外响起。

我抬头一看，一位清新脱俗的美丽女子立在逼促牢房外。杏目浓眉，肤如凝脂，见之不忘。

我没有说话，继续蜷缩在角落里。

"夫人问你话呢！听到没有！"一旁的衙役踹了踹牢门，趾高气扬。

那位夫人一摆手制止了他，然后说："若你如实回答，我或许可以发发慈悲救你一命。"

我侧目看了她一眼，她衣着不俗，灵台清澈，看起来似有几分仙根。可惜，生了一副福薄命短的寡淡之相。若生在仙门，倒也无妨，只可惜，生在尘世就注定短命。

这样的一个人，打听苌弘宗干什么？

"你想知道什么？"

那位夫人见我如此直接，也不做作开门见山道："既然你是苌弘宗弟子，你可曾听说过，清玄门宁归晚？"

闻言我不由得一愣，她见我发愣连忙补充了一句："就是与你们苌弘宗，一剑霜寒十四州的傅青阳齐名的那个宁归晚。"

我不由得又仔细地看了看她，越看越觉得面熟。

过好一会儿才想起，她竟然是空山派掌门之女，宋枝——宁归晚的未婚妻。

我扯出一抹看戏的微笑，事情逐渐变得有意思起来。

"宁归晚？你是说半妖宁归晚？"

柒

"晚卿他不是半妖!"宋枝涨红了脸,疾声辩驳。

我强忍笑意,歪头看她,她一身妇人打扮显然是嫁过人了。

而"晚卿"这个名号,我还是头一次听到。这订过亲的果然就是不一样。

"宁晚归欺师灭祖,背叛师门,就算不是半妖也是十恶不赦之人,比半妖高贵不了多少。"话一出口,我自己都愣了。什么时候我开始嘴心这么重了?难道就是因为他这次没有救我?

"他没有!他不是这样的人!"

我平复了一下心情:"如果我能帮你找到宁归晚,我有什么好处?"

"我能救你出去。"宋枝贴了过来,压低了声音。

"我凭什么相信你?"

于是她一招手,示意狱卒打开牢门,狱卒踌躇半天,直待宋枝发了火才忙不迭地打开牢门放我出去。

我就这么大摇大摆地跟着宋枝走出了死牢,宋枝把我安置在一处僻静的院子。

"现在你可以告诉我,宁归晚现在在哪了吧?"

"不急。"我拈起一块点心,放在嘴里。

"等我抓到在唐水县作案的妖孽之后，我自然会告诉你。"说完，我喝了一口水。然后起身就朝外走去。

"欸！你就这么走了可不行！"宋枝站起身来追我。

"我上一次见到宁归晚，是在乾州的妖市上。"我头也不回地留下一句。

我这也不算说谎，我上一次见到宁归晚确实是在乾州。

我离开县衙冲进夜色里。夜已深沉，除了江边渔火与天际繁星，人间已无光亮。正是妖孽作祟的好时机。

我坐在城中最高处的塔楼之上，抽出十四州，抛到空中。若有妖气、血腥，十四州可以第一时间感应到。

我不知道宁归晚和红玉他们去了哪里，我也不在乎身上背负的罪名。我前前后后修行了几十年，早已参悟透这世间虚名。

各司其职，恪守本心，才是安身立命之根本。我手中有剑，便要荡平眼前不平之事。否则就对不起我手中的十四州。

因为十四州不只是剑，更是我的伙伴。

我在塔楼上待了小半夜，十四州终于有所感应，剑指东南飞了出去。

我纵身跃起，跟了过去。终于在三里外的暗巷里，发现蝠妖的踪迹。那蝠妖此刻已将几名醉汉逼到了墙角。

我握紧十四州，绕到那蝠妖的背后，不想炫技，只想冲着他的后心直接来一剑。

对付这种害人的妖孽，讲不上什么道义。速战速决，以最小的代价、最快的速度一剑毙命，才是上策。

我看准时机，伺机而动，正准备冲出去。

"妖孽！看你往哪里跑！"红玉他们却在这时赶到，她一声大喝，那妖孽直接放弃狩猎，转身逃跑。

我叹了一口气，惋惜错过了这么绝好的猎杀机会。

六师兄和宁归晚追了出去，红玉追了一半又折了回来："你怎么出来了？你越狱了？"

我提着十四州也追了出去："除妖要紧。"

我们追着蝠妖来到了一个奇怪的地方，唐水县的后衙。

我看了宁归晚一眼，发现他也在看我。

我有些奇怪，关于唐水县令是清玄门小师弟的事情，我从来没有说明。但宁归晚似乎并不意外我知道这件事。

"现在怎么办？"二师姐说。

六师兄正拿着降妖罗盘施法探测妖气："妖物就在这里，我们现在要是不进去，那今日就要无功而返了。"

"既到此处，不战何为？"宁归晚也说。

六师兄看向我，想解释些什么："小师妹，当日推你下水，不过是权宜之计。希望你不要介怀……"

然后众人看向我，我抿紧了唇，也看向六师兄："我明白的，六师兄。"

六师兄这才如释重负地点点头："你明白就好……"

"但我仍然介怀。"我面无表情补充了一句。

六师兄的表情僵硬。

"我明白在二师姐与宁师兄中间，如果一定要舍弃一个的话，我绝对是你当时最好的选择。我能够理解你的选择，但不代表我不会因此感到难过，所以我无法说出我不介怀的话来。抱歉，六师兄。"

六师兄羞愧道："我明白……能理解……"

二师姐想要开口替六师兄辩驳几句，可我并没有给她开口的机会，我看向宁归晚。

"我同意宁师兄的提议。"说着一跃而起，借力跳到了院子里。

他们紧随其后，进到了唐水县的后衙。

"什么人？"刚进唐水县后衙，就被两名巡逻的衙差发现了。

我连忙扔了两张昏睡符过去,衙差应声倒地昏睡。

六师兄拿着罗盘,我们跟着罗盘的指引来到了一处房间。

我看着十分眼熟,好像是我白天来过的,那位夫人的房间。

我们站在外面,隐藏好身形。看着窗上灯火投出的一男一女两个剪影。郎情妾意、琴瑟和鸣。

"奇怪……"六师兄皱起了眉头,"妖气到这里就没有了。"

"怎么会这样?"二师姐忍不住开口。

六师兄一脸茫然地朝二师姐摇了摇头。

只有我手中的十四州鸣动不止。

宁归晚从怀里掏出照妖幡抛到空中。

二师姐惊呼:"这不是大师姐的东西吗?怎么会在你这里?"

照妖幡确实是我的东西。上一世,为了万仙斗宝大会,我制作的法器之一。

只不过,有一次我下山外出的时候,遇到一个村子闹妖怪,于是就把此物送给了一个小姑娘。让她可以用这件宝物保护村子里的人。

不知道怎么就到了宁归晚的手里。

照妖幡在半空中展开,散发出强烈的金光,惊动了屋子里的人。

屋里的男子冲了出来,抬头看向照妖幡。手指轻点,掐了个诀照妖幡就落到了他的手里。

他攥着手中的照妖幡,轻蔑一笑:"雕虫小技。"

二师姐与六师兄,皆一脸震惊。唯有我与宁归晚神色如常。

因为来人正是白日里的唐水县令。

宋枝紧随其后,左右看了一眼,扶上了那县令的臂膀:"怎么了?韦郎?发生了何事?"

我看向宁归晚的脸,想知道他看着自己曾经的未婚妻,如今娇怯怯地唤他人为郎的时候,会是什么表情。

宁归晚果然一愣,他应该怎么也想不到会在这里遇见自己早已另

253

嫁他人的未婚妻。

看着他这副失魂落魄的样子，我也好不到哪里去，胃里泛着酸气。我暗骂着自己没出息。

宁归晚不过是前世救过我一命，被人联名提起过许多年，救命之恩我已经还清了，相提并论的风头也已经过去十多年了。我怎么还对宁归晚有所眷恋？

"什么人在暗处！还不出来！"唐水县令大喝一声。

红玉他们听闻就想从暗处现身，我制止了他们。

我示意他们藏好，自己走了出去。

"你怎么在这儿？你是怎么逃出来的？"这位清玄门出身的小县令危险地眯起了眼睛。

他一步一步朝我靠近，宋枝连忙挡在他身前。

"韦呈，你就放过她吧，她是苌弘宗的人，她是不会杀人的。"

"枝枝，你不懂，名门正派也会出败类的。"韦呈推开宋枝，继续朝我走来。

我好整以暇地看着他："不错，比如堂堂清玄门也会走出那种……残害同门、叛出师门的……"

我话还没有说完，宋枝便回头狠狠瞪了我一眼，她以为我是在说宁归晚。

但我其实说的是构陷宁归晚的韦呈。

我咋舌缄唇，也不敢去看同样听到了这话的、躲在暗处的宁归晚。

我恼羞成怒，以指为剑朝韦呈的眉心、前胸、命门攻去。

我出其不意，韦呈堪堪躲过。

他讥笑道："不自量力！"

捌

如果是十六年前,他一定不是我的对手。可是现在,我不过是个才入仙门的小清修。

不靠十四州,我根本毫无胜算。

十四州欲战,在我手中嗡鸣不止,震得我手心发麻。

我却不战而走,越墙逃命。

韦呈果然中计,提剑紧随其后。

我微微一笑,边战边退,将他引到城外五里的那片空地上。

他看了一下四周无人,冲我阴狠一笑:"这可是你自己找死!"

我神态自若,不以为然。

他抬掌凝气直朝我灵台而来,我侧身躲过,用十四州的剑鞘挡住他的攻击。

"没想到县令大人倒有一身好本领,只是不知师从何处呢?"

听完这话,他掌下的杀意激增:"死人是不需要知道这么多的!"

我一面闪身躲避,一面与他言语周旋:"让我来猜一猜。"我再次格挡开他的另一杀招,试探问,"空山派?"

他一记回旋踢。

我一招双飞燕,轻巧躲过,然后回身一掌劈向他的后心:"清玄门?"

趁着他失神的瞬间，一组连环掌攻向他的前胸、后腰、右臂。他失了先机，只能边挡边退。

我得逞轻笑："看来我猜对了。"

"你找死！"韦呈咬牙切齿，暗暗发狠。

得到了答案，我得意一笑，也不知道红玉那边怎么样了。

既然已经引开了他，又让他默认了自己清玄弟子的身份，恋战无益。

我想脱身离开，然而他既然看出了我要逃，又怎会轻易放我走。

只听他怒吼一声，突然修为暴涨。一道黑气从他的眉间溢出，在他周身缠绕蔓延。他以一种极怪异的姿势，扭动着脖子，浑身的关节咯吱咯吱作响。

接着呼啦一声，他竟然肋下生黑色的双翼，同时口中长出一对尖尖的牙齿。

原来那个蝠妖一直隐藏在韦呈的体内！怪不得一到县衙就踪迹全无。

十四州感应到了这股强大的妖气，不等我的感召便直接脱鞘而出，径直向蝠妖刺去。

蝠妖伸出两指夹住躁动不止的十四州，咧开血盆大口阴森怪笑。

我惊恐不已，扭头就跑。

若不正面交锋，我凭着胆大心细和手中的十四州在偷袭的情况下占领上风，可如今，还是先走为妙！

我拼了命地朝前跑，慌不择路从一个上坡处跌了下去。

就是这一失足，蝠妖已经出现在我眼前，他张开利爪准备朝我娇嫩的脖子来一下。

十四州此刻也飞了过来，暂时挡住了他的爪子。

我趁机朝红玉发出了求救信号。

千钧一发之际，我没等来红玉他们，等来了我的小师兄，也是我上一世的小师弟——我们下山要寻找的八师兄，韩祇。

韩祇手中的骨扇被他耍得反转生花，与蝠妖打得难舍难分。

蝠妖见我叫了帮手，害怕寡不敌众不愿恋战。

韩祇扔出手中的骨扇去追蝠妖，自己却来到我的面前，起了个结界，把我罩起来。

他拿出《百事录》，在我面前翻阅起来。

我拍打着结界试探性喊他："八师兄？八师兄？"

八师兄作了个噤声的手势："嘘，别吵。"

不知他在《百事录》里找到了什么，他开始照着《百事录》上的记录开始施法。

《百事录》成书太久，我一时之间竟然猜不到他在找些什么。

他端着《百事录》，掐诀念咒口中喃喃，似乎想从《百事录》中召唤出些什么。

我脑中一道灵光闪过！当初我锻造《百事录》就是为了绝地逢生，以待后有。

打算用《百事录》藏起自己一窍精魄，好找机会转世重生。

但此举终归是邪魔外道，不义之举。

当年，我被世外凡俗迷了眼，带着英雄赴死的觉悟，毅然决然放弃了这一求生之路。

难道当初这个贪生怕死的小念头被他发现了？

所以他才会带着《百事录》下山，为的就是将我藏在《百事录》中的"精魄"揪出来？

见《百事录》唤不出什么，他又试了试召唤十四州。

有我这个正经主子在，十四州自然不肯听他的召唤。

我正踟蹰着要怎么开口才能转移他的注意力的时候，远处传来了打斗声。

我们交换了眼神，意识到可能是红玉他们赶来了。

八师兄收了结界，带着我朝着声音传来的方向赶去。

六师兄受了伤，二师姐脸上也挂了彩。还好一同赶来的还有宁归晚和宋枝。

二师姐见我与八师兄也到了场，便将手中的逆鳞刺化作一柄利剑，大喝一声："布阵！"

苌弘宗七星剑阵，威震天下。

降伏小小蝠妖，可算是杀鸡动了牛刀了。

但是七星阵，要七个人。

事急从权，只好拿宋枝和宁归晚凑数了。

六个人，马马虎虎布好了七星剑阵。

剑阵一成，蝠妖便再无逃脱的可能。

"蝠妖！你把韦呈弄到哪里去了！"宋枝剑指蝠妖前心，质问出声。

那蝠妖桀然一笑道："韦呈？我就是韦呈啊！夫人，你难道不认得我这张脸了吗？"

"你胡说！"宋枝的手都抖了。

"夫人，你救救我，看在我们夫妻十几载的分上。"

宋枝不可思议地看着那蝠妖的脸，"哕……"的一声弯腰干呕起来。

与一只蝙蝠精同床共枕十多年，确实够她哕上一哕。

那蝠妖见状想要起身去拍她的背，宁归晚上前一步将藤拐横在了他面前。

昔日情人所托非人，宁归晚古井无波的眸子里，也罕见地蒙上了一层怜爱。

宁归晚看着宋枝难过的样子，冷冷地冲蝠妖开口："我劝你赶快从韦呈的身体离开！不然，我就让你灰飞烟灭！"

那蝠妖眼见逃不掉，索性顺势躺在了地上，冷笑一声："我即是他，他即是我。我们早已经合二为一！如何离开？"

宁归晚也不废话，直接烧了一张符抹在他的藤拐上，照着蝠妖啪啪砸了两拐，砸得蝠妖满地打滚，身上的皮肉被符灰烧得吱吱作响。

可就是无法将蝠妖从韦呈的体内抽出来。

宋枝在一旁也呕得差不多了，盛怒之下提剑走过来，一剑刺向了蝠妖的前心。

宋枝的这一剑只刺入了两寸，但蝠妖却看起来痛苦无比。

蝠妖俊美。他此刻凄凄悲悲地看着宋枝，眼眶含泪，口流鲜血，神情哀哀。

若不是已经知道他是个无恶不作的蝠妖，只看他这副神情，倒像是宋枝负了他一样。

宋枝也被他这副神情弄得手足无措，手中的剑再无法深入一寸。

那蝠妖口吐鲜血凄惨一笑："枝枝，对不起，骗了你这么久……"

宋枝几乎快要崩溃，她跺着脚哭喊着："我才不会相信！你不是韦郎！韦呈他是父亲为我选的夫婿！他怎么可能会是妖怪！"

蝠妖闻听此言，哈哈大笑，直到笑出了眼泪才停下来。

"若是没有我，韦呈他一介清玄门外门弟子，凭什么能娶到空山派掌门之女？"

在场的除了我与宁归晚，都愣了。

宋枝也愣了，姣好的面容哭得梨花带雨。

真相对她来说过于冲击，此刻西子捧心的柔弱貌，我见犹怜。

"你为什么要这么做？"宋枝颤抖着问。

那蝠妖苦笑一声，像是回忆起了往事。

"当年，我只不过是空山脚下，一个小小的妖修。虽然我是妖，却也安分守己，一心修行，从未伤过人的性命。可世间正派却容不下我！空山派更是屡次派人追杀于我！

"你们自诩名门，嘴里喊着海纳百川，却容不下异己。对我们妖修更是恨不得赶尽杀绝！我们一心向道，渴望成仙究竟有什么过错！"

众人皆沉默，不知如何作答。

只有宁归晚开了口："那韦呈又有什么过错？你要附身于他，借着他的名义作恶？"

蝠妖听了宁归晚的话，嘴角泛起一丝嘲弄。

"你就当真以为，韦呈无辜吗？

"若不是他心术不正，觊觎自己大师兄的未婚妻，我凭什么乘虚而入，占据他的身体？若不是他的陷害，你又怎么会从人人敬仰的清玄门大弟子，沦为人人喊打的半妖？"

原来韦呈当年的指认，并不是与我一样受人挑唆、因为误会，而是有意陷害！

"说起来，你我才是同类！同为正派不齿的妖孽。"蝠妖看着宁归晚如今的形容狼狈，自嘲地笑了笑。他的眼里竟然还泛着物伤其类的悲悯。

而宁归晚眼眸漆黑，神情坚定，冷冷开口："我和你不一样，我的手从未脏过！"

蝠妖冷哼一声，满脸不屑："你们这些自诩名门正派的人总是那么冠冕堂皇。你的手若没脏过，为何当年要四处搜寻起死回生的转世秘法？又为何四处挖尸体，刨人心？你又怎么会被苌弘宗的执法长老打断了腿？最后只能沦为混迹妖市的妖丹贩子？"

蝠妖的一连串质问让宁归晚噤了声，众人皆看向他，令他脸上的不自在又加深了几分。

六师兄见状，直接将剑横在了蝠妖的脖子上："临死之前，你还有遗言吗？"

蝠妖绝望闭目，准备赴死。

六师兄双指并拢拂过剑身，剑身灵光乍现，泛起森森寒气。

"不要！"宋枝扑身上前，挡在了蝠妖面前。

玖

"宋枝你让开！韦呈他勾结蝠妖，陷害同门，残害百姓，罪不容赦！"二师姐说着就上手，要把宋枝拉开。

宋枝满眼泪珠，眉目伤情地看着韦呈。

"韦呈，你告诉他们，你没有害过人。"

蝠妖爱怜地拭去宋枝眼角的泪，轻声细语道："枝枝，好好活下去。"

宋枝只是不断捶打着他，哭诉着质问他："你为什么要勾结蝠妖！为什么要害人！为了你，我变成一个凡人！我有家不能回！"

宋枝茫然地看着自己的身体，用力揉搓着身上的衣物，仿佛身上脏极了。

眼泪也大颗大颗地涌出眼眶，她崩溃大喊："恶心！恶心！你让我跟一只蝠妖同床共枕了数十年！我永远也不会原谅你！"

"枝枝……"蝠妖伸出手想要去安慰宋枝，却被宋枝惶恐地躲开了。

"有一点我想不明白。"沉默良久的宁归晚突然开口，"你已是修炼成形的大妖，又已经决定隐匿人间，并不需要这种吸食人血的修炼方法。那么，是什么缘由让你不得不这么做呢？"

那蝠妖凄绝一笑："那么当年，你又是为了什么，到处偷人尸体、挖人心脏呢？"

宁归晚抿紧了唇，如墨般的眸子里多了些躲闪。

我们还在回味蝠妖的话，忽然间天地炸起一道惊雷！

宋枝的面庞在闪电的照映下，惨白不已。

不待众人反应，当另一道闪电落下的时候，蝠妖已经死在宋枝的怀里，胸前还插着宋枝的簪剑。

她满手鲜血，仰面大哭。大风起，雨落下来，鲜血四处蔓延，空气中飘浮着浓重的腥臭味。

宁归晚不忍地转过头去："你不该杀他。"

宋枝的脸上不知是泪还是雨："难道他不该死吗？"

"他是该死，可不该死在你的手里。"

宋枝失神地看着宁归晚，痴痴地笑。

"宁师兄，我能有今日，全拜这蝠妖所赐！杀了他，也难解我心头之恨。"

可她失魂落魄的神情，却不像她说的样子。

宁归晚回头怜悯地看了她一眼："事已至此，宋师妹……你好自为之。"

说完就转身往回走。

我收起剑也连忙跟了上去。

二师姐想喊我留下来和他们一起收拾残局，却被八师兄拦住了。

"宁师兄！"待脱离众人视线之后，我追上宁归晚，叫住了他。

宁归晚停下脚步，回头看我。

"宁师兄今后有何打算？"我开门见山，单刀直入。

"宁某孑然天地间，寄情山水随遇而安。"

宁归晚面无波澜，眼底却涌动着我看不懂的情绪。

"宁师兄，荑珠有一疑问，不知可否请宁师兄为我解惑。"

"小师妹不必多礼，但说无妨。"

"我听闻，上古有一长生秘法。抽己一魄以法器秘宝温养之，慢慢便可养出三魂七魄，再寻一颗七窍人心，就算是魂飞魄散也可投胎转世，不入轮回便可再续前尘。不知可有其事？"

宁归晚身形一顿，愣愣地看着我，瞠目结舌。

"你……你怎么会知道此法？"

我桀骜一笑："我说了，我与大师姐有缘。"

我将手中的十四州，从左手换到右手，漫不经心地继续说道："我听闻，当年大师姐便在研习此法。也不知她到底成功了没有？"

"你打听这个做什么？"宁归晚语气中多了几分警惕。

"没什么，就是想起那蝠妖的话，好奇宁师兄偷尸刨心的往事。"

宁归晚转过身去，不再看我。似乎是害怕我看见他眼中的躲闪。

"什么长生秘法，纯属子虚乌有。小师妹涉世未深，不要听信那妖孽的胡言乱语。"

"可我却觉得那蝠妖言之凿凿呢？"我剑指宁归晚，十四州横在宁归晚的脖子上。

"你要做什么？"宁归晚语气不善地质问。

我微微一笑："也不做什么，只是想让宁师兄将那可以起死回生的长生秘法交出来而已。"

剑在脖间，宁归晚只好从怀中掏出一张帛书，递给我。

我接过帛书还没来得及看上一眼，就听见八师兄在后面喊了一声"师姐"。

看样子是二师姐他们过来了，我只好收起帛书，择路逃离了这里。

我并没有逃到很远，反而一直就在唐水县一带晃荡，就等着宁归晚来抓我。

我想要弄清上一世宁归晚挖尸刨心究竟是为了什么。

入夜,我提了两壶酒,爬上了一棵老槐树。

宁归晚果然寻了过来,他扬起藤拐敲了一下老槐树的树身。

我躺在老槐树上,听见动静笑吟吟地看着他。

"宁师兄是来找我讨酒喝的吗?"

宁归晚拧眉竖眼地看着我:"我来捉你回去。"

我摇了摇手中的帛书:"我还以为宁师兄是来管我要帛书的呢。"

宁归晚朝我伸出手:"帛书还我。"

我莞尔一笑:"还给你也可以,你要告诉我你当初用这秘法到底做了什么?"

宁归晚缓缓转过身去。

"不然我若懵懵懂懂研习了这帛书上的秘法,误入歧途,宁师兄,你的罪过可就大了。"

"好。我可以告诉你。不过你要答应我守口如瓶,不能把此事告诉任何人。"

我想了一下,痛快地点了点头。

"你可知你们苌弘宗的大师姐,是什么人吗?"

我摇了摇头。岂止知道,可太知道了。

"这和大师姐有什么关系呢?"

"要知道你们苌弘宗人人敬仰的大师姐,其实是个不入轮回之人。

"自女娲补天以来,天地间每隔三百三十三年仍会有一场浩劫。而能化解这浩劫的人,唯有你的大师姐——

"一剑霜寒十四州的傅青阳,江湖上人人称羡、风头无两的仙门新秀。其实是为祭天而生的。"

宁归晚勾起一丝苦笑,似在为我不平。

想起了往事,我心里与宁归晚同样唏嘘不已。

"可这与你修习长生秘法有什么关系?"

"我与你大师姐,年少相识,倾盖如故。"

年少相识，倾盖如故？

难道不是年少结怨，至死方休？

宁归晚见我一脸不信的表情，马上补充了一句。

"你若不信，如今你们苌弘宗里，还挂着我为你们大师姐作的画像。"

噢，原来我房间里的那张画像竟是宁归晚的亲笔。

我点点头，好吧，我信了。

"有点儿印象。所以呢？"

"那时我亦年少，青春懵懂，爱慕你家师姐却不自知。后来我接受了掌门师伯为我定下的婚事，却被韦呈陷害，流落世间。你师姐神魂祭天，香消玉殒。"

等等！爱慕……谁？

"所以，你研习秘法，偷尸刨心，都是为了大师姐？"

宁归晚淡淡一笑："也并非全然是为你大师姐，主要是我有愧于她。"

听了此话我有些疑惑，难道宁归晚当年做过什么对不起我的事？

"何解？"我很好奇。

"当年，浩劫在即。她曾问过我，杀一人以救世人，可为否？"

宁归晚背对着我悄悄拭去眼角的泪，然后继续道："那时我告诉她，摩顶放踵以利天下，可为也，何况一人性命？"

往事纷至沓来，我忽然忆起那日也如今夜这般，月朗星稀清风扑面。

众仙门待命于不周山上，随时准备应对即将到来的天地浩劫。

山下，是颠扑不灭的茫茫火海。

我心中百感交集，不知如何应对。

却发现，宁归晚当日也在不周山。

我向他问出心中疑惑，他那时便如今日一般告诉我。

"摩顶放踵以利天下，可为也，何况一人性命？"

字字铿锵、振聋发聩。

而我听闻以后万念俱灰。又想到天地之间，唯有自己孑然无所凭赖，于是坦然赴死。

死前我便将《百事录》，交给了宁归晚。

宁归晚遭众仙门背弃，《百事录》交给他，也能物尽其用。

忆起往事，宁归晚多了几分伤神。

他一手撑枴，一手扶着老槐树，继续说："我那时不知她存了死志，而我的那番话竟成了推她去死的元凶……"

宁归晚说完再也绷不住了，在我面前哭了起来。

我心里五味杂陈，一时竟不知该如何是好。

只能递过去一壶酒，安慰道："大师姐高义，想必不会怪你……"

宁归晚接过酒壶，喝了一口，继续道："她赴死之前将《百事录》交给了我，我在里面发现了这种转世长生的秘法。于是我瞒着所有人拼死在她祭天之时，将她的一魄抽出。放入了《百事录》中，交还苍弘宗。

"温养数年之后，我便潜入苍弘宗抽出她的魂魄，并带走了她的遗体。将她的心脏取出，用从《百事录》中抄下的秘法送去转世。"

原来如此。

"所以你挖尸体、刨心脏，都是为了验证书中记载的秘法？"

宁归晚点点头："不错。"

"我还有一个疑问。宁师兄如此作为，是因为心中对大师姐有愧，还是因为爱慕？"

宁归晚长叹一声："爱慕在前，愧疚在后。"

"大师姐知道吗？"

宁归晚摇了摇头："我尚且不能看透自己心意，她又如何得知？"

"那真可惜,也不知大师姐转世之后还会不会记得你。"

宁归晚拄着拐走了两步:"只要她此生平安顺遂,记不记得我,又有什么关系?"

我默默打量着宁归晚,勾起一抹自嘲的笑。

原来这世间,竟也有人在意我的生死,在意我的安稳。

拾

"故事已经讲完了,可以跟我回去了吗?"

"恐怕我是回不去了。"我将帛书还给宁归晚。

"为什么?"

"我夺帛书,弃同门。师门是不会放过我的,二师姐他们也不会原谅我。"

宁归晚听闻此言,轻笑出声:"师门情谊未免被你看得太轻。"

我也笑了:"若我在师门中,像宁师兄和大师姐那样,天赋异禀少年得名,受众师兄弟们追捧,自然不用担心。可我如今只是苌弘宗一个微不足道的小师妹。他们是不会为了我赌上苌弘宗的名声的。"

宁归晚是那种被周围人寄予厚望,众星捧月地长大的。

即使跌落神坛,自小养成的骄矜也使他与周围人不同。

所以他从不会去想,人与人之间、强者与弱者之间有着不可跨越的鸿沟。

他不会知道,像我这样微不足道的人,想要活得好要付出怎样的努力与艰辛。

宁归晚沉吟片刻,才郑重其事地说:"我可以和他们说我不追究你抢帛书的事。"

"宁师兄不信,一试便知。"

于是我跟着宁归晚来到了二师姐他们下榻的客栈。

我们藏身在客栈外、正对着二师姐他们的房间的大树上。

只见二师姐怒气冲冲地拍桌子:"就说不该带她下山来!她心术不正,才一下山就捅出这么大的篓子来!让我们苌弘宗在外人面前丢尽了脸。"

六师兄把手搭在二师姐的肩上,安抚着她。

"师姐先别动怒,当务之急是先抓到小师妹,带回去等师父发落。"

"等找到她,我先一掌劈了她!省得带回去惹师父生气!"二师姐义愤填膺。

八师兄倒是在角落里一直没说话。

我看了一眼宁归晚,他轻咳一声掩饰尴尬。

"如今你有什么打算?"

我满不在乎:"天大地大,四海为家咯。"

宁归晚思索片刻:"你一个女孩子,孤身行走江湖,实在冒险。你若不介意,可以与我同行,也好有个照应。"

我怔愣了好一会儿,最后还是点了头。

我们结伴北上,彼此都不是善谈之人,一路上交谈并不算太多。

这日行至边陲小镇,却被人拦住。

为首的那人展开一张画纸看了一眼,然后说:"来人可是宁归晚?"

宁归晚谦逊有礼:"正是在下。"

那人一招手,数名大汉蹿上来二话不说便将我们绑了起来。

绑上手蒙上头,不等我们反应过来就被扔进了车厢。

长途跋涉了不知多久,我们便被拎上了山。

黑布口袋一掀,我们就来到了空山。

"空……空山派?"

本来以为可能是二师姐他们派来的人,没想到却是空山派。

空山派的人将我们关在一座水牢里。

这水牢专为修行之人打造,四周全是三尺厚的石墙。

水牢之上还下了禁制,所有术法在此统统无效。

水深至腰间,无法坐下休息。不用几天,我们就会因为体力不支,跌进水里溺水而亡。

他们连审都不审就把我们丢到水牢里,这分明就是想要我们的命。

我贴墙靠着,生无可恋地问宁归晚:"你怎么得罪空山派了啊?"

宁归晚眉头一皱,思索了一会儿。

"为什么不能是你得罪了空山派呢?"语气中没有责怪只是带着几分疑问。

我给了他一个白眼:"我不过刚出山,何德何能得罪空山派啊。"

"这倒也是。"宁归晚点点头。

我们被关在水牢里整整两天,始终无人问津,就连送饭的人都没有。

这时我才有点儿慌了。

在这暗无天日、四面是墙的水牢里,连人都见不到,怎么逃出去?

我们的武器灵宝全都被他们搜刮了去,身上连个防身的匕首都没有,真是老牛困在枯井里,有力难出。

就这么在水里站了两天两夜未眠又滴水未进,此刻已经脚似沉铅,筋疲力尽。

宁归晚脚上又有残疾,想必此刻更是不大好受。

我苦中作乐,扯起一丝苦笑问他:"临死之前,还有遗言吗?"

不料刚一说完便膝盖一软,跌进了水里。

宁归晚眼疾手快,在我喝下第二口污水前将我拉出了水面。

他搀扶着我站稳:"体力不支,就不要说话了。"

"来,坐到我的肩上休息一下。"说着就握着我的腰将我举过头顶,坐到他的肩上。

我连忙按住他的手,摇了摇头。

"你腿上有伤。"

宁归晚没有说话,只是双臂用力将我托至肩头,放在了右肩。

整个力量全靠一条右腿支撑。

他抱住我的双腿,半靠着墙壁稳稳地站在了水里。

"起码我还有一条好腿。"

这种姿势,重量全在右半身所以会更加吃力,就算他是四肢健全的正常人也支撑不了多久。

"宁归晚,你放我下来!这样下去你支撑不了多久的!"

"别动!会有人来救我们的。"宁归晚只是低喝出声,"你先浅睡一会儿,等你恢复了些精力我就放你下来。"

我拗不过他,加上早已精疲力竭,果然不一会儿便倚着墙沉沉睡去。

不知睡了多久,我才猛然从梦中醒来。

"我睡了多久?"

"没……没多久。你只睡了一小会儿。"

虽然宁归晚故作轻松,我却还是听出了他语气中的疲惫。

我挣扎着从他肩上跳下,并连忙扶住摇摇欲坠的宁归晚。

他额头冒汗,嘴唇发白,我心下一阵愧疚。

"你怎么不叫醒我?"我轻声责备,忍不住心疼。

宁归晚故作轻快地笑了一下:"你不过是个十五六岁的小孩子,能有多少分量?这么一会儿我都坚持不住的话,也不要叫宁归晚了。"

我压下心中的感动,抱着最后一丝希望小心翼翼地问他:"真的会有人来救我们吗?"

"以防万一,我一路都给你二师姐他们留了信号。若是他们有心找你,一定会来空山派找人的。"

我绝望地叹了一口气:"恐怕他们是不会为了我,得罪空山派的。"

谁知我话音刚落，外面便传来了打斗声。

还没等我们听清外面发生了什么，一个人影就直接被踹了进来。

二师姐的身影紧随其后，她手持逆鳞刺，一下斩断了牢门上的玄铁重锁。

我二人如蒙大赦。

"二师姐！"我惊喜地高唤出声。

二师姐瞪了我一眼："出去再跟你算账！"说着将我们拉出了地牢。

我们边战边退，到外面与师兄们会合。

人齐之后，立刻抽身逃离了空山派。

脱险之后，才有空问二师姐他们究竟发生了什么。

二师姐转过身去，一声惆怅："宋枝，死了。"

我与宁归晚震惊不已，面面相觑。

"怎……怎么会这样？"

"宋姑娘知道了韦呈杀人吸血是为了给自己续命，自觉罪孽深重，所以自杀了。宋掌门不肯接受真相，认为是我们害死了他的女儿女婿，所以才抓了你们，想要你们给他们陪葬。"

我们得知了真相，不免一阵唏嘘。

"世人多嗔痴，造下多少孽障。"宁归晚十分悲悯地感叹。

"不错。"二师姐附和道，"所以黄珠，你看到没有。长生归无间，凡者居人间。此次回山，你必须洗心革面静思己过，听到没有！"

我自觉地揪着自己的耳朵，唯唯认错："知道了，二师姐。"

教训完我，她又朝宁归晚施礼："家师想请宁师兄到苍弘宗做客，顺便亲自为小师妹的事向宁师兄赔礼，还请宁师兄亲往。"

虽然二师姐满脸不乐意，白眼也快飞到了天上去，却还是恭恭敬敬替师父传完了话。

宁归晚却之不恭，只好与我们同行。

很快我们便回到了苌弘宗，师父关起门来先见了八师兄与宁归晚。

却把我晾在自己的院子里一个多月，谁都不愿告诉我发生了什么。

直到一个月后，苌弘宗开始热闹起来。

各门各派齐聚苌弘宗，门中常能看到其他门派的弟子来来往往。

我这才知道苌弘宗最近可能是有什么大活动。

直到这日，苌弘宗上下张灯结彩、好不热闹。

师父站在苌弘宗的高台之上，朝我招手。

我茫然地走上台去，师父把手搭在我的肩膀上。

师父振臂一呼，众人肃静下来。

"苌弘宗承蒙诸位同盟的厚爱，伫立江湖数百年。开宗立派，不敢说造福世人、有千秋功德，却也真正做到了除魔卫道、济弱扶倾。今日请各位前来，是想请各位做个见证。我欲传衣钵于我的小弟子。还望各位今后，能够继续关照。老朽在此感激不尽。"

说完便向众人长揖一礼，然后将掌门玉印传给了我。

我慌乱不知所措，毕竟无论是前世还是今生，我都没有想过要接下苌弘宗这个担子。

师父却和蔼地笑着点头，示意我接下。

众目之下，我只好接下掌门玉印。

然而就在玉印即将过手之时，人群中有人大喝一声："慢着！"

拾壹

空山派宋掌门从人群中走了出来。

"此女无德，不能接任掌门！"

师父一见宋掌门，脸色登时沉了下来，指着他鼻子骂道："宋掌门！你圈禁我门中弟子，动用私刑，我还没向你追究呢！如今你倒管起我苌弘宗的内务来了！"

宋掌门冷笑一声："我此次拜访苌弘宗正是为了此事。"

宋掌门走到众人面前："苌弘宗弟子，滥杀无辜，害我爱女，这笔账要如何清算？"

二师姐一个箭步冲出来，把我护在身后："宋枝姑娘分明是自尽而亡！你休要血口喷人！"

"如果不是你们逼死我的贤婿！我的女儿又怎会自杀？！"

宋掌门说完又转身看向我们师父，目眦尽裂怒发冲冠地指着我。

"傅宗主！你若将掌门之位传给这个害死我女儿的凶手，那便是要与我空山派为敌！"

台下各派众人窃窃私语，议论纷纷。

"是不是有什么误会呀？"

"是啊，是啊。好好说清楚，可不要伤了和气。"

宋掌门拂袖轻喝："据我所知，此女入门不过短短数年！还曾在半妖手中抢过什么长生秘法，如此行事作为、如此品性，如何担任一派掌门！"

此言一出，众人哗然。

我叹了口气，我就知道。

"宋掌门说得对！"我从师姐身后站了出来。

在二师姐惊愕的眼神下，继续道："我入门迟、修为低，难服众，确实不适合接任掌门。但滥杀无辜的罪名我是万万担当不起！宋枝姑娘的死牵扯到二十多年前的一桩江湖旧案……"我转过身直直地看着宋掌门，"宋掌门不会当真以为，当年的事做得天衣无缝无人知晓吧？"

宋掌门被我唬得一愣，顿时有些心虚。

"你……你胡说些什么？"

见他还在装傻，我淡淡一笑。

"不知宋掌门可还记得，当年清玄门颂德大师的大弟子，宁归晚？"

如果说，韦呈陷害宁归晚是为了宋枝，那么宋掌门有什么理由要迎合他呢？

放着清玄门大弟子这样的乘龙快婿不要，而去选择一个名不见经传的韦呈？

所以，此事必有蹊跷。

而如今，亲历此事的人几乎都在现场，不怕查不出真相。

"你……你这话是什么意思？"

听我无故提起宁归晚，宋掌门才真正有些慌神，相信我确实知道一些其中内幕。

我款步轻笑："宋掌门，我有心为你、为令爱留些体面。相信宋掌门也不想我在此旧事重提惹得大家不快吧？"

宋掌门面露迟疑，不敢拼上空山派在江湖中的名声与我来一场豪赌。

我趁热打铁："送宋掌门下山！"

我刚吩咐出声，八师兄就站了出来。

"宋掌门，请吧！"八师兄走到宋掌门面前伸手相让。

宋掌门冷哼一声，瞪了我一眼无可奈何拂袖下山去了。

事毕，各派皆乘兴而来，扫兴而归。

我接任掌门仪式不成，名分却已落实。

我支颐着下巴，在院中发呆。

宁归晚却走了进来，在我对面坐下。

"宋枝的死……"

"我知道。"他还没说完，我便打断他。

"当年你与宋枝议亲，被韦呈妒忌陷害，于是亲事作废。而韦呈与空山派掌门私下达成协议，收服蝠妖，用害人妖法为宋枝续命。若不是苦于没有证据，我必定当场就将他揭发还你当年公道了。"

"当年……旧事，你如何得知？"宁归晚眼中闪烁着我看不懂的情愫，似是期待又带着些许探寻与小心。

往事纷杂，思绪万千。

眼前风花雪月，耳畔鹤唳猿鸣。

而我只问："师父见你说了什么？"

无关风月、不念旧情。

宁归晚薄唇轻启，声音颤抖："傅掌门说，青阳她已转世重生。还说她是如今仙门百家之中这百年来最有机会飞升的女修，欲传掌门玉印……"

我叹了一口气。

时机不对，便全都不对。

师父与众人瞒着我、逼我继承掌门，便是看准了我不可能放下苌弘宗两世栽培，弃身江湖。

"我不欲飞升，苟活两世，只深觉这世间甚无意思。只是苌弘宗于我，有两世教养之恩，若没交到我手便罢……可既交到我手……我便不可能任由这百年门梁无人继承，我……"

我说不下去了，没人教过我如何平衡爱欲。

我生为天绝族，两世修行、寡情寡欲。

自出生起背负的就是天下大义，肩上担的便是千万人的性命。以至于将宁归晚的情谊小心翼翼地捧在手里，却根本不知如何安置。一开口便是道德仁义。

宁归晚站起来，长叹一声。

"我都懂。'世界微尘里，吾宁爱与憎。'若看不透爱恨嗔痴，还谈什么修行呢？你不懂这些……也是好事。"

宁归晚苦笑着转身，一瘸一拐地朝院外走去。

我看着他落寞的背影，胸中一阵钝痛。几欲挽留，却开不了口。

只好抱着脑袋，惆怅地趴在石桌上。

"曾虑多情损梵行，入山又恐别倾城。世间安得双全法，不负如来不负卿。"

小八打趣完我，便从墙头上跳下来。

"大师姐，辞镜这座大山究竟还要压着你多久？"

小八坐在刚刚宁归晚坐过的位置，双手支颐着下巴，带着些幼时的天真。

我苦笑："你都知道了。"

"所有人都知道了。"

我苌弘宗大师姐的身份要藏不住了。

同样的，我作为大师姐的责任与负担也推不掉了。

"师姐，你逃走吧，逃到没有束缚没有枷锁的地方去！"小八说这话的时候眼睛亮晶晶的。

我长叹一声："枷锁不在外物，枷锁在我心中。"

耳畔清风习习，我睡意昏沉。不知不觉便睡了过去。

277

再次醒来我躺在自己房间，已在漫天火光之中。

热浪扑面，窗棂木柱烧得噼啪作响。

外面人声鼎沸，吵嚷不止。

我揉了揉酸痛的眉头，爬起来提剑，踉跄着从火光中走了出去。在院中遇到了前来救火的众人。

苌弘宗已四面全是火光，看来不止烧了我这一处。

"红玉、无争，你们去统计有几处起火。其他人安排外门弟子撤离。"

"大师姐，这些事情已经安排下去了，火势很快就能控制住。"我话音刚落，红玉就率先出声。

不知是不是我的错觉，红玉言行中隐隐有咄咄逼人之势。

我愣怔须臾，才不自在地摸着自己的脖子嗫嚅道："好，好……"

多点起火，势头又猛，多半是有人蓄意纵火。

想到此处我又开口："噢，要多留意附近可疑之人，尤其是空山派的人。"辞镜山数十年都未走过水，空山派一来就失了火。要说此事与他们全无干系，我绝不相信。

"师姐既然无事，就带着宁师兄先行下山去吧，我们还要忙着救火，告退。"

红玉匆匆告退，想必胸有成竹。

从前一向都是我安排别人，如今倒被安排了个明白。一时竟有些不适应。

于是我只好嗫嚅着说："也好，也好。"

我带着宁归晚下山，与他一前一后地走着。

山上众人或汲汲于生或碌碌而死，如万丈红尘吵嚷纠葛。

而我下山的路，却平坦无阻寂寂静静。

我头一回发觉，或许这庸碌人间根本已经用不到我。

于是下山的脚步愈发轻快了起来。

快到山脚处，红玉却突然手持逆鳞刺，现身在我下山的小路上。

林风裹挟着热浪带动她火红的衣袂，扬起她满头秀发。她手中的逆鳞刺闪着骇人的寒光。

我来不及反应，她便举起逆鳞刺朝着我的眉心刺了下去。宁归晚想要上前阻止，却被红玉一把扬开。

逆鳞刺刺入我的眉间，一阵剧痛传来，我无力地跌坐在地。任由修为随着鲜血从我的眉间涌出。

"红玉……你！"

"大师姐，你离开太久，苌弘宗掌门的位置，实在已经不再适合你。不如我便用逆鳞刺散了你的修为，让你今后可以安心做一个普通人。苌弘宗的大师姐，有傅青阳一个就够了！"

我半躺在地上，说不出悲喜。

这时六师弟与八师弟也已经赶到，六师弟拽住红玉还举着逆鳞刺的手，大声呵斥："你疯了！那可是我们大师姐！"

红玉甩开他的手："大师姐已经死了！她如今叫冀珠，是苌弘宗的小师妹！这副担子不该在她的肩上！"

八师弟把我搂在怀里，目光躲闪："大师姐，你很累了，从今以后就好好休息吧，不要怪我。"

我看着八师弟一脸茫然。而他单手结印，不知是朝我脑袋下了个什么禁制。

六师弟还在与红玉争执，他看着红玉的决绝，闭目喟叹，敛起满目情绪问她："那我们呢？"

红玉转身不答。

我知道这些，都是为了我……

苌弘宗有个不成文的规定，掌门人必须断情绝爱，清心寡欲，不得婚配。

如果我不做这个掌门，那么能做掌门的就只有红玉。

而红玉……六师弟痛苦地抿紧了双唇，仰天长叹一口气，然后朝着我长揖一礼。转身离开了这里。

而我随着修为的消散，眼前的景象逐渐变得模糊，渐渐也听不清他们的言语。

我闭上眼睛，在心里一声叹息。

这样……也好。

又是一年秋意浓，漫山红枫飘落。层层叠叠，美不胜收。

我骑着一头黑色毛驴，行走在入山的古道幽径。

毛驴欢快地踏着满山枫叶，脖上挂着一只铜铃。

一步一响，丁零、丁零……

师父为我牵着毛驴一瘸一拐，听我叽叽喳喳讲个不停。

"师父，听说抓住正在飘落的枫叶，人就可以一直幸福下去，是真的吗？"

师父牵着毛驴走在前面头也不回，老气横秋地说道："无稽之谈。"

这时正好有一片枫叶从我眼前飘过，我伸出手去抓，它却随着林间的微风从我的指尖轻轻划过、跌落。

我慌忙地伸长手臂，去与清风争夺。

在我抓到那片的枫叶的同时，那片枫叶也落在了师父的手中。

师父眼角带着宠溺的笑意，将那片枫叶递给了我，我轻快地笑出了声。

我坐在小毛驴的背上，捏着那片象征幸福的枫叶，愉快地举起胳膊摇晃着。

"谢谢师父，师父对我最好了！"

山间回荡着的，是我的笑和清脆铃声。

丁零丁零，丁零丁零。

图书在版编目（CIP）数据

殢春风 / 慵不能著 . -- 广州 : 广东旅游出版社，
2025. 1. -- ISBN 978-7-5570-3436-8
Ⅰ . I247.7
中国国家版本馆 CIP 数据核字第 2024N7D529 号

出 版 人：刘志松
责任编辑：陈　吉
责任校对：李瑞苑
责任技编：冼志良

殢春风
TI CHUN FENG

广东旅游出版社
（广东省广州市荔湾区沙面北街 71 号首、二层）

邮　　编	510130
电　　话	020-87347732（总编室）020-87348887（销售热线）
投稿邮箱	2026542779@qq.com
印　　刷	长沙鸿发印务实业有限公司
地　　址	长沙市长沙县黄花镇黄花工业园 3 号鸿发印务
开　　本	880mm×1230mm　1/32
印　　张	9
字　　数	230 千字
版　　次	2025 年 1 月第 1 版
印　　次	2025 年 1 月第 1 次
定　　价	45.00 元

［版权所有 侵权必究］
本书如有错页倒装等质量问题，请直接与印刷厂联系换书。